PATRICK LEE

Autor best-seller no *The New York Times*

RUNNER

A PERSEGUIÇÃO

Ele estava no lugar certo, mas na hora errada, e agora é o único que pode salvá-la...

São Paulo
2016

UNIVERSO DOS LIVROS

Título original: Runner

Diretor editorial: Luis Matos
Editora-chefe: Marcia Batista
Assistentes editoriais: Aline Graça e Letícia Nakamura
Tradução: Mayara Fortin
Revisão: Mariane Genaro e Rinaldo Milesi
Arte: Francine C. Silva e Valdinei Gomes
Capa: Zuleika Iamashita

Dados Internacionais de Catalogação na Publicação CIP)
Angélica Ilacqua CRB-8/7057

L518r
Lee, Patrick
Runner: a perseguição / Patrick Lee; tradução de Mayara Fortin.
— São Paulo: Universo dos Livros, 2016. (Sam Dryden ; 1)
368 p.

ISBN: 978-85-503-0001-6
Título original: *Runner*

1. Literatura norte-americana 2. Ficção científica americana I. Título
II. Fortin, Mayara
16-0561 CDD 813.6

Universo dos Livros Editora Ltda.
Rua do Bosque, 1589 • 6º andar • Bloco 2 • Conj. 603/606
Barra Funda • CEP 01136-001 • São Paulo • SP
Telefone/Fax: (11) 3392-3336
www.universodoslivros.com.br
e-mail: editor@universodoslivros.com.br
Siga-nos no Twitter: @univdoslivros

Em memória de William Sharp e Marge Toporek

AGRADECIMENTOS

Aqui está uma das melhores – e mais humildes – coisas em ser um escritor: você vê em primeira mão todo o trabalho de outras pessoas para trazer o seu livro à vida e você sabe que isso jamais aconteceria sem elas. E, de minha parte, não poderia agradecê-las o suficiente.

Minha agente, Janet Reid, por me motivar com a combinação perfeita de encorajamento, palavrões e várias ameaças físicas – e por ser a companhia mais engraçada em qualquer conferência literária. Meu editor, Keith Kahla, que viu este livro passar por várias revisões e se esforçou para que ele ficasse melhor a cada uma delas. Hannah Braaten e tantos outros que fizeram o mundo girar na St. Martin's Press e na Minotaur: Sally Richardson, Matthew Shear, Andy Martin, Paul Hochman, Hector DeJean, Cassandra Galante, Amelie Littell, Bob Berkel, India Cooper (tenho certeza de que não estou citando uma centena de nomes). Obrigado a Pouya Shabazian, da New Leaf Literary & Media, e a Steve Younger da Myman, Greenspan, Fineman, Fox, Rosenberg & Light. Muito obrigado a Michael De Luca, Justin Lin, Elaine Chin e ao Adam Cozad, e também a Lynn Harris e a todos da Warner Brothers.

PARTE 1

RACHEL

"Se há uma testemunha para a minha pequena vida,
para as minhas pequenas angústias e lutas, ela vê um tolo;
e não é prudente aos deuses ameaçar os tolos."
— Stephen Crane

1

Logo após as três da manhã, Sam Dryden renunciou à noite por conta da insônia e saiu para correr à beira da praia. Uma umidade fresca o abraçou e filtrou as luzes de El Sedero à sua esquerda – a cidade passava como um navio petroleiro na neblina. Ao seu lado direito estava o Pacífico, preto e silencioso como a borda do mundo nesta noite. Ele ouvia o ruído dos próprios passos na madeira velha da orla, ecoando por todos os lados na escuridão.

Era tão bom quanto não dormir. O sono trazia sonhos de momentos felizes e, à sua maneira, eram piores que pesadelos.

Luzes de mercúrio ao longo da orla brilhavam na névoa. Elas seguiam como uma serpente em direção ao sul, tendendo ao infinito, porém, perdendo-se na escuridão onde as madeiras do caminho terminavam no canal. Dryden passou por uma fogueira ocasional na praia e ouviu trechos de conversas que se amplificavam na neblina. Vozes suaves, risadas, silhuetas borradas circuladas pela luz do fogo. Rápidas visões do que a vida poderia ser. Dryden se sentiu um intruso observando aquelas pessoas, como um fantasma passando por elas no escuro.

Essas corridas noturnas eram algo novo, ainda que ele vivesse em El Sedero por anos. Havia começado a correr algumas semanas antes, a qualquer hora da noite. A vontade aparecia como pulsões contra às quais ele achava que não podia lutar. Dryden não havia tentado, até então. Ele achava o esforço e o ar frio refrescantes, até agradáveis. Sem dúvida, o exercício também era bom, ainda que, aparentemente, não precisasse disso. Tinha por volta de um metro e oitenta e parecia não ter mais que 36 anos. Talvez as corridas fossem apenas uma tentativa de sua mente de lhe dar um pontapé para sair da inércia.

Inércia. Foi assim que um amigo chamou, meses atrás. Um dos poucos que ainda apareciam. Há cinco anos, logo depois que tudo aconteceu, existiam muitos amigos. Eles haviam dado apoio quando, supostamente, tinham de fazê-lo. E depois foram insistentes, pois o incentivaram da forma como pessoas que se importavam faziam. Empurraram-no para que ele começasse a vida novamente. Ele disse que estava agradecido, disse que eles estavam certos – é claro que a vida tem de continuar depois de um tempo. Dryden concordava e balançava a cabeça, e os via ficar tristes quando entendiam que ele só estava dizendo aquelas coisas para fazê-los parar de falar. Ele não tentara explicar seu lado. Não dissera a eles que ter saudade de alguém podia parecer como ser deixado a postos, observando. Que isso poderia ser como uma missão.

Ele passou a última fogueira. Aqui, a praia se tornou cheia de pedras e úmida, o sereno absorvendo o brilho de cada poste de luz. A costa estava vazia pelas próximas centenas de metros. Um minuto depois, no meio de um trecho morto, Dryden chegou a uma intersecção no caminho; uma segunda ramificação levava para dentro da cidade.

Ele diminuiu o passo e parou. Quase sempre parava naquele exato lugar. Não tinha certeza do que o levava a isso. Talvez, apenas o vazio. A bifurcação estava no escuro entre luzes e nunca havia ninguém por ali. Em noites como essa, sem lua e sem surfe, esse lugar era o equivalente a uma cela de privação sensorial.

Ele se apoiou no guarda-corpo de madeira com os cotovelos, olhando para o mar. Conforme sua respiração foi ficando lenta, sons fracos finalmente chegaram a seus ouvidos: o chiar de pneus na estrada, meio quilômetro para dentro da cidade, além das dunas. Pequenos animais se movendo na grama da praia atrás da orla. Dryden estava ali por mais de um minuto quando ouviu outro barulho: passos de alguém correndo pelas madeiras do calçadão.

Por um momento, pensou que fosse outra pessoa fazendo caminhada. Então percebeu que não, pois o ritmo era acelerado demais. Alguém estava correndo a toda velocidade. No ar saturado era difícil traçar a origem do som. Ele olhou para baixo, à esquerda e depois para a direita ao longo da costa, mas não viu ninguém chegando onde estava iluminado. Enquanto se desencostava do guarda-corpo olhando para a rota que levava à cidade, uma pessoa correndo colidiu com ele, vinda daquela direção.

Ouviu um suspiro – a voz de uma jovem garota. Instantaneamente ela estava lutando, empurrando-o em pânico, já se virando para sair em disparada pelo curso da costa.

– Ei – falou Dryden –, você está bem?

Ela parou e olhou para ele. Mesmo sob a luz fraca, Dryden podia ver que a garota estava aterrorizada com alguma coisa. Ela o encarou com atenção e continuou tentando correr, ainda que parecesse estar sem fôlego para chegar muito longe dali. Vestia jeans e camiseta, mas estava sem sapatos ou meias. Seu cabelo – castanho-escuro, um pouco abaixo dos ombros – estava limpo, porém, despenteado. A menina não podia ter mais de 12 anos. Por um momento muito rápido, seus olhos se intensificaram; Dryden podia ver os pensamentos passando pela cabeça dela.

E, de repente, a postura defensiva dela mudou. Ela continuou com medo, mas não dele, e virou seu olhar para a cidade, para a direção da qual tinha vindo, sondando a escuridão. Dryden olhou também, mas não viu nada fora do comum. O caminho de madeira que ia em direção à cidade levava ao porto, bem em frente ao cume das dunas, envoltas pela noite densa. Tudo parecia calmo e quieto.

– Você mora aqui perto? – perguntou a garota.

– Quem está te perseguindo?

Ela se virou para ele mais uma vez e se aproximou.

– Eu preciso de algum lugar para me esconder – disse ela. – Eu vou te contar tudo, mas, por favor, me tire daqui primeiro.

– Vou te levar para a delegacia, menina, mas não...

– A polícia não – disse ela, de maneira tão inesperada, que Dryden sentiu um impulso de se virar e continuar com sua caminhada. Qualquer que fosse a razão da encrenca da garota, envolver-se com isso não melhoraria a noite dele.

Vendo a mudança de expressão, ela deu um rápido passo adiante e agarrou a mão dele, implorando com os olhos.

– Não estou fugindo da polícia. Não é isso.

O olhar da garota se voltou rapidamente para o lado mais uma vez, no mesmo instante em que Dryden percebeu um movimento em sua visão periférica. Ele seguiu o olhar dela e, por um momento, não conseguiu entender o que via. De alguma maneira, agora ele podia discernir as formas das dunas, invisíveis na escuridão de poucos minutos atrás. Elas estavam emolduradas por uma luz turva e em movimento. A respiração da menina ficou ofegante.

– Sim ou não? – questionou ela. – Não posso mais esperar.

Dryden conhecia o som do medo na voz de uma pessoa. Essa garota não estava com medo de ser presa por algum mau comportamento; ela estava temendo pela própria vida.

A luz ao redor das dunas ficou mais forte, e Dryden logo entendeu o que estava vendo: pessoas com lanternas estavam prestes a cruzar o limite das dunas do outro lado. A vontade de se distanciar da garota foi substituída por uma sensação de que algo ali estava muito errado e que ela não estava mentindo.

– Venha – disse Dryden.

Ainda segurando a mão dela, ele correu pela orla, voltando em direção à sua casa. Ele teve que diminuir um pouco o passo por causa dela. Enquanto corriam, Dryden continuava a olhar para as dunas. Haviam percorrido não mais que cinquenta metros quando o primeiro feixe de luz chegou ao topo da duna mais alta. Dentro de segundos, outros três apareceram – o que o deixou surpreso do quão próximos estavam; a noite fora traiçoeira com seu senso de distância.

À frente, no calçadão, uma das luzes vinha em direção a eles rapidamente. Dryden parou, e a garota puxou seu braço até quase arrancá-lo para que ele continuasse.

– O que você está fazendo? – perguntou ela, prestando atenção nos perseguidores com a mesma tensão que Dryden.

Ele balançou a cabeça apontando para o cone de luz na orla.

– Eles vão nos ver se corrermos na direção daquela luz.

– Nós não podemos ficar aqui – disse a garota.

Os homens com lanternas – agora seis deles – estavam descendo com velocidade pelo lado visível da duna.

Dryden olhou por cima do guarda-corpo no lado da orla em que estava o oceano. A praia estava somente a alguns metros abaixo. Ele gesticulou em direção a ela, e a garota entendeu. Ela escorregou por debaixo do guarda-corpo que chegava à altura da cintura, e ele a seguiu, com os pés tocando as pedras debaixo do caminho de madeira. Uma faixa de areia levemente rochosa se estendia por algumas dezenas de metros além das pedras, até chegar na água. Dryden se ajoelhou e tocou o solo; era suave e plano, saturado pela umidade e, pelo que podia ver no escuro, não marcava pegadas. Se ele e a garota se movimentassem em direção à areia da praia, os perseguidores facilmente veriam as pegadas e os seguiriam.

Ele virou sua atenção para o espaço abaixo do calçadão de madeira. Não era promissor. As pedras amontoadas tinham o tamanho de uma bola de vôlei; escolher caminhar por elas seria lento, especialmente no escuro. Pior, vigas de sustentação se cruzavam a cada metro. Fariam pouco progresso até que os homens chegassem e, certamente, pelo menos um dos seis desceria à praia para iluminar aquele espaço debaixo das madeiras da orla. Como esconderijo, não era muito propício.

Dryden olhou para cima e viu que os homens alcançavam a base da duna. Tudo estava acontecendo rápido demais. Na noite calma, ele ouvia os passos acelerados no asfalto e no caminho do porto, e então na madeira da parte do caminho que vinha da cidade. Em menos de trinta segundos, os homens chegariam ao ponto exatamente acima de onde estavam escondidos.

Dryden olhou para os apoios cruzados abaixo da orla e viu a única solução disponível. Guiou a garota para debaixo deles. Ela estava tremendo, mas parecia aliviada por sair do campo de visão dos homens. Abaixo da superfície ripada, vigas pesadas passavam nas laterais, na longitudinal do caminho. Acima dessas vigas havia espaços, não grandes o bastante para que uma pessoa coubesse ali, mas suficiente para um par de pés ou mãos.

– Segure-se em mim – disse Dryden, puxando a menina contra seu peito. Ela aceitou sem hesitar; os passos dos homens se aproximando começaram a balançar as ripas.

À medida que a jovem abraçava-o com firmeza, Dryden alcançou com as pontas dos dedos uma das vigas mais baixas – ela era grande demais para que ele a envolvesse com suas mãos – e então balançou seus pés para cima e os enganchou no espaço acima da próxima viga, a oitenta centímetros dali. Ele fez de seu corpo uma rede, com a garota em cima dele, e segurou-se o mais próximo possível das madeiras. Era como fazer uma flexão de ponta-cabeça.

Imediatamente ficou claro que ele não podia se segurar nessa posição por muito tempo. Tudo aquilo estava errado. As pontas de seus dedos não ofereciam tração contra as vigas gigantes, necessitando que ele aplicasse pressão para se segurar. Os músculos de seus antebraços queimaram em segundos. Ao mesmo tempo, manter seu corpo reto significava contrair metade de seus músculos de um jeito que eles não deveriam ser contraídos.

A garota parecia entender, talvez sentindo os músculos dele tremendo. Enquanto os passos faziam um estrondo em direção a eles, ela colocou sua boca no ouvido dele e sussurrou:

– Eles têm armas. Vão nos matar.

Um instante depois, o espaço das madeiras acima deles se encheu com a claridade das lanternas. Os homens chegaram e começaram a se espalhar pelo calçadão.

Um deles falou, com uma voz clara e forte, como a de alguém acostumado a dar ordens.

– Procurem na praia. Procurem embaixo do passadiço.

Coturnos roçaram a madeira e em seguida aterrissaram com força nas pedras que estavam próximas. O brilho das lanternas preencheu a visão periférica de Dryden, ainda que, por aquele momento, os feixes continuassem apontados em direção ao mar. A menina abraçou-o com mais força; ele sentiu-a fechar os olhos enquanto apertava o rosto contra o ombro dele. A esta altura, a dor em seus músculos ia além da queimação, mas isso não era o problema. Havia formas de ignorar a agonia – Dryden as tinha aprendido há muito tempo –, mas em algum momento seus músculos simplesmente falhariam. Força de vontade não venceria o vigor físico para sempre.

Ele conseguiu girar a cabeça alguns graus em direção à praia. Os feixes das lanternas terminaram a varredura da areia e, então, um por um, viraram-se para varrer o espaço abaixo do calçadão. Dryden olhou para cima novamente, para prevenir que seus olhos brilhassem. Olhando para as ripas acima de seu rosto, viu um brilho difuso de feixes passando abaixo dele. Se ao menos um daqueles perseguidores fosse inteligente ou estivesse com suspeita o suficiente para levantar a luz mais uns sessenta centímetros, tudo estaria acabado. Dryden esperou pela luminosidade ofuscante que sinalizaria exatamente isso.

Ela nunca aconteceu.

A vaga claridade se afastou de vista. Escuridão. Dryden contou até dez e arriscou outra olhada para a praia. Os perseguidores haviam se movido em direção ao norte, inspecionando a orla no percurso. Era hora de se soltar e tentar escapar em silêncio, qualquer que fosse o risco. Cada momento que ele demorava aumentava a chance de simplesmente cair, o que seria qualquer coisa, exceto silencioso. Estava começando a escorregar o pé para fora do espaço entre as madeiras quando um som o parou.

Passos. Pesados e lentos, na madeira acima deles. Aproximavam-se vindos do sul, a direção da qual perseguidores haviam vindo. Dryden permaneceu congelado. O homem estava na orla exatamente acima dele; grãos de areia caíram no rosto de Dryden.

– Clay! – chamou o homem, gritando. Era o líder. O cara da voz. Ele havia permanecido na orla enquanto os outros faziam a busca.

Um dos homens na praia, aparentemente o Clay, virou-se e se aproximou, sua lanterna balançando perigosamente acima do solo. Ele parou próximo ao guarda-corpo, olhando para cima, para seu líder. Se tivesse abaixado o rosto e espiado à frente, teria travado seu olhar com o de Dryden, a não mais de quarenta centímetros de distância. Dryden não arriscou sequer virar sua cabeça para cima novamente; o menor movimento poderia denunciá-lo. Ele torceu para que o tremor de seus músculos não se mostrasse tão intenso quanto ele o sentia.

Dryden não podia ver quase nada das feições de Clay. O homem era praticamente uma silhueta contra o céu e o mar negros. Apenas a deflexão luminosa do feixe da lanterna oferecia algum detalhe: cabelo médio para longo, roupas escuras, uma arma pendurada na lateral com uma alça de ombro. Possuía uma submetralhadora – algo como uma MP-5 com um silenciador pesado.

Acima deles, o líder disse:

– Isto já está fora de controle. Volte para a van, faça a cobertura dos canais de comunicação policiais em um raio de trinta e dois quilômetros. Ligue para o Chernin, faça-o focar nos telefones celulares pessoais de oficiais e de quaisquer agentes federais dessa área. Fiquem atentos a palavras-chave como *garota* e *perdida*. Tentem a ala psiquiátrica enquanto estiverem fazendo isso.

– Você acha que se a menina falar com alguém – disse Clay –, eles pensarão que ela saiu de um hospital psiquiátrico?

Dryden de repente sentiu seus dedos escorregarem da madeira umedecida pela neblina. Não havia esforço que pudesse pará-los; ele ia se soltar em questão de segundos.

– Há grandes chances – disse o líder.

As pontas dos dedos de Dryden se seguravam por um centímetro. Ele sentiu essa margem diminuir pela metade no tempo de uma respiração.

– E se nós perdermos a trilha de qualquer forma? – perguntou Clay.

Por um segundo o líder não respondeu. Então ele disse:

– Ou ela é enterrada nas cascalheiras, ou nós somos.

Dryden se tencionou para cair, tentando imaginar qualquer maneira de ficar de pé e fugir com a garota.

Naquele instante, ele a sentiu se movimentar. Sem fazer nenhum barulho, ela tirou seus braços do peito dele e os levou em direção à viga, para alcançar os dedos dele, apertando-os com todas as suas forças. A pequena força que ela conseguia aplicar foi suficiente para fazer a diferença; ele se firmou.

Acima do clamor de pensamentos que demandavam a atenção de Dryden, um tomou precedente por um rápido momento: *Como raios ela sabia?*

Um segundo depois, Clay colocou a lanterna no bolso, subiu no calçadão e correu na direção da qual o grupo havia vindo. Dryden esperou até que o líder se movesse e saísse dali também, mas, por um momento, apenas permaneceu ali, sua respiração era audível na escuridão. Então virou-se e saiu fazendo barulho, em direção ao norte, junto aos perseguidores. Quando o som dos passos ficou longe, até sumir, Dryden enfim escorregou da viga, balançou-se e ficou de pé. O sangue correu por suas veias como água gelada. A garota equilibrou-se nas pedras e inclinou-se para além dele a fim de olhar para a praia. Dryden observou também: os perseguidores estavam a centenas de metros dali.

A garota fungou. Dryden percebeu que ela estava chorando.

– Obrigada – sussurrou ela, com a voz falha. – Sinto muito por você ter tido que fazer isso por mim.

Dryden tinha milhares de perguntas. Todas elas podiam esperar alguns minutos.

Ele se virou e examinou a cidade para encontrar a melhor rota para sair dali. Havia um espaço de escuridão confortável entre a orla e a rua do porto. Em um quarteirão rumo ao norte, as ruas baixas de El Sedero se ramificavam para dentro da cidade, sob a cobertura da noite. Ele e a garota poderiam pegar o caminho mais longo e circular até chegarem de volta à casa dele, a menos de um quilômetro ao norte da praia.

Olhando pela última vez para garantir que os perseguidores ainda estavam se movendo para mais longe, Dryden guiou a garota por baixo do calçadão e até o longo gramado além dele.

2

Nenhum deles falou até que estivessem a três quarteirões do mar, movendo-se rumo ao norte nas ruas escuras da parte antiga da cidade. Mesmo lá, Dryden continuava atento procurando por Clay, pela chance de ele ter ido naquela direção de volta para a van – a neblina da marina não era densa o suficiente para oferecer-lhes proteção. Por um momento, no entanto, pareciam ter El Sedero apenas para eles.

Dryden falou baixinho:

– Quem são eles? O que é isso... Você é testemunha de alguma coisa? – Ele não podia imaginar o que mais poderia ser.

A garota balançou a cabeça.

– Acho que não. Na verdade, não sei.

– Você não sabe se testemunhou algo?

– Há mais nessa história do que apenas isso – disse ela.

Dryden ainda podia perceber uma dificuldade na respiração dela, mesmo ela havendo parado de chorar há alguns minutos.

– Não é tarde demais para você ficar fora disso – disse ela. – O que você já fez é mais do que...

– Não vou te largar aqui sozinha. Vou te levar para algum lugar seguro. Ainda podemos ir até a polícia, mesmo que esses homens possam escutar.

A garota balançou a cabeça mais uma vez, dessa vez, mais enfaticamente.

– Nós não podemos.

– Existem delegacias com centenas de policiais – disse Dryden –, mesmo a essa hora da noite. Você estaria protegida, independentemente de quem soubesse que você está lá.

– Você não entende.

– Então me explique.

A garota ficou quieta mais uma vez, apenas por um momento. Olhou para baixo, para seus pés descalços, batendo ritmicamente no concreto, em silêncio.

Dryden falou:

– Meu nome é Sam. Sam Dryden.

A garota olhou para cima e para ele.

– Rachel.

– Rachel, não vou pensar que você é maluca. Eu os vi. Escutei o que eles disseram. Seja lá o que for, você pode me contar.

Ela manteve seus olhos nele enquanto andavam. Se Dryden já havia visto uma criança parecer tão perdida, ele não se lembrava.

– Onde você estaria segura? – perguntou ele. – Você deve ter família. Você deve ter alguém.

– Não sei se tenho ou não – disse ela. – Eu não me lembro.

Ela parecia estar a ponto de dizer mais quando uma explosão de sons a interrompeu, rasgando pela neblina adiante deles. Rachel pulou e agarrou o braço de Dryden, no entanto, logo puderam ver a origem do barulho. Um gato havia derrubado a tampa metálica de uma lata de lixo na calçada. Rachel se acalmou, mas continuou segurando o braço de Dryden conforme começaram a seguir adiante mais uma vez.

– Tudo que consigo me lembrar são dos últimos dois meses – disse ela. – Desde então, não, eu não tenho ninguém.

O discurso dela tinha um tom de exaustão que nenhuma voz de criança deveria ter. Seria válido para um soldado há meses ou anos em combate. Em palavras, o equivalente a um olhar inerte e perplexo de um soldado.

– De onde você veio nesta noite? – perguntou Dryden. – Desde onde eles estão te perseguindo?

– Desde o lugar em que estavam me mantendo. Onde me mantiveram por todo o tempo que consigo me lembrar. Eles iam me matar nesta noite. Então fugi.

Os dois passaram pelo gato na lata de lixo. Ele pausou sua caça para observá-los cautelosamente e então voltou à sua missão. Dryden deu um passo pulando a tampa que estava no caminho e, então, um pensamento lhe veio à cabeça e deslizou por sua espinha como um calafrio. Quando se deu conta, Rachel congelou e o encarou com olhos bem abertos, parecendo reagir à alguma coisa de sua linguagem corporal.

Dryden olhou para ela, por um breve momento distraído pela misteriosa percepção da garota. Ele olhou novamente para a tampa caída.

– Temos de sair da calçada – disse ele.

Ele estava se mexendo mesmo antes de terminar o que estava dizendo. Guiou Rachel até as sombras ao lado da casa mais próxima e deu a volta pela lateral. Ali, os jardins dos fundos de duas fileiras de casas formavam um corredor paralelo à rua. Dryden retomou o ritmo da caminhada, indo pelo norte através do corredor, determinado em fugir da lata de lixo o mais rápido possível.

– Eles virão para checar esse som, não é? – disse Rachel.

– Sim.

Logo após dizer isso, ouviu passos fazendo um estrondo no concreto, em algum lugar próximo. Enfiou Rachel atrás de um arbusto e abaixou-se ao lado dela; eles eram o recheio de um sanduíche de pequenos galhos e da parede da fundação de uma casa. Olhando através do vão entre a moita e o concreto, Dryden tinha uma visão limitada do sul, a direção da qual eles tinham vindo. Viu uma sombra passar rapidamente, a duas casas de distância. Segundos depois, os coturnos dos perseguidores pararam na calçada que Dryden e Rachel haviam deixado para trás há poucos minutos. Silêncio. Então o bip e o chiado de um dispositivo de comunicação soaram. No ar parado e denso, a voz do homem alcançou Dryden com clareza.

– Trinta e seis, ao norte da posição do trinta e quatro. Sem contato.

Uma voz respondeu no comunicador, distorcida, mas perceptível como sendo a de Clay.

– QAP, aqui é o trinta e quatro, voltando para a van.

Agora uma terceira voz apareceu; Dryden a reconheceu como se ela pertencesse a um líder.

– Trinta e seis, continue a busca pela rua. Nós achamos que a garota voltou. Refizemos a varredura da praia e temos uma pista.

– QSL, o que você encontrou? – perguntou o homem que estava próximo.

– A carteira de um homem – disse o líder –, abaixo do calçadão, exatamente onde perdemos a trilha.

Dryden fechou os olhos e exalou. Ele nem precisava checar; sua bunda contra a parede de fundação disse a ele o que estava faltando em seu bolso. Ainda assim, verificou. A carteira não estava lá.

Pelo comunicador, o líder disse:

– Pegadas duplas na areia rumo à cidade, na sua posição. O time está indo até você agora. Coordenem-se e façam a varredura do bairro. Trinta e quatro, me encontre na van; o dono da carteira mora ao norte daqui.

3

Martin Gaul estava de pé na varanda particular, em seu escritório. Ele segurava um telefone com tanta força que podia ouvir a tela de vidro sendo pressionada.

A varanda era na face sul no último andar do prédio, com vista panorâmica de Los Angeles desde a Sunset Boulevard. Gaul olhou para baixo vendo a cidade noturna – milhares de quilômetros quadrados de uma malha iluminada, cruzada por rodovias como veias de fibra ótica de uma forma de vida eletrônica.

Fechou os olhos na tentativa de acalmar sua respiração. Esforçou-se para mandar embora a ansiedade que chegara com uma ligação três minutos antes.

O time de Curren perdera a garota.

Gaul ficou de costas para o parapeito. Caminhou até uma mesa próxima à porta de correr e colocou o telefone nela, desejando que aquela porcaria tocasse de novo, dessa vez com notícias de que tudo havia sido resolvido. Encarou o telefone por mais um momento e então voltou para a janela.

Havia um gosto em sua boca – uma mistura de medo e tensão que queimava lentamente. Ele já tinha passado por isso, há trinta anos, no verão entre o colégio e o exército, quando morou em Boston. Havia ido para um jogo do Sox com amigos e depois para um bar no limite de Fenway, e depois de muitos *shots* ele saiu de lá sozinho, vagamente consciente de que seus amigos já haviam ido embora. Havia uma garota com a qual ele pensava que as coisas estavam indo muito bem, mas então ela foi embora sem dizer adeus, o que o deixou de mau humor. Ele se lembrou de vagar pelas ruas e andar em direção ao que ele achava ser um ponto de ônibus e, muito depois, terminar no rio, perto da Harvard Bridge. Ele estava buscando por um lugar para urinar, quando o problema aconteceu.

Mesmo depois de tanto tempo, ele ainda não podia se lembrar muito de como aquilo começara. Havia um homem lá. Talvez um mendigo, ele pensou naquele momento. Talvez apenas outro bêbado vindo de um bar. Eles discutiram. Talvez Gaul tenha começado – agora ele podia admitir isso para si mesmo. Afinal de contas, ele estava com aquele humor. Ele começara muitas brigas por conta de mau humor e não dava opções para as pessoas além de o enfrentarem.

Dessa vez, aquilo havia se tornado mais do que uma briga verbal. Houve empurrões e socos, e um deles se encaixou muito bem e derrubou o cara na borda do rio; então Gaul saíra de lá. Dez minutos e dez quarteirões depois, ocorreu-lhe se o homem havia caído com a cabeça na água. Alguma coisa fez barulho ao cair na água, mas, no momento, ele ignorara. Pegou um ônibus para casa e ficou acordado por mais de uma hora, convencendo-se de que havia imaginado aquele barulho de água – a mente poderia inventar todos os tipos de coisas para não enfrentar seus medos.

A história chegou à mídia local na hora do almoço do dia seguinte. Estudante universitário morto em Charles, suspeita de briga, polícia pedindo por pistas. A mente de Gaul se encheu de "e se". Por quantas câmeras externas de segurança ele havia passado, indo e voltando do rio? Quantos taxistas, seguranças e motoristas de ônibus noturnos o haviam visto por lá, bem o suficiente para descrevê-lo para a polícia?

Por todo o verão, aquele gosto estivera em sua boca, exatamente como agora. Como se sua garganta produzisse algum componente químico só quando você está encrencado até o pescoço – o tipo de encrenca que não te deixa outra opção a não ser esperar.

O telefone tocou. Ele o pegou rapidamente como se fosse uma presa.

– Me diga que você a pegou – disse ele.

– Deixei a maior parte do time procurando – disse Curren. – Vão nos avisar quando acharem alguma coisa. Clay e eu estamos dentro da residência de Sam Dryden agora. Ele não está aqui.

– Não deixaram óbvia a presença de vocês aí, deixaram? Se ele e a garota ainda estiverem a caminho…

– Eles não nos veriam. As cortinas estão fechadas. Não há luzes ligadas além das que já estavam. No entanto, não acredito que eles apareçam. Já estariam por aqui se estivessem vindo para cá. Talvez Dryden tenha notado que perdeu a carteira e tenha se assustado.

– Se ele a estiver ajudando, como isso fica para a gente?

– Fica feio, eu diria.

Gaul sentiu uma veia atrás de sua orelha pulsando contra a haste de seus óculos.

– Vamos ver – disse ele.

Curren recitou um resumo da biografia de Dryden, sem dúvida lendo a em um equipamento de mão, como um celular:

– Sam Dryden. Exército logo após o colegial, guarda e depois policial por três anos. Treinamento generalizado pelo meio do caminho, coisas variadas: certificação de piloto de helicóptero tandem, paraquedismo militar, coisas desse tipo. Ele então saiu da polícia e seu arquivo desaparece pelos próximos seis anos.

– Não existe essa coisa de arquivo desaparecer – disse Gaul.

– Isso vai além do meu cargo. Oficialmente, ele desaparece do planeta dos 24 aos 30 anos. Quando aparece de novo, não é mais militar e está morando aqui em El Sedero. Casa-se com 31 anos, tem uma filha e frequenta a universidade para pegar um certificado de professor. Ele faz isso por um ano, quando a esposa e a criança morrem em um acidente de carro, então desiste de dar aulas. Isso foi há cinco anos. O arquivo é bem pequeno a partir daí. Alguma renda por trabalho de segurança particular, consultoria em empresas pequenas. Nada especial.

Demorou um instante para que Gaul respondesse. Sua mão desocupada estava segurando no parapeito da varanda. A tundra iluminada da cidade estava pesada e clara em sua visão. Ele não havia piscado todo o tempo pelo qual Curren falou no telefone.

– Senhor? – disse Curren.

A garota havia fugido, provavelmente sendo auxiliada por um homem cujo treinamento era melhor e mais avançado que até mesmo o de Curren. Gaul poderia fazer duas ligações para, em meia-hora, ter acesso à porção apagada do arquivo de Sam Dryden – ele faria isso assim que terminasse essa conversa –, mas os detalhes pouco importavam. O fato de Dryden ter feito qualquer coisa que precisasse ser apagada significava que ele tinha um conjunto de habilidades formidáveis, mesmo depois de alguns anos.

– Revirem a casa – disse Gaul. – Cada nome, cada endereço de e-mail, passem tudo pelo sistema.

– Clay está fazendo isso agora.

– Desligue e ajude-o – falou Gaul.

Ele fez as ligações para que seu pessoal começasse a trabalhar em cima dos arquivos de Dryden e então fez outra ligação. A voz que respondeu soou rouca e falha, mas o dono dela provavelmente já estava acordado – já era mais de seis horas da manhã em Washington, D.C.

– Me desculpe incomodá-lo – disse Gaul.

– Do que você precisa?

Gaul por muito tempo admirava o quão direto o homem era. Programas noturnos de humor da televisão o imitavam muito mal, reproduzindo-o como um bobão simpático. Ele apenas se desequilibrava em frente a um microfone.

Gaul passou noventa segundos explicando a situação, sem embelezá-la. Quando terminou, a linha ficou em silêncio por um bom tempo. Então ouviu o barulho de um líquido sendo derramado num copo. Não era água, Gaul sabia – nem mesmo àquela hora.

– Preciso de cobertura de satélite – falou Gaul. – Preciso das Mirandas, de toda a constelação. Preciso de controle total sobre elas, preciso da Homeland[1] e do DoD[2] travados e preciso que eles permaneçam assim até que eu diga o contrário.

O homem do outro lado suspirou. Algo, talvez um sofá, rangeu e se acomodou.

– Vou passar essa informação adiante, para o topo da pirâmide – disse o homem.

Gaul não perguntou quanto tempo isso demoraria. Não havia muita gente acima desse cara.

– Vou te ligar de volta – disse o homem –, em quinze minutos.

---

1 Referência ao U.S. Department of Homeland Security, o Departamento de Segurança Interna dos Estados Unidos, que é responsável por proteger o território norte-americano de ataques terroristas. (N.T.)

2 Referência ao Department of Defense, o Departamento de Defesa dos Estados Unidos, que coordena as agências governamentais ligadas à segurança. (N.T.)

4

Dryden espiou através dos galhos de um cedro no canto de um pequeno parque. Ele e Rachel haviam percorrido apenas três quarteirões desde o primeiro local onde haviam se escondido. Ainda estavam nas ruas residenciais de El Sedero, com os perseguidores da garota por toda a parte.

Sessenta segundos depois da última transmissão de rádio, o restante dos homens havia se infiltrado na vizinhança como sombras. Quando queriam ser silenciosos, eles eram muito bons nisso. Também haviam guardado as lanternas, dificultando muito que suas localizações fossem apontadas com precisão. A cada vez que Dryden levava Rachel de um esconderijo para o outro, ele observava e estudava o espaço aberto por, pelo menos, um minuto. Mesmo assim, foram muito sortudos por terem chegado tão longe; aquelas pessoas tinham treinamento de elite no currículo. Dryden podia notar nos movimentos que faziam – e nos que não faziam. Nenhum movimento era em vão. Nada era irrelevante. Ele já havia sido forçado a agir daquela maneira.

Observou o parque. Um lado terminava em uma fileira de quintais dos fundos; o outro permanecia aberto para a rua. Conforme analisava, uma silhueta passou pelo espaço entre o trepa-trepa e os balanços, a trinta e cinco metros deles.

Dryden voltou sua atenção para as casas adjacentes. Elas ficavam ao leste de onde ele e Rachel estavam se escondendo – em direção à cidade, longe do mar. O plano, por quanto tempo ele tivesse um, era se mover naquela direção, até adentrar o amplo distrito comercial do outro lado da rodovia. Não por isso, pelo menos aquela parte da cidade era muito mais ampla, com fachadas de lojas, galpões e lotes industriais. Mais fácil para se esconder. Mais difícil para procurar. O plano poderia evoluir a partir dali.

O homem no parque passou para a rua, cruzou-a e desapareceu em meio às sombras entre as casas do lado mais distante. Dryden virou-se para o outro lado mais uma vez, examinando minuciosamente o caminho entre o arbusto de cedro e a fileira de casas do lado leste. A distância que teriam de cruzar era de vinte e um metros, pegar ou largar. A maior parte estava na escuridão, mas sem cobertura alguma. Qualquer um que estivesse observando poderia vê-los, uma vez que decidissem tentar atravessar.

Ele deu uma última conferida na rua e em alguns metros além dela. Ninguém passou. Não havia ninguém que ele pudesse ver. Já estava segurando a mão de Rachel então, virou-se para ela e balançou a cabeça, apontando a direção na qual correriam. Ela acenou em resposta, assustada, porém pronta para agir. Dryden estava a ponto de se mover quando ela apertou sua mão com força, num impulso que só poderia significar um alerta. Ele nem mesmo a olhou. Ele simplesmente não se moveu. Segurou-se completamente imóvel e respirou em silêncio pela boca.

Três segundos depois, um homem passou na frente do arbusto de cedro, a menos de três metros de onde eles teriam saído engatinhando. Ele veio de trás, e sua aproximação foi encoberta pelo próprio arbusto. Seus passos eram totalmente silenciosos na grama úmida. Mesmo agora, observando cada passo dele, Dryden não podia ouvir nada. Como Rachel o havia detectado, ele não conseguia imaginar. Ela talvez estivesse um metro mais próxima do lugar de onde o homem veio, mas para tudo isso, os sentidos dela tinham de ser surreais.

Dryden esperou. O homem se moveu mais para dentro do parque. Ele parou ali e se virou devagar, fazendo um círculo, momentaneamente passando seu olhar pelo lugar onde Dryden e Rachel estavam escondidos. A Dryden ocorreu que somente o elevado número de tais arbustos – centenas espalhados pelo parque e pelos quarteirões ao seu redor – preveniam que os perseguidores checassem todos eles sistematicamente. Em vez disso, eles estavam observando o espaço aberto, buscando por movimentos.

O homem finalmente terminou a varredura e seguiu adiante, percorrendo o mesmo caminho que o homem antes dele. Quando ele se foi, Dryden examinou a rua de novo. Vazia – pelo menos tão vazia quanto parecia antes. Ele olhou para Rachel. Ela balançou a cabeça, pronta como nunca. Ambos correram.

Eles só pararam de correr cerca de dez minutos depois. Quando Rachel diminuiu o passo, após cinco minutos, Dryden a pegou no colo e continuou correndo quase na mesma velocidade de antes. Ele só parou quando chegaram ao topo do aterro, acima do nível da rodovia.

Ele estava sem fôlego e sentiu uma leve dor nas têmporas: não exatamente uma dor, mas um tipo de sensação fresca. Independentemente do que fosse, significava que ele havia desandado um pouco desde seu melhor momento. No passado, nos tempos em que era do time de elite, ele corria rotineiramente dezesseis quilômetros carregando equipamentos que pesavam tanto quanto Rachel.

Recuperou fôlego o suficiente para respirar sem fazer barulho e escutar a noite ao seu redor. Acima do assovio do trânsito, esparso a esta hora, esforçou-se para ouvir o que realmente não desejava: um helicóptero. Alguém que podia juntar um time de homens com metralhadoras com silenciadores – e descarado o suficiente para colocá-los em ação em ruas com a população – deveria ser capaz de chamar por outros recursos. Um helicóptero com uma câmera termal iria identificá-los com facilidade como se estivessem brilhando.

Dryden escutou por mais vinte segundos, mas não ouviu nada. Isso não significava que estavam fora de perigo.

Olhou para o outro lado da rodovia em direção aos bairros comerciais e industriais da cidade. Com ou sem helicóptero, eles ainda tinham de se esconder. Ele estava a ponto de descer o aterro quando algo o parou – um impulso instintivo, lá no fundo de sua mente, como um frio na barriga.

A resposta para uma ameaça. Mas qual ameaça?

Ele não se mexeu e parou para escutar novamente. Não havia som algum além do trânsito. Examinou a escuridão e não viu nada.

O medo não vinha de algo que ele tivesse visto ou escutado. Foi apenas um pensamento, quase inconsciente. Alguma coisa como se fosse um detalhe extra no perigo que enfrentavam. O que era isso?

Ele esperou, mas a ideia ficou fora de alcance. Tudo que chegou a ele foi uma convicção repentina: se esconder em El Sedero era a opção errada.

Rachel o observou. Seus olhos estavam cheios de preocupação, mesmo que ela não dissesse nada.

Dryden balançou a cabeça apontando para o outro lado da rodovia. Além das árvores, a quatro quilômetros dali, as luzes de uma megaloja vinte e quatro horas brilhavam no sereno.

– Hora de ir – disse ele.

■

A sala do computador, no andar debaixo do escritório de Gaul, estava iluminada apenas com o brilho dos monitores de plasma – nove no total. Gaul caminhou enquanto o oficial-técnico chefe, Lowry, preparava as telas para a sequência de imagens do satélite Miranda. Nenhuma imagem propriamente dita havia chegado ainda, somente telas brancas configuradas em espera. Gaul ainda tinha de ganhar acesso aos satélites e cada minuto adicional de atraso fazia seu pulso sanguíneo ficar mais alto em seus ouvidos.

– Assinaturas travadas – disse Lowry. – Prontas para qualquer momento em que recebermos as informações.

As Mirandas eram as máquinas mais impressionantes que os humanos já haviam colocado em órbita. Sua capacidade de imagens termais estava dez anos à frente do que até os jornalistas científicos mais otimistas supunham que ela estava. Uma Miranda poderia distinguir um homem gordo de um homem magro em qualquer lugar do planeta, de dia ou de noite, ainda que isso não fosse o que as fazia especiais. Muitos satélites de espionagem podiam fazer isso. A diferença era que uma Miranda tinha capacidade de realizar essa tarefa de uma órbita quinze vezes mais alta: a 3.218,69 quilômetros em vez do padrão de 209,21 quilômetros, para a maioria das plataformas de exploração e reconhecimento. Isso significava que cada uma delas tinha uma área muito ampla na qual caçar.

A constelação completa de Mirandas fazia cobertura transpassada de todo o planeta o tempo inteiro, como uma rede de GPS. O sistema podia observar qualquer lugar da Terra, a qualquer momento, por, pelo menos, três satélites e, normalmente, por quatro ou cinco. Ele poderia ser travado em um alvo em movimento, fosse uma pessoa caminhando ou um míssil de cruzeiro, e segui-lo com facilidade. Não havia para onde correr e, com certeza absoluta, não havia onde se esconder dele.

É claro que você tem que encontrar o alvo antes de poder segui-lo. Gaul só poderia encontrar Rachel e seu novo amigo se eles ainda estivessem a pé em El Sedero no momento em que ele ganhasse acesso às Mirandas, e a cada segundo que ele tinha que esperar, essa janela de oportunidade se fechava mais.

De repente, caixas de mensagens apareceram em todos os nove monitores; Lowry parou para prestar atenção. Um segundo depois, o telefone de Gaul tocou. Ele respondeu.

– Elas são todas suas – disse o homem na linha.

■

Dryden e Rachel chegaram ao limite do terreno da megaloja em uma corrida, e pararam para examinar os carros dispersos estacionados por lá. A maioria estava agrupada na frente do galpão e provavelmente pertencia aos empregados noturnos da loja, mas meia dúzia estava estacionada mais distantemente. Talvez eles tivessem sido deixados lá por trabalhadores que estavam com carga horária dupla, os quais teriam chegado na última noite quando o estacionamento estava cheio.

Dryden se dirigiu ao veículo mais próximo, um Taurus verde-escuro. Quanto mais popular o modelo, melhor; qualquer carro que pegassem seria reportado como roubado em algumas horas e os perseguidores de Rachel tinham acesso às comunicações policiais. Misturar-se seria essencial. Mas o Taurus era de um modelo novo e com certeza teria uma partida eletrônica; não poderia simplesmente ser ligado com emenda de fios.

Eles seguiram adiante, cercando a margem do estacionamento em direção ao próximo grupo de carros, a trinta e cinco metros de distância.

■

Lowry murmurou o que estava em seus pensamentos enquanto digitava os comandos para direcionar os satélites.

– Número doze, enquadrar em três por três quilometros. Número quinze, seguir o doze, indicar biológicos externos, humano. Número quatro, seguir o doze, idem.

Para complementar o excepcional hardware das Mirandas, havia um pacote de softwares saído do pior pesadelo de qualquer teórico de conspiração. Uma Miranda poderia ser instruída a examinar uma área do tamanho de uma cidade e isolar todos as figuras humanas que não estivessem dentro de estruturas construídas pelo homem. Um satélite poderia localizar alvos em um grande enquadramento, enquanto outros dois ou três poderiam ser configurados para trabalhar dando zoom em cada um dos alvos, gerando imagens mais próximas. Durante o processo, os satélites poderiam se comunicar uns com os outros de forma a dividir de maneira eficiente o volume de trabalho. Toda a operação levaria menos de trinta segundos.

E já havia começado.

No primeiro monitor havia um amplo enquadramento da cidade, a terra e o oceano sendo mostrados com uma cor preta fria. Pontos de luzes branco-azuladas indicavam as casas e outras fontes de calor.

Nos três monitores seguintes, imagens paradas começaram a aparecer: imagens com zoom de alvos humanos, vindas dos outros satélites. A primeira imagem mostrou um grupo de pessoas em círculo em volta de uma fonte ultrabrilhante de calor.

– Fogueira na praia – disse Lowry. – Peço para ignorar?

Gaul balançou a cabeça. Lowry indicou ao sistema que desprezasse aquele alvo.

Outras imagens mostraram o time de Curren se encontrando com ele na van. Gaul havia ordenado que voltassem para ela alguns minutos antes para que pudessem ir em direção a Rachel e Dryden assim que a localização deles estivesse disponível.

Conforme mais imagens paradas chegavam – uma mulher passeando com o cachorro, um homem alto tirando o lixo – ficou aparente que as Mirandas estavam escolhendo seus alvos em uma progressão do oeste para o leste. Nesse caso, isso significava que elas estavam começando na costa e indo em direção à cidade. Provavelmente uma configuração padrão do software. Gaul olhou para o monitor que mostrava uma imagem ampla da cidade. Ela se estendia por dois quilômetros e meio além da costa até algum tipo de shopping center no limite à direita. As Mirandas agora tinham indexado todos os alvos externos do lado esquerdo e teriam o lado direito terminado nos próximos quinze segundos.

■

Havia apenas um veículo ao alcance, nos limites do estacionamento, que valesse a pena ser considerado; Dryden se focou nele mesmo antes de chegar perto o suficiente para saber se estava trancado. Era uma picape Ford F-150 do começo dos anos 1990, possivelmente, dos anos 1980, portanto, não teria nada na ignição além de fios de cobre e isolamento. Ele encontrou a porta do motorista travada – nada que o surpreendesse – mas, abaixando para olhar através da cabine, viu que o lado do passageiro não estava. Rachel, correndo a três metros atrás dele, entendeu; ela desviou até o lado do passageiro, entrou e alcançou o lado do motorista para abrir a porta de Dryden. Ele deslizou para atrás do volante.

■

Mil e seiscentos quilômetros acima de Rockies, cobrindo o sudeste em direção ao Golfo do México, a menos de sessenta e quatro quilômetros por hora, a Miranda Quinze mantinha suas lentes apontadas para El Sedero e capturou fotos dos alvos em sua lista. Alvo 7, capturado e enviado. Alvo 8, capturado e enviado. Alvo 9... o computador de bordo travou. Não havia alvo na localização descrita. A Miranda Quinze automaticamente comunicou o erro à Miranda Doze, o satélite que rodava o programa-mestre e atribuía os alvos. A Miranda Doze respondeu que o alvo 9 havia desaparecido 2.315 segundos antes; não havia mais uma assinatura de dois humanos a céu aberto naquela localização, mas sim uma assinatura de dois humanos dentro de um veículo, com 99.103 por cento de chance de ser um Ford, modelo F-150 fabricado em 1988. A última linha de comando do operador havia especificado apenas humanos a céu aberto, desta maneira, o alvo 9 não era mais válido.

A Miranda Quinze considerou esse dilema por 485 nanossegundos, o tempo necessário para rodar todos os três algoritmos de hipótese, e determinou que esse não era um problema com o qual o operador humano precisava se preocupar. Ela ignorou o alvo 9 e seguiu adiante.

■

Dryden encontrou uma chave de fenda no porta-luvas da picape. Ele a usou para abrir o painel de ignição. Em apenas alguns segundos, deu partida emendando os fios.

– Não estamos roubando – disse Dryden. – Estamos pegando emprestado.

– Ele é bem velho – disse Rachel. – Será que podem ficar muito chateados?

Dryden saiu do estacionamento e virou à esquerda. Adiante, estava a saída para a rodovia 101. Rachel olhou para trás, para as luzes da cidade, difusas na névoa, e respirou fundo.

– Vamos ouvir o restante da sua história – disse Dryden.

■

Gaul olhou para o grupo de imagens completas do satélite como um homem olhando para uma máquina de apostas na qual perdera seu último dólar. Quatorze humanos estavam a céu aberto na área-alvo. Nenhum deles era criança.

Ela havia desaparecido.

Lowry já estava redirecionando os alvos para uma área mais ampla, mas Gaul não tinha esperança. A primeira imagem havia coberto toda a área na qual alguém a pé poderia ter ido dentro daquele período de tempo. A ausência deles significava que haviam encontrado algum transporte.

Gaul se sentou em uma cadeira e descansou a testa nas mãos.

Rachel, fora de seu alcance.

Lá fora, no mundo.

Ela não podia se lembrar de nada importante, mas isso era temporário. Com a droga saindo de seu corpo, a memória dela começaria a juntar os pedaços dentro de uma semana. Depois disso, ela se lembraria de tudo.

O gosto em sua boca amargou. Por alguns segundos ele estava de volta em Boston, naquela merda de apartamento pequeno na West Ninth Street, esperando pelo dia em que a polícia bateria em sua porta.

– Senhor? – disse Lowry.

– O quê?

– Um dos processos da Hail Mary pode nos dar alguma coisa.

Gaul levantou a cabeça. No primeiro computador, Lowry havia rodado uma opção – na verdade, ele simplesmente concordou com uma alternativa que o programa tinha recomendado. O conjunto de softwares havia chegado a mesma conclusão que Gaul: a falha em localizar alguém a pé provavelmente significava que eles haviam encontrado um veículo.

– Parte do pacote de softwares mais recentes – disse Lowry. – Às vezes, há trilhas de calor no asfalto se um veículo acabou de deixar a área de busca. Seria bem falha, mas as Mirandas podem aumentar a sensibilidades e detectar o calor por até sessenta segundos, dependendo da velocidade em que o veículo estava indo. Se alguém dirigiu e saiu da área recentemente, podemos ter sorte.

A ampla imagem de El Sedero continuou sem movimento enquanto os satélites carregavam a nova tarefa. De repente, a imagem se enquadrou mais uma vez ao lado direito, a imagem aproximada de um shopping center. Falhada e sumindo conforme Gaul a observava, dois pontos azul-escuro escaparam do estacionamento para a rua, em direção à rodovia.

– Me mostre esse estacionamento sessenta segundos atrás – disse Gaul.

5

Dryden trocou de faixa para ultrapassar um caminhão, mantendo a picape no limite de velocidade para evitar chamar atenção. A visibilidade na 101 estava melhor que na cidade. Conforme a rodovia seguia a costa, ela também subia para além da neblina.

Por enquanto, o objetivo era simplesmente ganhar distância entre eles e El Sedero. Decidiria um destino depois de ouvir a história de Rachel. Ela havia ficado quieta no último minuto, pensando em como contá-la. Finalmente ela se virou para ele.

– Antes que eu diga qualquer coisa, preciso fazer uma coisa para que você acredite em mim – disse ela.

– Há homens com metralhadoras atrás de você. Seja lá o que estiver acontecendo, não precisa me convencer de ser real.

– Você provavelmente se sentirá diferente depois de escutar mais sobre o assunto.

Rachel olhou para baixo, para suas mãos. Elas estavam batendo sem parar em seus joelhos. O que quer que ela estivesse por fazer, estava deixando-a nervosa.

– Isso vai soar estranho, só para você saber – afirmou a menina.

– Mais do que já está acontecendo hoje à noite?

– Bem mais.

Ela respirou fundo, exalou e antes que Dryden pudesse responder ela disse:

– Pense em um número de quatro dígitos. Um aleatório, que não seja parte de um telefone ou qualquer outra coisa que eu poderia saber. Não fale alto, apenas pense nele. Deixe seus lábios grudados também para que você não mexa a boca acidentalmente como se os fosse falar.

Dryden lançou um olhar para ela, se perguntando se isso era uma brincadeira. Não era. Ela estava o encarando, a ansiedade corria por suas veias como uma corrente elétrica.

Dryden se focou na estrada novamente e resolveu fazer o que ela pedira. Ele fechou a boca. Ignorou os números que significavam alguma coisa para ele. Deixou a mente rodar e decidir por um número puramente aleatório: 6.724. A ideia mal tinha se formado quando Rachel falou novamente.

– Seis mil, setecentos e vinte e quatro.

Dryden virou e a encarou. Ela o olhou da mesma forma. A picape desviou e passou pelos tachões que dividem as faixas da pista, tremeu e fez barulho. Ele jogou o volante de volta para a esquerda e prestou atenção na estrada de novo. Por alguns segundos, encontrou algo inacreditável e incontestável ao mesmo tempo.

Ele a olhou novamente. Ela ainda o estava observando, assistindo à sua reação.

Ele mirou o horizonte e pensou: *Diga antílope se você estiver escutando isso.*

– Antílope – disse Rachel.

■

Curren acelerou até cento e quarenta quilômetros por hora, costurando o trânsito na rodovia.

– Eles estão sete quilômetros na nossa frente – disse Gaul pelo telefone. – Estão praticamente no limite da velocidade, então os alcançarão em questão de minutos. A próxima saída está a mais de trinta quilômetros.

– Entendido – disse Curren, mesmo que tivesse percebido que Gaul já havia desligado.

Trabalhar para o Gaul às vezes era como trabalhar para Deus. Os conhecimentos desse homem beiravam a onipotência, enquanto ele permanecia quase totalmente um mistério. Você também não gostaria de irritá-lo. Curren não se surpreenderia se descobrisse que Gaul poderia transformar pessoas em torres de sal.

■

– Você consegue simplesmente... me ler? – perguntou Dryden.

Ele sentiu sua mente tentando entender tudo aquilo, sem sucesso.

– *Ler* pode ser a palavra errada – disse Rachel. – Faz soar como se eu estivesse fazendo de propósito. É mais como *escutar*. Simplesmente acontece. Nem consigo desligar isso.

– E você escuta tudo. Cada pensamento. Cada ideia.

Rachel concordou com a cabeça.

– Até onde eu sei, sim. Às vezes é confuso, se não consigo discernir meus próprios pensamentos dos de outra pessoa. Se percebo que estou pensando, *seria uma droga levar um tiro agora*, é difícil saber se esse pensamento é meu ou seu. Mas a maior parte, sim, posso discernir e saber que são seus. – Então, mais tranquila, continuou: – Posso dizer que você é uma boa pessoa e que você gosta de mim, e que estar comigo te faz lembrar alguém. E isso me deixa feliz e triste ao mesmo tempo.

A tensão rastejou pela mente de Dryden: ele teria de censurar seus pensamentos a partir de agora? Cada coisa estúpida e aleatória que aparecesse em sua cabeça? Será que isso seria possível?

– Não se preocupe com isso – disse Rachel.

Demorou um pouco para que ele percebesse o que havia acabado de acontecer. Ela havia respondido a algo que ele nem tinha dito.

– Me desculpe – falou Rachel. – Posso esperar para que você de fato diga coisas, se preferir.

Por um longo momento, Dryden não disse nada. Ele assistiu às linhas das faixas da estrada passando.

– Como você faz isso? – perguntou ele. – Como isso funciona?

– Eu não sei.

– Você sempre foi capaz disso?

– Pelo menos nos últimos dois meses, sim. Por quanto tempo desde antes disso, não tenho a menor ideia.

Do jeito dela, ela soava tão confusa quanto ele se sentia. Sem dúvida, ela estava.

– Sei que não funciona com muita distância – disse ela. – Se você precisar de privacidade, uma curta caminhada à minha frente seria o suficiente.

O estranho frio na barriga de Dryden ainda estava lá. Ele não tinha sumido por nenhum instante desde que o notou, próximo à rodovia. Agora que pensou sobre isso, ele se perguntou se esse frio havia estado lá mesmo antes disso – na cidade, até mesmo na orla, nos primeiros momentos após encontrar Rachel.

– O frio na barriga vem de mim – disse ela. – Seja lá o que for que meu cérebro faça, é assim que as outras pessoas o sentem. – Pela forma como ela disse aquilo, quieta e vulnerável em tom de desculpas, Dryden podia quase ler os pensamentos *dela*. – Não pense que eu sou uma louca. Não me abandone. Por favor.

– Eu quase não sinto isso – disse Dryden. – Não se preocupe.

Ela balançou a cabeça e então dobrou as pernas em cima do banco e abraçou-as. Ela parecia pequenina, sentada ali daquele jeito.

■

Quatro minutos até que eles chegassem à picape. Curren ainda não podia ver as luzes traseiras dela, nas curvas e inclinações da estrada da costa, mas ele havia calculado em sua cabeça.

Olhou por cima dos ombros no banco central da van, onde três de seus homens se sentavam com suas armas prontas.

Ele não viu prazer em suas feições e também não sentiu satisfação alguma por si mesmo. A missão tinha de ser cumprida; nada além disso.

– Não se incomodem em parar o veículo – disse Curren. – Comecem atirando para matar. Primeiro na garota.

■

– O lugar onde eles me mantinham era como um hospital – disse Rachel. – Mas estava vazio. Só estávamos lá eu e as pessoas que me mantinham presa.

– Foi desse lugar que você fugiu nesta noite?

Rachel balançou a cabeça afirmativamente.

Dryden tentou imaginar. El Sedero era uma cidade bem pequena; era difícil pensar em um hospital abandonado lá. Pensou no distrito de onde os perseguidores de Rachel pareciam vir: a área do lado interno da cidade após o cume da duna. Havia um condomínio empresarial – uma centena de acres de solo bem-cuidado, com torres de um e dois pavimentos. O tipo de estrutura na frente da qual você podia passar dirigindo todos os dias por vinte anos e nunca pensar sobre ela. Você poderia trabalhar em uma delas e não ter ideia do que se passa no lugar ao lado.

– Aqueles eram os prédios – disse Rachel. – O local onde eles me mantinham estava isolado, bem mais para o fundo.

Dryden esperou para que ela continuasse. Ela ainda estava com os braços em volta das pernas e olhando fixamente para a frente, para a noite rolando em direção a eles.

– Acordei lá dois meses atrás – disse ela. – Eu estava amarrada a uma cama de hospital. Não sabia onde eu estava ou quem eu era. Um médico de cabelo loiro aparecia de vez em quando, ou para injetar um soro no meu braço ou para tirar um soro dele. Outras vezes, alguns homens entravam no quarto, os mesmos que estavam me perseguindo hoje, e me desamarravam da cama, então voltavam mais tarde para me amarrar de novo. Ninguém nunca falou comigo, não importava o quanto eu pedisse. Ninguém nunca me disse o que estava acontecendo, ou o porquê.

Dryden sentiu suas mãos apertarem o volante.

– Algumas vezes nos primeiros dias – disse Rachel –, notei pensamentos estranhos na minha cabeça. Por um tempo pensei que eles eram minhas memórias voltando, mas não por muito tempo, porque eram bizarros demais. Não se pareciam com os meus pensamentos, não mesmo. Por exemplo, alguns deles eram pensamentos de homem sobre sua esposa, pelo seu próprio ponto de vista. Esses pensamentos ficavam bem mais altos quando o homem loiro e os outros entravam no quarto; e em algum momento entendi o que eu realmente estava escutando.

Dryden passou por outro caminhão. Mais à frente, a rodovia estava vazia e escura por um quilômetro ou mais.

– Tudo que sei é que captei os pensamentos deles – disse Rachel. – Das pessoas naquele prédio. Não eram muitas, elas quase não sabiam de nada. Só tinham sido orientadas a me manter ali, mas não sabiam de onde vinha a ordem. Elas sabiam que eu podia ouvir pensamentos, tinham sido avisadas disso, mas ninguém tinha dito a elas *como* eu podia fazer isso, como fiquei desse jeito. Então eu também não sei.

– Eles deviam saber de outras coisas. Para quem eles trabalhavam? Para o Governo, para uma companhia, algo do tipo?

– Era difícil pegar qualquer coisa deles. Na maior parte do tempo não estavam próximos o suficiente de mim para que eu pudesse ouvi-los pensando. Mesmo quando estavam, quase nunca ajudava. Você ficaria surpreso do quão disperso é o pensamento das pessoas. Você ouve pequenos pedaços de brigas que elas tiveram com alguém, repetindo sem parar. Provavelmente coisas que desejavam ter falado. Às vezes, você só escuta uma música na cabeça delas. Quase nunca se escuta coisas importantes sobre a vida de cada um: seus nomes, seus trabalhos, ou coisas do tipo. Por exemplo, com que frequência você pensa no seu próprio nome?

– Acho que entendo isso.

– Quando as pessoas focam seus pensamentos, elas normalmente pensam sobre coisas que *não* sabem. Coisas das quais não têm certeza. Então, com esses homens, muitas de suas perguntas eram as mesmas que eu tinha. Por exemplo, quem eu era. De onde eu vinha. Eles não sabiam. Peguei o nome de alguém para quem eles trabalhavam, alguém muito poderoso, eu acho; um homem chamado Gaul.

O nome soou familiar para Dryden. Ele o havia escutado antes, ainda que não pudesse se lembrar onde. Alguém no topo de uma grande empresa de segurança, ele pensou. Bem acima da justaposição entre a corporação América e o Governo. Esse não era um mundo do qual Dryden havia participado, mas ele havia aprendido muito sobre isso durante seus anos em atividade.

– As pessoas naquele edifício pensavam muito nele – falou Rachel. – Sempre ficavam nervosos com relação a ele. Especialmente o homem loiro. Ele é a pessoa da qual captei mais coisas. Ele tinha uma sala no fim do corredor; seu escritório, eu acho. Ele ficava muito lá. Talvez pensasse que era fora do meu alcance, mas não era. Não exatamente.

– O que você aprendeu com ele?

Rachel fechou os olhos. Dryden teve a impressão de que ela estava organizando os pensamentos de novo, tentando colocá-los em alguma ordem que fizesse sentido.

– Eles tinham que tirar informação de mim. Coisas que eu sei… Coisas que *sabia*, pelo menos, quando eu podia me lembrar.

Dryden esperou para que ela continuasse.

– Era para isso que as drogas no soro serviam. Para me fazer falar enquanto eu dormia. Mas era mais do que isso. As drogas deveriam fazer com que eu pudesse ter conversas enquanto dormia. Alguém poderia me fazer perguntas e eu responderia. Como se estivesse hipnotizada, eu acho. Meus problemas de memória vêm das drogas, também. Pelo entendimento do homem loiro, esse era o efeito colateral que só acontecia quando eu estava acordada. Quando eu estava dormindo, *falando* enquanto dormia, ainda conseguia lembrar o que eu sabia. – Ela soltou a respiração suavemente. Dryden ouviu emoção no som dela. Um pouco de medo, por alguma razão.

– Você descobriu, depois de um tempo, o que tiraram de você? – questionou Dryden. – Você escutou o pensamento do homem loiro?

Rachel negou com a cabeça.

– Eles nunca me questionavam. O que escutei nos pensamentos deles era que sempre tinham que sair do prédio assim que as drogas fizessem efeito e me colocassem para dormir, e que outras pessoas chegariam para me questionar. Aquelas pessoas sempre iam embora antes que eu acordasse. O homem loiro e os outros não tinham ideia de quem eram as pessoas, nunca nem mesmo as tinham visto. Então eu não tinha como saber o que eu havia dito durante o sono. – Ela ficou quieta por um segundo. – Acho que isso tudo soa muito estranho para você.

Dryden observou a rodovia. O que Rachel havia dito não soou nem um pouco estranho. Dryden podia nomear três drogas diferentes que tinham os efeitos que ela havia descrito. Ele as vira sendo usadas em várias pessoas diversas vezes. Todas tinham os efeitos colaterais que Rachel agora sofria: um bloqueio de memória a partir do momento em que as drogas foram administradas.

Rachel se virou para ele. Olhou para ela e viu suas sobrancelhas chegando uma mais próxima da outra, confusa por ter acabado de escutar seus pensamentos.

– Há muito sobre mim que terei que explicar para você em algum momento – falou Dryden –, se você quiser saber.

Ela balançou a cabeça e olhou adiante novamente.

– Sobre essa informação que eles estão tentando tirar de você, parece que ela te assusta.

Rachel balançou a cabeça novamente e Dryden percebeu o mesmo tremor que havia escutado antes na respiração dela.

– Por que você está com medo dela?

– Porque *eles* tinham medo. O homem loiro e os outros que estavam lá, os soldados. Eles não sabiam de nada, mas conheciam outras pessoas que tinham alguns detalhes. Outras pessoas que trabalhavam para Gaul, em cargos acima. E qualquer que seja a informação na minha cabeça, aquelas pessoas são aterrorizadas por ela. Elas estão assustadas como quando se trata de algo grande e importante. Como doenças. Como guerras. É como se... algo estivesse por vir.

O calafrio na voz da garota parecia irradiar até os ossos de Dryden.

– É isso – disse Rachel. – Isso é tudo que sei. E estou assustada.

Antes que Dryden pudesse perguntar qualquer coisa, um novo par de faróis apareceu no retrovisor, a uma certa distância na rodovia. O recém-chegado mudou de faixa para passar outro veículo, movendo-se com velocidade.

Rachel reagiu – ou ao repentino alerta de Dryden ou aos pensamentos dele. Ela se virou e se inclinou para a frente para olhar o retrovisor do espelho do passageiro.

Dryden manteve seus olhos em seu próprio retrovisor, observando a estrada adiante somente tanto quanto precisava. O recém-chegado passou à frente dos faróis dianteiros do veículo que havia ultrapassado, transformando-se em uma silhueta por um momento fugaz.

Parecia uma van.

■

Gaul observou a F-150, seu compartimento de motor e cabine acesos em um fantasmagórico branco-azulado, em três ângulos de visão diferentes. Uma quarta Miranda tinha uma visão mais ampla, que incluía a van contendo Curren e o time. A van estava se aproximando com facilidade, e não havia sinal de que Sam Dryden houvesse notado seus perseguidores. A picape manteve sua velocidade.

O celular de Gaul tocou; era Hollings, o homem que ele havia designado para buscar as informações confidenciais do passado de Dryden. Gaul ignorou a chamada; nada no mundo importava mais naquele momento do que o drama que estava a ponto de se desenrolar naqueles monitores que, com sorte, teriam a velocidade e a eficiência necessárias. Dryden era um soldado bem-treinado, mas todo o treinamento do mundo não poderia rebater as chances que ele enfrentava. Curren e seu time eram seis homens com armas ultramodernas e treinamento, e tinham o elemento-surpresa.

A van chegou a quarenta e cinco metros de distância. Não havia como escapar.

O telefone parou de tocar.

■

Dryden observou a van se aproximando. Ela havia reduzido um pouco a velocidade depois que apareceu no campo de visão dele, talvez para não chamar a atenção, mas ainda assim havia diminuído a distância pela metade nos últimos sessenta segundos.

– Como nos encontraram? – perguntou Rachel.

Dryden pensou numa suspeita incompleta que havia sentido antes, quando estava ouvindo um helicóptero. Agora ela se formou por completo em sua cabeça. Ele negligenciara a ideia de primeira; não sabia no que alguém tão poderoso quanto Gaul estava envolvido.

– Eles estão usando um satélite – disse ele. – Talvez mais de um.

Ele pensou nas implicâncias desse fato, tentando se manter racional enquanto a van se aproximava. Dependendo da qualidade dos satélites de Gaul, ele e seus técnicos poderiam ser capazes de observar todo o conflito que estava a ponto de se desenrolar. Nesse caso, não haveria razão para parar e fugir a pé para as montanhas; câmeras termais de satélites os seguiriam com facilidade, e Gaul poderia direcionar seus homens em solo de acordo com elas. De fato, nenhum tipo de fuga teria êxito enquanto os perseguidores estivessem em condições de segui-los. Isso deixou as opções limitadas, e nenhuma delas era amigável.

Dryden sentiu velhos truques mentais voltando. Maneiras de manter seu pulso lento e sua mente fria. A sensação era estranhamente prazerosa, como o ritmo do baixo em uma música não ouvida há anos.

– Estou recebendo uma vibração de reafirmação de você – disse Rachel –, mas tenho que perguntar por que você ainda está indo no limite de velocidade.

– Isso os mantém acreditando que a surpresa está do lado deles – disse Dryden. – O que significa, que na verdade, ela é nossa.

Mais adiante vinha outro caminhão. Havia exatamente tempo suficiente para ultrapassá-lo antes que a van chegasse até eles. E isso seria crítico, porque Dryden logo entendeu o que tinha de fazer. A estrada estava perfeita para isso: duas faixas, uma delas limitada à esquerda por um muro de arrimo de concreto; outra à direita protegida por um guarda-corpo e então uma queda de 45 graus até o mar. Sem acostamento em nenhum dos lados. A rodovia poderia ser o Túnel Lincoln – exatamente do que ele precisava.

Ele olhou para Rachel.

– Você já sabe meu plano, não é? – ele questionou.

– Acho que sim – respondeu. E então segurou o apoio de braço na porta do passageiro, preparando-se para que as coisas ficassem difíceis.

Dryden arriscou um pequeno aumento de velocidade para passar o caminhão, até mesmo dando seta quando trocou de faixa. Atrás deles, a van trocou de faixa também e começou a aceleração final para diminuir a distância.

■

Gaul se inclinou em direção ao monitor mais próximo. Todo o estresse e a ansiedade da noite iriam acabar dentro de minutos ali, em um brilho pixelado.

Naquele momento, passos vieram correndo pelo corredor externo e um técnico apareceu na porta com um telefone sem fio.

– Senhor – disse o homem –, é o Hollings. Ele disse que a situação é crítica.

Mantendo seus olhos no monitor, Gaul pegou o telefone do técnico.

– Pode esperar trinta segundos? – disse Gaul no telefone.

– Não acho que possa, senhor – disse Hollings. – Tentei ligar no seu celular, mas você não atendeu...

– Você está perdendo segundos agora. Apenas me fale – disse Gaul.

– Tenho uma parte do arquivo confidencial do Sam Dryden. Ele é significantemente mais treinado que um policial. Se os homens de Curren ainda o estiverem perseguindo, precisam saber disso.

– O que o Dryden fez depois da polícia? – perguntou Gaul.

– Um programa federal chamado Ferret. Que poderia estar sob o comando da Homeland, mas ainda estou tentando descobrir.

– Que tipo de trabalho ele fazia no Ferret?

– A única coisa que o Ferret faz. Rendições atípicas.

As duas palavras desceram rasgando pela garganta de Gaul.

Seus olhos foram novamente para os monitores. A picape passeando no limite de velocidade. O homem ao volante carregando uma experiência de seis anos raptando pessoas para o governo dos Estados Unidos. Seis anos aprimorando um conjunto de habilidades que incluíam conflitos violentos em todos os ambientes civis possíveis.

O foco de Gaul foi para a van, aproximando-se da picape com velocidade, e ele viu o absurdo que havia estado adiante dele por minutos: não havia chance alguma de um homem como Sam Dryden falhar em identificar o problema atrás dele.

Gaul soltou o telefone sem fio e agarrou o celular em um movimento só.

6

Curren observou o F-150 passar além da cabine do caminhão à frente. Ele podia ver a silhueta de Dryden e a da garota no assento da picape.

– Quando ele voltar para a faixa da direita – disse Curren –, vou ficar na esquerda e passar ao lado normalmente. Permissão para atirar quando eu disser "agora".

Três atiradores no assento traseiro ficaram em posição. Um quarto atirador se preparou para abrir a porta de correr.

O celular de Curren tocou – Gaul. Ele iria atender, mas então o ignorou. Desviar a atenção do momento seria a decisão errada.

Mais adiante, Dryden passou para a faixa da direita. Curren acelerou e ultrapassou o caminhão, e faria a mesma coisa com a picape em menos de dez segundos. O homem na porta lateral a abriu; o vento fez barulho dentro do veículo. Os atiradores deixaram suas MP-5 prontas.

Nos últimos momentos antes que tudo acontecesse, Curren se perguntava como um homem como Sam Dryden – um antigo policial, sem mencionar o que fez por aqueles seis anos apagados – poderia ser tão inocente.

Então Dryden fez algo estranho.

Ele ligou a seta e voltou mais uma vez para a faixa da esquerda, ainda que não houvesse nada à frente para ser ultrapassado. A picape ficou diretamente à frente da van novamente.

– Mas que merda é essa? – disse Curren.

Dryden observava a van e o caminhão pelo retrovisor. O tempo exato seria uma fração de segundo, ainda que não houvesse como ser exato na execução. Isso resultaria em uma bagunça dos infernos.

Ao lado dele, Rachel apertou o cinto de segurança.

A van estava atrás da picape, a um carro de distância. O caminhão estava a dois carros de distância da van, na faixa ao lado.

– Perto o suficiente para ser trabalho do governo – disse Dryden, e então pisou fundo no freio.

O efeito foi tudo o que ele poderia ter desejado.

Naquela velocidade, o motorista da van não tinha tempo suficiente ou espaço necessário para reagir. Não havia lugar para onde ir, além da faixa vazia da direita, à frente do caminhão. A van desviou de uma vez, não batendo na traseira da picape por alguns centímetros.

No mesmo instante, Dryden tirou o pé do freio; a velocidade foi para sessenta e quatro quilômetros por hora. Quando a van passou a traseira da picape, Dryden desviou para a direita também, forçando a frente da van para o lado e levando-a para a mureta de proteção.

A mais de cento e vinte quilômetros por hora.

Tudo que restava era a física: massa, movimento, tração, velocidade, sem chances em nenhuma dessas questões. A frente da van se enfiou no guarda-corpo e sua traseira balançou para fora da estrada. Ela rodou mais de trezentos e sessenta graus, e então os pneus encontraram tração contra o asfalto quando o veículo estava mais ou menos de lado, quase tombando na rodovia. Pelo espelho, Dryden viu pelo menos dois corpos serem jogados para fora do veículo, pelo que parecia ser uma porta lateral aberta.

Tudo aconteceu três segundos após Dryden pisar nos freios. Durante os mesmo três segundos, o motorista do caminhão havia tentado parar – sem sucesso. O caminhão se chocou com a van desequilibrada e parcialmente rolou por cima dela, finalmente fazendo com que tanto a van quanto o caminhão conseguissem parar depois de um show de faíscas. A van, que teve seu tanque de combustível rompido em algum momento dessa acrobacia, estava em chamas.

Dryden parou a picape a quarenta e cinco metros além do acidente. Desceu, pisou na estrada e olhou para trás. Ele viu o motorista do caminhão abrir a porta, cair no chão e correr como se não houvesse amanhã, sem dúvida esperando que a van explodisse como uma bomba. Mas o combustível estava espalhado pela estrada, e o que havia restado no tanque já estava pegando fogo. Dryden focou sua vista e viu os ocupantes da van presos dentro dela. Os dois que haviam sido jogados para fora por conta do acidente provavelmente estivessem vivos. Não seria possível que tivessem qualquer utilidade para Gaul em um futuro próximo, isso se algum dia voltassem a ter.

Dryden voltou para a picape e encontrou Rachel o encarando, assustada, com os olhos esbugalhados.

– Me desculpe por isso ter que acontecer – disse Dryden.

Ele considerou dizer mais alguma coisa para tentar justificar sua ação, mas não o fez. Ela não era burra, e de qualquer forma, era hora de ir. Sem dúvida, Gaul já estava enviando seja lá o que fosse para mobilizá-los. Desta vez, provavelmente helicópteros e algo com asas. A única forma de sobreviver à próxima hora seria sumir dos satélites, ainda que, naquele momento, Dryden não tivesse ideia de como fazer isso. Seja lá o que ele inventasse fazer, levaria tempo, e não havia como dizer quanto tempo eles realmente tinham. Engatou a primeira marcha na picape e saiu. Chegou a quase cento e trinta quilômetros por hora, o mais rápido que podia ir sem arriscar explodir o motor.

Ele olhou para Rachel, que observava o nada, com olhos cheios de lágrimas. Ela as enxugou e disse:

– Não quero fazer você se sentir mal. Você me protegeu, e não havia outra maneira. Entendo isso. Estou chorando por algo estranho e... estúpido. Eu sou assim.

– Se quiser falar sobre isso, você pode.

Por um momento ela não disse nada. Então:

– Quando você bateu neles pela lateral, antes que batessem na mureta, estavam próximos o suficiente para que eu pudesse ler a mente deles. E, logo que bateram, todos sabiam que iam morrer. Indo rápido daquele jeito e, de repente, fora de controle daquela forma, eles simplesmente sabiam. Foram todos os sentimentos ruins ao mesmo tempo. Toda a dureza deles foi embora, todo o treinamento, tudo. Não havia nada além de medo e da consciência da morte.

Dryden a viu virar-se para ele.

– Eu amei – disse Rachel. – Amei que tenha sido assim tão ruim para eles. Pensei, *isso é o que acontece, eu espero que doa.* Senti tudo por mais ou menos um segundo e então me dei conta do quão ruim foi pensar algo desse tipo e fiquei triste.

Ela enxugou suas lágrimas novamente e parecia se sentir miserável.

– Se alguém nesse mundo tem direito a ser um pouco vingativa – disse Dryden –, essa pessoa é você.

– Ainda assim não sinto como se fosse certo. – Ela descansou a cabeça nos joelhos. – Tenho que parar de falar um pouco – disse ela. – Você precisa de tempo para pensar.

Dryden balançou a cabeça.

– Preciso pensar.

7

A sala do computador se alvoroçou. Gaul havia chamado quatro técnicos além de Lowry, para abrir mapas cujas cidades poderiam se tornar um caminho para Sam Dryden na rodovia 101. Prever seu próximo movimento ou pelo menos diminuir as possibilidades era fundamental. Seria estúpido assumir que Dryden era um civil qualquer. Certamente ele sabia que estava sendo observado por satélites, mesmo depois de se livrar do time de Curren, e seu principal objetivo agora era sair da vista dos satélites.

Uma vantagem que Gaul podia explorar era o grau ao qual os satélites tinham evoluído durante os anos desde que Dryden havia se familiarizado com eles no Ferret. As Mirandas eram de uma magnitude mais poderosa e adaptável do que qualquer coisa que estivesse nos céus durante o tempo de serviço de Dryden. Talvez ele já tivesse em mente um movimento para despistá-lo e, provavelmente, seria inteligente o suficiente para enganar um dos satélites com os quais ele já havia trabalhado. Mas, com certeza, não enganaria as Mirandas.

Era necessário apenas manter Dryden à vista por mais meia hora, no máximo, e tudo estaria acabado. Gaul já havia feito as ligações – ele já estava no telefone mesmo antes que a van de Curren tivesse parado de se balançar – para, literalmente, tirar do solo o seu segundo plano. Em poucos minutos, um helicóptero AH-6 levantou voo de um heliporto em Los Alamitos. Agora estava acelerando em direção ao norte cruzando Los Angeles a duzentos e quarenta quilômetros por hora, quase vindo ao encontro de Dryden, que estava ao norte da cidade, indo em direção ao sul.

Gaul marchou pela sala e silenciosamente se repreendeu por não haver enviado o helicóptero antes, no primeiro momento em que a garota fugiu. Se tivesse feito isso, aquela porcaria já estaria acima da picape no momento em que as coisas deram errado na rodovia. Mas não havia razão para pensar que Curren poderia falhar, uma vez que as Mirandas tinham localizado Rachel e seu novo amigo. Com todo o estresse de simplesmente encontrá-la, não havia ocorrido a Gaul que o time pudesse ser derrotado.

Ele se sentou, largando seu corpo em uma cadeira diante dos monitores que passavam informações das Mirandas. Um tinha uma ampla visão do AH-6, cruzando Century City. Três outros estavam travados na picape acelerada que levava Dryden e a garota. O veículo estava a um quilômetro e meio de sua primeira chance de sair da estrada desde El Sedero. Os técnicos de Gaul olharam para cima, e não para seus mapas, conforme a picape se aproximava da saída. Eles haviam compilado uma lista de lugares possíveis para os quais Dryden poderia estar indo para driblar os satélites. O consenso foi de que ele teria de ir para baixo da terra de alguma forma, para o subsolo de algum grande edifício, ou até mesmo para dentro dos túneis de esgoto. Se ele optasse por um prédio grande ou uma rede de túneis complexa o suficiente, teria como escolher entre dezenas de possibilidades de saídas, algumas delas separadas por centenas de metros. Esse era exatamente o tipo de ação que Gaul esperava que ele fizesse: demais para um satélite de alguns anos atrás, uma moleza para as Mirandas.

Gaul ficou de pé e começou a marchar novamente. Sua própria confiança o desencorajava; afinal, ele estava confiante de que

Curren terminaria o serviço e, como resultado, foi atrasado em sua próxima ação. Mesmo sendo quase impossível Dryden escapar das Mirandas, a prudência pedia por um plano B de qualquer forma. Gaul foi para o corredor e ligou para o número de D.C. novamente. Foi atendido no segundo toque.

– Se Dryden se livrar dos satélites – disse Gaul –, ele irá desaparecer da face da Terra. Não valerá a pena o tempo de observar as casas de velhos amigos e parentes; ele não cometerá um erro desses. Ele não cometerá nenhum erro, e não haverá onde nos segurarmos.

– Qual é o seu ponto? – perguntou o homem. Ele soou mais acordado. Talvez mais preparado pelo álcool.

– Se nós o perdermos de vista, precisaremos de algo extremo para encontrá-lo de novo. Vamos ter que torná-lo um alvo para a mídia. Fazer algo garantido para comandar as manchetes por dias.

Houve silêncio do outro lado da linha. Gaul imaginou o homem se movendo para longe de pessoas que pudessem escutar.

– Você tem algo em mente? – perguntou o homem.

Gaul pensou sobre aquilo.

– Grosseiramente, sim.

– Conte-me.

Gaul explicou a ele, falando por cima, gastando não mais que trinta segundos.

– Se nós fizermos isso e der errado – disse o homem –, teremos um grande problema.

– Teremos um problema maior se ela fugir de nós.

Silêncio na linha. Gaul ouviu o homem respirar.

– Eu vou falar com o Marshal[3] e com a Homeland – disse o homem. – Avise-me quando o plano entrar em ação. – Ele desligou antes que Gaul pudesse responder.

3 Referente ao U.S Marshal Service, o Serviço de Delegados dos Estados Unidos, que é a principal agência responsável por fugitivos. (N.T.)

Gaul retornou à sala do computador. Os técnicos estavam animados, enviando uma série de linhas de comando para as Mirandas disponíveis, todas as quatro que agora tinham a F-150 como alvo.

– Ele saiu da rodovia – disse Lowry. – Está se movendo em direção a cinco possíveis localizações. A maior probabilidade é um hospital de quatro andares, a oitocentos metros.

Uma das Mirandas já havia focado no hospital; o software havia puxado as plantas do edifício pela base de dados. Havia doze saídas, incluindo uma em um túnel abaixo do solo se conectando a um segundo hospital do outro lado da rua, que tinha sete saídas. Entre os dois edifícios, havia cinco pontos de acesso para túneis de serviço abaixo do nível da rua.

Os outros prédios possíveis eram quase tão complexos, e não haveria como dizer qual Dryden escolheria até que chegasse o último minuto. No entanto, o simples fato de que ele estava se movendo em direção a eles era um bom sinal. Até então, estava fazendo o que os técnicos haviam previsto.

– Vamos lá, babaca – disse Gaul. – Pise na armadilha.

■

Dryden foi beirando as ruas quase vazias. O céu ainda estava escuro, a primeira dica de que o amanhecer estava a pelo menos uma hora de distância. Adiante, as formas de alguns edifícios altos de escritório se sobressaíam perante os edifícios mais baixos – lojas, restaurantes, galpões.

Ele podia sentir os olhos dos satélites como miras. Desde que saiu do local do acidente, havia pensado em poucas outras coisas além das várias plataformas de espionagem com as quais havia trabalhado no Ferret – e os melhores desempenhos que ele havia testemunhado naqueles seis anos. Muitos anos haviam se passado desde então.

Rachel continuou quieta. Sentou-se com as mãos no colo, sem dúvida, nervosa, mas se contendo muito bem.

À frente, um semáforo verde ficou amarelo. Dryden diminuiu a velocidade e parou.

– Chegaremos no lugar para onde estamos indo em menos de um minuto – disse ele.

Rachel balançou a cabeça.

– Gosto do seu plano. Ele é... diferente.

– Ele tem que ser.

Rachel olhou através do vidro para o destino.

– Como você conhece esse lugar? – perguntou ela.

– Eu e minha esposa nos conhecemos aí, quando éramos crianças.

– Vai ser perigoso? Quero dizer, para as pessoas aí dentro?

Dryden balançou a cabeça.

– Eles treinam para isso todo o tempo, no caso de a coisa de verdade acontecer. Isso será apenas mais uma prática.

– Mas que vai deixá-los muito bravos.

– Farei uma doação para eles quando tudo isso tiver acabado.

– Vamos esperar que sim.

■

Nos monitores, a picape foi vista se movendo de novo, passando pelo cruzamento. Continuou por mais trinta segundos, então, diminuiu a velocidade e foi para o acostamento. Estava a três quadras do hospital e não mais próxima de qualquer outro edifício que os técnicos tivessem previsto. Instantaneamente, começaram a passar por suas notas escritas à mão enquanto Lowry puxava programas da base de dados, freneticamente tentando identificar o edifício na frente do qual Dryden havia parado.

As portas da picape se abriram; Dryden e a garota apareceram, já correndo. Correram pela calçada em direção à entrada principal do prédio. Gaul olhava para os monitores que mostravam a imagem mais ampla do lugar. O design e o perfil do edifício sugeriam um hotel térreo: longos corredores com pequenos quartos. Os satélites poderiam grosseiramente fornecer imagens de formas de corpos do lado de dentro, lendo infravermelho através do telhado. A claridade era consideravelmente reduzida, algo como a vista através de um vidro jateado, mas ainda era boa o suficiente para estabelecer o tamanho e o contorno de cada figura.

Todos pareciam estar dormindo, o que fazia sentido àquela hora.

Gaul se inclinou para mais perto do monitor mais próximo a ele. Algo sobre aquelas pessoas dormindo o incomodava, mas ele não sabia bem o quê.

– Já sei – disse Lowry. – É um internato.

Os técnicos trocaram olhares. Mas que raio de lugar era aquele para despistar os satélites?

Gaul de repente entendeu o que havia chamado sua atenção sobre as pessoas dormindo: elas eram pequenas. Todas eram crianças.

– Ah, merda – disse Gaul.

■

As portas não estariam todas trancadas, é claro. E não importava. Entrar em silêncio não era a intenção, e de fato ela não poderia estar mais longe disso. No meio da corrida, Dryden parou e pegou uma pedra decorativa pesada no jardim ao lado do caminho. Conforme ele e Rachel chegaram na entrada, ele a lançou através da janela de vidro ao lado da porta da esquerda. A esquadria vazia era estreita demais para que Dryden passasse, mas

Rachel o fez com facilidade. Um segundo depois ela abriu a porta pelo lado de dentro.

Correram para o cruzamento de corredores mais próximo e então Dryden parou, virando-se para ela.

– Você sabe o que fazer? – perguntou ele.

Rachel balançou a cabeça.

– Certo – disse Dryden. – Quando você entrar, corra na direção em que estávamos dirigindo, para o leste. Vou te encontrar a cinco quadras daqui. Mas mesmo lá, vamos manter uma distância entre nós por algum momento.

– Eu entendi – disse a garota.

Ele deu um tapinha no ombro dela.

– Vamos fazer barulho.

Eles se dividiram por corredores divergentes. Dryden viu uma alavanca de alarme de incêndio dezoito metros à frente, mas antes que ele pudesse chegar a ela, a tranquilidade foi destruída pelo som de cem decibéis do sistema de alarme. Rachel havia sido mais rápida que ele.

■

Gaul não precisava de áudio para saber o que estava acontecendo. Cada criança dormindo no prédio deu um solavanco em união perfeita. Era uma coisa surreal de se assistir em uma visão aérea. Dentro de segundos, elas lotaram os corredores.

Simples assim, a forma de Rachel se perdeu em um mar de formas similares. Dryden deveria ser mais fácil de ser distinguido, sendo mais alto que as crianças, mas com tantas pessoas em um espaço confinado, os corredores se tornaram rios brilhantes branco-azulados. Pior, as formas de outros adultos – professores ou quem quer que morasse lá em período integral – agora estavam convergindo de várias alas da escola, procurando gerenciar o caos.

Não havia forma de distingui-los de Dryden quando a multidão saiu do prédio.

■

Dryden se moveu para o meio da multidão de crianças que se dirigiam às saídas mais próximas. Conforme o fez, ouviu a mensagem que estava se espalhando pela multidão mais rápido do que qualquer um podia andar. Espalhando-se de pessoa para pessoa como uma onda de explosão desde seu ponto de origem – onde quer que Rachel tivesse começado a dizer: *Não é fogo! É um vazamento de gás. Distanciem-se do prédio o máximo que puderem!*

■

Gaul ficou parado e assistiu tudo ir por água abaixo. As pessoas estavam saindo da escola em massa e correndo para longe. Se eles tivessem parado a uma quadra ou duas, as Mirandas provavelmente poderiam ter mantido controle sobre elas como um grupo e notado quaisquer retardatários deixando o perímetro. Isso possibilitaria identificar Rachel e Dryden.

Porém, as crianças fugitivas e os professores não estavam parando depois de uma quadra ou duas, nem mesmo cinco. E agora os efeitos secundários estavam acontecendo: pessoas nos outros prédios, vendo a evacuação acontecendo – trabalhadores da madrugada, pessoas que chegaram cedo – estavam se juntando à fuga.

A área de busca era muito ampla e tumultuada demais. Uma sobrecarga de informações para os satélites e para os técnicos.

– Isso é foda – disse Lowry. Duas mãos passavam acima do teclado, comandando os satélites para que ampliassem seus campos de visão. – Crianças não devem apenas se organizar em fila do lado de fora quando há um teste de emergência de bombeiros? Era assim que fazíamos na minha escola.

– Dryden pensou nisso – disse Gaul.

– Como ele sabia que *tinha* que pensar? Ele não sabia o que esses satélites podem fazer.

– Ele não sabia – disse Gaul –, mas ele sabia que não sabia. Entendeu?

– Não – disse Lowry. Voltou sua atenção para os monitores e disse para o técnico mais próximo dele: – Configure vinte e seis a dois por dois quilômetros. Repita os outros satélites para isso. Nós podemos pegá-lo.

– Não, você não pode – disse Gaul. Ele pegou seu celular e saiu da sala novamente.

8

O deserto Mojave estava tranquilo abaixo do céu rosado, esperando pelo amanhecer. Dryden manteve o Jeep Cherokee em uma velocidade que combinava com o tráfego esparso ao seu redor, correndo em direção ao norte para fora de Palmdale e adentrando o deserto.

Ele e Rachel haviam pegado o Jeep em um estacionamento a mais de um quilômetro do internato. Dezesseis quilômetros depois, mudaram a placa do Jeep pela de outro veículo. Então foram para o leste, cruzando Simi Valley rumo ao norte de São Fernando e para cima, atravessando os cânions em direção ao deserto. Dryden havia escolhido as vias disponíveis com mais tráfego, preocupado em ser alcançado pelos satélites mais uma vez.

Por tudo isso, apenas agora ele estava relaxando. Não tendo outra maneira de saber as capacidades dos satélites, não assumiu que o truque do internato os tivesse enganado. Ele se preparou para que todos os veículos pudessem repentinamente rodar, e apontar-lhes armas de fogo. Por todo o caminho ele havia mantido sua mente estritamente focada em cenários de resposta, procedimentos que ele usaria se necessário, baseado em cada forma de ataque que ele poderia antecipar – incluindo aéreo. Esses planos tinham que ser revisados para se encaixarem em cada rua pela qual passavam.

Por fim, confiante de que problemas já teriam surgido se estivessem a caminho, ele permitiu que os cenários desaparecessem.

Rachel reagiu fisicamente à mudança, como se Dryden tivesse abaixado um rádio com volume estridente.

– Como você faz isso? – perguntou ela. – Como você se foca tanto?

– É um velho truque. É prática.

Eles rodaram em silêncio por um minuto. O deserto e a estrada ainda estavam envoltos na escuridão, mas as montanhas San Gabriel adiante haviam começado a receber o nascer do sol – um manto de luz descendo nos picos.

– Sobre as drogas que eles estavam usando em você – disse Dryden –, você chegou a ouvir como elas eram chamadas?

Rachel balançou a cabeça.

– O homem loiro nunca pensou no nome, pois já estava familiarizado com ela.

– Foi uma única droga específica?

Rachel balançou a cabeça.

– E ele a injetou em você com um soro?

Ela concordou novamente.

– Qual era a cor dele? Do líquido?

Rachel pensou.

– Praticamente transparente, mas meio azulado, eu acho. Quase não dava para ver a cor.

– Quando eles te deram, isso te fez dormir dentro de dois ou três minutos, certo?

– Sim.

– E exatamente antes de você dormir, suas mãos começavam a tremer, e você sentia um gosto em sua boca, como mostarda, sem motivo óbvio.

Ela o encarou.

– Sim.

Dryden balançou a cabeça.

– Há uma dúzia de drogas que eles usam para interrogar pessoas dormindo. Essa é a mais comum. – Ele olhou para ela. – Sua memória vai voltar, mas não agora. Vai demorar uma semana, um dia a mais, um dia a menos, talvez.

A reação dela frente à notícia foi complexa. Havia alívio em seus olhos, mas foi substituído por algo próximo ao medo. Ansiedade, no mínimo. Dryden imaginou que soubesse o porquê.

■

Eles pararam em um Burger King em Rosamond. Havia alguns trocados no painel do Jeep, incluindo algumas moedas de um dólar. Parecia estranho pegá-los, mesmo sendo de um veículo que já haviam roubado, mas essa seria a única vez necessária. Em breve, já não mais estariam roubando nem pegando mais nada emprestado.

Eles pediram hambúrgueres e batata frita e os levaram para uma área de mesas externa. No brilhar do sol, cada pedaço cromado no estacionamento cintilava como uma lâmina.

Dryden percebeu que ele estava vendo Rachel na luz pela primeira vez. Seus olhos eram mais escuros do que ele inicialmente havia pensado – castanho-escuro, como o cabelo dela. Outros detalhes se destacaram, imperceptíveis até então: a garota era pele e osso. Seus braços estavam cobertos de contusões de diferentes intensidades. As marcas denunciavam o que ela havia relatado: correntes para imobilizar e uma cicatriz inchada onde o conector do soro havia estado.

Ele pensou na orla – a forma como a garota colidira com ele na bifurcação. Se ele não estivesse lá, o que teria acontecido? Ela poderia ter ido em direção ao norte; ela teria visto por si mesma que a sul era sem saída. Talvez ela tivesse descido para a praia e corrido. De qualquer forma eles a teriam pegado em dois minutos.

Ela olhou para baixo, para sua bandeja. O vento balançou seu cabelo.

– Me desculpe – disse ela baixinho.

– Pelo quê?

– Por isso. Você entrar nessa situação. Eu sinto muito.

– Não sinta. Está tudo bem.

– Como está tudo bem? – perguntou ela. – Você não pode ir para casa. Qualquer lugar para onde você vá, eles...

– Ei – disse ele tão gentilmente quanto pôde.

– Você pode ouvir o que estou pensando – disse ele. – Se eu pudesse voltar para a noite passada e não estar lá, eu faria isso?

A testa dela franziu. Ela olhou para a bandeja novamente e falou sussurrando.

– Obrigada.

■

Passarinhos do deserto sobrevoavam o restaurante. Eles pousaram e pularam a alguns metros da mesa.

Rachel os observou, dando o primeiro sorriso que Dryden havia visto dela. Os olhos dela brilharam. Ela jogou para os passarinhos as últimas batatas da sua porção; o restante de sua comida fora engolido em alguns minutos. Comida oleosa de fast-food, mas sem dúvida a melhor coisa que ela comera nos últimos dois meses. Um minuto depois os passarinhos haviam ido embora, fazendo movimentos circulares no alto do estacionamento e do matagal. Rachel os assistiu, processando todo o vasto espaço aberto ao redor e o platô do deserto que alcançava as montanhas. Dryden imaginou o que aquilo pareceria depois de passar dois meses preso em um quarto.

– Como você escapou? – perguntou ele.

Rachel mordeu seu lábio inferior.

– Fiz algo muito ruim. Quer dizer, foi tudo no que consegui pensar e se eu dissesse que me arrependi não seria verdade, mas... foi ruim.

Dryden esperou.

– Na noite passada o homem loiro me deu a droga às sete horas, como em todas as noites. Acordei um pouco antes das três da manhã, também como em todas as noites. Mas, dessa vez, depois que acordei, ele veio com outra bolsa de droga. Aquilo nunca tinha acontecido. E não era a droga de sempre. Sobre esta ele havia pensado. Era algo chamado barbiturato. Havia o suficiente na bolsa para parar meu coração. O que era a ideia, eu imagino.

– Jesus.

– Falei para ele que eu sabia o que era aquilo. Ele ficou afobado, mas não parou de fazer o que estava fazendo. Então comentei outra coisa. Algo que eu tinha escutado no pensamento dos soldados quando me amarraram para a noite. O fato de que era verdade deve ter me ajudado a soar convincente. – Ela estava exausta. – Eles tinham ordens para contê-lo e colocá-lo na van junto ao meu corpo, e levar nós dois a uma cascalheira a quarenta e oito quilômetros ao norte de El Sedero. Durante o caminho, iriam amarrar a cabeça dele em papel-filme para sufocá-lo e então o enterrariam acima de mim.

Dryden imaginou a situação: o homem estando lá, ouvindo aquilo, sabendo que era verdade e conhecendo o tipo de homens para os quais trabalhava.

– O que aconteceu depois? – questionou.

– Perguntei se ele sabia como o sistema de segurança do prédio funcionava. Ele disse que não, então falei que eu tinha conhecimento de tudo que os soldados sabiam a respeito dele. Prometi que o ajudaria a escapar, uma vez que estivéssemos fora dali, se ele me soltasse. Ele concordou. Ele fez isso de verdade; acho que ele imaginava que não poderia mentir para mim. Então saímos do quarto. Chegamos longe, até a porta dos fundos do edifício. Dei a ele o código para desarmar o alarme da porta, mas não falei que havia detectores de movimento nos fundos do prédio, e que não havia forma de desligá-los.

Dryden pensou que sabia o que estava por vir. Se ela realmente não se sentiu bem por isso, ele, ao contrário, sentiu-se bem por ela.

– Apenas disse que teríamos que correr – disse ela. – Abrimos a porta e contamos até três, e então ele foi. Ele deu mais ou menos vinte passos até que as luzes se virassem para ele e tudo ficasse muito barulhento, mais ou menos no momento em que ele percebeu que eu não o havia seguido. Ele se virou e me viu parada na porta e entendeu. Mas então já não havia nada que ele pudesse fazer. Ele não tinha escolha além de continuar correndo. Pisei para fora e me escondi em uma moita ao lado do muro assim que os soldados apareceram e foram atrás dele. Esperei até que estivessem fora de vista antes de tomar uma atitude e correr na direção contrária; escutei os tiros cerca de dez segundos depois. Não sei quanto tempo eu ganhei fazendo tudo aquilo. Um minuto, talvez. Vi as lanternas atrás de mim logo depois.

A voz dela havia perdido a força até tornar-se somente um fôlego no momento em que terminou de falar.

– Eu sei que ele merecia isso – disse Rachel. – Só não gosto de dizer a mim mesma que as pessoas merecem isso.

■

Eles voltaram para a estrada. Chegaram à rodovia 58 e seguiram para o oeste em direção a San Gabriel. Para a Bakersfield. Subindo as montanhas, Dryden olhou pelo retrovisor. O contorno do deserto Mojave brilhava no sol como um vidro quebrado, como a ruína estilhaçada de uma cidade.

Qualquer que seja a informação na minha cabeça, aquelas pessoas são aterrorizadas por ela. Elas estão assustadas como quando se trata de algo grande e importante. Como doenças. Como guerras. É como se... algo estivesse por vir.

No assento do passageiro, Rachel teve calafrios e olhou espantada para Dryden.

– É assustador esperar uma semana para descobrir o que sei – disse a garota. – Seja lá o que for, talvez eu possa avisar as pessoas sobre isso, se eu conseguir me lembrar.

Dryden pensou na droga que haviam dado a ela. Pensou nos lugares que ele havia visto a substância sendo usada – pequenas salas de tijolos vermelhos no Cairo e em Tikrit, os porões de navios ancorados no Diego Garcia... Por alguns segundos, o passado dele parecia um outro passageiro no Jeep, inclinando-se para a frente no espaço entre ele e Rachel. Ele ignorou o sentimento e se focou na droga novamente, pensando nos detalhes que conhecia dela.

– Talvez exista uma forma mais rápida de chegar às suas lembranças – disse.

9

Se a vida lhe der um limão, faça uma limonada.

Essa expressão havia se tornado uma espécie de mantra para Gaul com o passar dos anos. A moral equivalente a uma calçadeira de sapato, ele supunha, ainda que preferisse não pensar daquela forma. Era uma avaliação da realidade, apenas isso. Um princípio organizado.

Ele havia pegado essa frase de um colega de faculdade que se tornara um advogado de defesa de sucesso. Esse velho conhecido uma vez interrogou uma garota de 15 anos que tinha sido estuprada em uma festa da fraternidade. A garota era sulista e pobre, e os acusados, estudantes de Tulane vindos de famílias abastadas – um tinha uma juíza federal como tia. O amigo de Gaul explicou para ele quando saíram para beber juntos, anos depois do acontecido, as atitudes e o foco mental para colocar uma garota adolescente no tribunal e destruí-la em pedaços na frente de sua família. Havia uma meticulosa estratégia nisso. Não restava dúvidas de que ela acabaria chorando na frente do júri, mas tudo bem, contanto que ele a fizesse parecer uma mentirosa diante do que havia acontecido. Sim, o júri ia se sentir protetor em relação a ela, e sim, aqueles sentimentos ficariam ainda mais fortes quando as lágrimas viessem, mas, desde que a fizesse se confundir na própria história, contanto que ele fizesse isso *exatamente certo*, então não pareceria que estava atacando a pobre coitadinha. Se planejasse perfeitamente, enfeitasse um pouco o discurso, modo de dizer, então o choro, na verdade, funcionaria contra ela. Mostraria fraqueza no testemunho. Havia tudo isso para considerar, ainda que lá no fundo, fazendo um barulho baixo como uma geladeira velha, estivesse o conhecimento de que seus clientes, de fato, cometeram o crime. Haviam segurado-a no corredor, na saída da cozinha da casa da fraternidade; a música estava tão alta que ela podia sentir o baixo em seus ombros e quadris, quando eles a pressionaram contra o chão, e as pessoas no quarto ao lado não a puderam escutar gritando quando os três réus a violentaram. Não era trabalho dele se perguntar por que eles haviam feito aquilo. Calor do momento, álcool demais, homens alfas sendo alfas e tudo aquilo. Também não era trabalho dele achar falso para caramba quando apareceram arrependidos em seu escritório uma semana depois, com os olhos cheios de nada além de medo do futuro. Não, o trabalho dele era ajudar a salvar o futuro deles. E se isso significava destruir uma garotinha, violando-a novamente – a consciência lhe diria isso se deixasse – bem, e daí? Tinha um trabalho a fazer. Tinha que fazer uma limonada com o limão que a vida lhe dera.

Gaul havia achado essa noção tão útil quanto um facão na folhagem da selva, justamente no momento em que a vida o colocava numa situação traiçoeira. Em termos de carreira, com "jeitinho", era possível lidar com quaisquer tipos de problemas, criando oportunidades para mover-se adiante.

Ela até o ajudou a enterrar velhas mágoas, como aquele barulho feio na água abaixo da Harvard Bridge, que às vezes voltava a ele na escuridão antes do sono.

Gaul tinha essa expressão em sua mente agora, enquanto estava de pé abaixo das palmeiras próximas do mirante, a 270 metros acima da Praia Topanga. A rodovia da Costa do Pacífico passava em curva lá embaixo. À frente, o oceano azul-claro no fim da neblina matinal. Ele observou um SUV pegar a saída da rodovia em direção à rua do cânion. Subiu pela estrada de terra e virou na rua do mirante. E então parou ao lado de sua BMW. Não havia outros veículos nem pessoas ao redor.

A porta traseira do SUV se abriu e um homem chamado Dennis Marsh saiu do veículo. Ele tinha 50 anos, cabelo curto e alguma calvície. O vento vindo do oceano batia e fazia barulho na gravata e na calça social dele. Marsh foi até onde Gaul estava, colocou as palmas de suas mãos no parapeito e olhou para o mar. Sem aperto de mãos.

Gaul não perguntou como o voo desde D.C. havia sido. Marsh havia chegado ali no assento traseiro de uma F-16, que viera a toda velocidade, para poder ter essa conversa ao vivo. Havia coisas sobre as quais não se devia falar pelo telefone mesmo que em linhas seguras.

Gaul observou o rosto do homem. Ele conhecia Dennis Marsh por mais de vinte anos. O homem era um realista quando tinha que ser – caso contrário, não teria se tornado secretário da Homeland Security –, mas estava muito longe de ser um seguidor da filosofia de *se a vida lhe der um limão, faça uma limonada.* Um fato que deixou Gaul um pouco nervoso, dada a estatura profissional do homem.

Se pessoas sem importância criavam problemas, era fácil lidar com elas. Como o médico idiota que estava observando e cuidando de Rachel em El Sedero. O homem havia se encontrado com um rapaz do *L.A. Times* durante o almoço uma semana atrás. Gravações de áudio da conversa não haviam captado nada que causasse dano e foi descoberto que o repórter era primo do médico, mas, mesmo assim, Gaul optou por se assegurar. Por que deixar uma porta problemática se abrir um pouquinho? Mas soluções tão fáceis não estavam disponíveis quando se estava lidando com alguém do nível de Marsh.

– Ouvi notícias do nosso amigo – disse Marsh. Seu olhar fixado no oceano. – Ele me explicou o que você quer que eu faça.

Gaul não disse nada.

– De forma alguma farei isso às cegas – disse Marsh. – Você sabe disso. Precisa me dizer com o que eu estou lidando. Quero saber tudo.

– Eu não posso te contar tudo. Eu mesmo não sei de tudo.

– Se eu fizer o que está pedindo, estarei arriscando muito mais do que a prisão – disse Marsh. – Colocarei em risco o nosso nome. Conte-me.

Gaul queria pedir para que ele relaxasse. Queria lembrá-lo de que há pedregulhos políticos muito maiores rolando e se triturando pelo caminho por conta disso e que entre os homens que queriam ver a solução resolvida, estava o chefe de Marsh, aquele que tinha o jardim de rosas[4] do lado de fora de sua casa. Queria dizer, em resumo, que sua cooperação não era de jeito nenhum a porra de um favor que ele pudesse usar contra ele depois. Em vez disso, Gaul manteve um tom de voz respeitoso e disse:

– Entendo a posição na qual eu estou te colocando por isso, Dennis. Eu vou te dever uma.

Marsh finalmente se virou para olhá-lo de frente, com a expressão de "tolerância zero para bobagens de amigos".

– Me conte.

Gaul descansou seus cotovelos no parapeito e olhou para baixo, para a rodovia. Quanta informação deveria ser mesmo passada? Por onde começar?

– Eu já sei algumas partes – disse Marsh. – Sei que você não está de verdade atrás de Sam Dryden. Sei que há uma garota, sei que você a teve sob custódia por dois meses e sei que isso está ligado à pesquisa no Fort Detrick, mais de uma década atrás. – A

4 Referência ao jardim da morada presidencial, a Casa Branca, nos Estados Unidos. (N.T.)

voz de Marsh ficou mais baixa, como se os pontinhos de pessoas na praia abaixo deles pudessem escutá-los. – Tenho informações militares, Martin. Todos os tipos de conversas para abafar casos nesse meio. Sei sobre os testes em animais em Detrick, muito tempo atrás. Os macacos. Tenho consciência de que existiram testes em humanos anos mais tarde, tentando alcançar os mesmos efeitos, e ouvi de mais de uma fonte confiável que eles funcionaram. Acertei tudo até agora?

Gaul balançou a cabeça sem olhar para ele. Ele ouviu um chiado na respiração do homem, em resposta.

– Ave Maria – sussurrou Marsh, dizendo em seguida: – Ela é uma delas? Ela lê mentes?

Gaul manteve sua reação escondida. Manteve sua boca fechada e seus olhos no movimento do oceano.

Se você acha que tudo o que ela pode fazer é ler mentes, então suas fontes não são tão boas quanto você imagina. Ouvir pensamentos é o mínimo que Rachel pode fazer depois de entrar em sua cabeça.

– Sim – disse Gaul. – Ela pode ouvir pensamentos.

De sua sua própria maneira temporária, ele supôs, essa era toda a verdade. Até que a memória dela voltasse, Rachel *estaria* limitada à leitura de mentes. Essa era uma habilidade passiva, como escutar ou sentir dor. O restante de suas capacidades era ativa, habilidades intensivas de foco. Com sua memória bloqueada, ela nem sabia que as tinhas.

– Então seja direto comigo – disse Marsh. – O que exatamente está acontecendo? No que você está pedindo para eu me meter?

Por um momento Gaul não respondeu. Uma Humvee amarelo-brilhante com o teto aberto passou pela estrada. Conforme ela passou abaixo do mirante, três garotas dentro dela gritaram e riram alto, o som foi levado pelo mesmo vento que soprava os longos cabelos loiros delas. Gaul observou o veículo descer para a costa em direção à Santa Mônica. Como será que era ser tão despreocupado? Não saber quanto do mundo estava por mudar.

– Martin?

Gaul piscou. Ele se virou de volta para Marsh e se levantou do parapeito.

– Não vou entrar em detalhes sobre o que aconteceu em Detrick – disse. – Exceto para dizer que a pesquisa lá terminou cinco anos atrás e então foi tomada por interesses privados. Empresas de segurança.

– Plural?

Gaul balançou a cabeça.

– Duas de nós. Minha companhia, Belding-Milner, junto da Western Dynamics.

Algo passou pela expressão de Marsh quando ele ouviu aquilo. Ele parecia um jogador de xadrez interpretando a nova organização das peças no tabuleiro. Fácil chutar o que o pegou de surpresa: Belding-Milner e Western Dynamics haviam sido rivais por anos. Rivais de verdade. Todo mundo sabia disso. Os olhos de Marsh se apertaram por um décimo de segundo enquanto ele processava as novas notícias.

– Ambas assumiram o controle da pesquisa – disse ele.

– *Cada uma* assumiu o controle – retificou Gaul. Ele observou Marsh entendendo o sutil significado da palavra.

– Cada companhia está trabalhando independente da outra, você quer dizer. Sem dividir nada.

– Sem dividir nada – enfatizou Gaul. – Tenho certeza de que o governo está bem feliz por isso correr assim. Apesar do que você escuta, eles estão de acordo com uma pequena competição de vez em quando.

– Então, quem ganhou?

Gaul olhou para baixo. Sua mandíbula se apertou. Mentira por mentira para não passar humilhação nunca chamou muito a atenção dele.

– A outra empresa. Em cinco anos nossa pesquisa não rendeu quase nada. A Western Dynamics teve sucesso desde o começo.

Marsh esperou para que ele continuasse.

– Como você sabe, eles estão além de apenas fazer pesquisa. Eles têm um produto nos testes finais.

– Que tipo de produto? – perguntou Marsh.

– Pessoas. Não quero dizer cobaias de testes, mas sim operários de verdade. Trabalhadores leais.

– E esses operários são... leitores de mentes também.

Gaul balançou a cabeça.

Leitores de mentes, entre outras coisas.

Os operários da Western Dynamics, tecnicamente, podiam fazer as mesmas coisas que Rachel, ainda que isso fosse comparar um clube de xadrez do colégio ao Gary Kasparov. Rachel era quase uma divindade perto deles.

– Então onde você entra em tudo isso? – perguntou Marsh.

– Eu entrei alguns meses atrás, com uma ligação de um grande amigo que estava em Detrick. Chefe de um pequeno grupo de trabalhadores que seguiam as pesquisas por lá. Ele tinha informação sobre uma cobaia de teste daquela época. Uma garota. Os eventos que finalizaram a pesquisa em Detrick foram traumáticos. Mas essa garota não havia apenas sobrevivido, ela havia escapado. Ela está livre desde então, cinco anos, mas houve uma chance de... readquiri-la. Meu amigo imaginou que a Belding-Milner poderia encabeçar esse esforço.

– E ganhar algo que vocês poderiam usar contra a rival de vocês.

– Exatamente.

– Ela é uma criança, Martin. O que o seu pessoal iria fazer com ela?

Fazer uma limonada com nosso limão.

– Nada mais do que o necessário. A maior parte dos testes que tínhamos em mente poderia ser feito com algumas gotas do sangue dela, ou por ressonância magnética. Mas nosso primeiro passo foi organizar um interrogatório com narcóticos. O conhecimento dela por si só tinha que valer a pena ser investigado.

– E?

Gaul suspirou.

– Ela sabia mesmo de alguma coisa.

– O que ela sabia?

Gaul ficou quieto por um bom tempo. Longe, ao sudeste, um grande iate saiu da Marina del Rey, entrando na névoa.

– O que a garota sabia? – repetiu Marsh.

Gaul contou para ele. Quando terminou, três minutos depois, o rosto de Marsh estava totalmente pálido. O brilho do suor enfatizou as linhas em sua testa.

– Isso é real? – perguntou Marsh. – Isso não é só uma proposta que algum técnico inventou e…

– Me disseram que está em espera para ficar ativo a qualquer momento. Você entende, então, por que a garota não pode ficar viva? Nas circunstâncias erradas, ela poderia interferir nisso. Haveria sérios problemas. Isso é maior do que um jogo de poderes entre duas empresas de segurança, Dennis. Minhas ordens para matá-la vieram do topo da pirâmide. Eu tenho que segui-las.

Marsh balançou a cabeça, devagar e sem força. Sua boca aberta, sua língua tentando molhar os lábios.

– Você está de acordo e vai participar disso? – questionou Gaul. – Você vai me ajudar?

Outro balançar de cabeça, quase imperceptível. Marsh estava olhando além de Gaul, absorvendo a amplitude de Los Angeles. Talvez ele estivesse vendo na luz o que estava por vir.

– Então é isso – disse Gaul. – Você sabe o que fazer.

Ele não esperou que Marsh concordasse novamente. Virou-se e foi até a BMW, entrou e deu partida. Olhou, deu ré, virou cento e oitenta graus, apontando a frente do carro em direção à rua que descia e então ergueu a cabeça para olhar para Marsh mais uma vez. O homem ainda estava de pé ao lado do parapeito, perdido no que ele havia acabado de descobrir. Por um momento, Gaul sentiu o mesmo nervosismo que havia sentido no primeiro momento em que Marsh saiu do utilitário. O quão realista esse homem era? Até que ponto ele embarcaria nessa? Então Marsh se virou resignado e seguiu de volta para seu veículo.

Isso terá que ser suficiente, pensou Gaul. Tirou o pé do freio e desceu em direção à rua do cânion.

10

O homem atrás do caixa da loja de artigos esportivos estava olhando para uma revista com uma mulher nua na capa. Rachel não podia de fato ver a revista – o homem estava com ela debaixo do balcão, fora do campo de visão –, mas ela podia mais ou menos ver as imagens na cabeça dele, as quais tinham muitas tatuagens. Havia anéis de metal e espinhos metálicos passados através da pele. De tempos em tempos, o homem virava sua atenção para uma mulher na loja. Rachel podia sentir seus olhos passando pelas suaves linhas das curvas das pernas da mulher, subindo e seguindo até a borda dos shorts. Acima dessas imagens mentais vinham os pensamentos dele, crus e simples. Eles pareciam quase ruídos animais. *Muito bem, muito bem, puta que pariu...*

Rachel tentou se manter longe do olhar dele o máximo que conseguiu. Ela ficou próxima a Sam enquanto ele empurrava o carrinho. A loja de artigos esportivos era em Bakersfield. Era pouco depois das dez da manhã e através da grande parede de vidro da fachada, Rachel conseguia ver o estacionamento e a cidade além, tudo brilhando à luz do sol.

Ali mesmo, parado próximo ao limite do estacionamento, estava o carro usado que eles haviam comprado no fim da rua. Um

Toyota alguma coisa, um RAV4; ela pensava que Sam o chamava assim. Era velho, mas ele estava satisfeito com o quão rápido ele corria. Eles deixaram o Jeep roubado em um estacionamento para longos períodos no aeroporto e andaram de lá até o vendedor – depois de passar pela Payless para comprar um par de tênis para Rachel. Mas antes que eles tivessem feito qualquer uma dessas coisas, antes que tivessem chegado a Bakersfield, dirigiram por uma estrada de terra nas montanhas ao sudeste da cidade. Na base de um pinheiro no meio da mata, Sam havia pendurado uma caixa plástica com três coisas dentro. Primeiro, um envelope contendo dez mil dólares em notas de cinquenta e de vinte. Depois, uma arma e uma caixa de balas. Por último, um envelope com três grupos de identidades falsas. Todas tinham a foto de Sam, mas com nomes diferentes.

É de grande ajuda ter amigos em lugares obscuros, ele teria dito.

Rachel havia perguntado porque ele tinha tudo aquilo escondido lá. Ele explicara que, com seu antigo trabalho, ele às vezes mexia com pessoas muito poderosas. Em um mundo perfeito, aquelas pessoas nunca descobririam o nome dele, mas, no mundo real, coisas aconteceram – *merda aconteceu* foi como ele montou a frase em seu pensamento.

O que eu quero dizer é que essa não é a primeira vez que eu tive que pensar em desaparecer, ele teria dito.

O que a fez pensar sobre algo: não era estranho que ela havia encontrado alguém que fosse assim tão bom em mantê-la a salvo e protegê-la de Gaul e de seu pessoal? Isso não era uma coincidência incrível?

Junto daquele pensamento veio outro, de algum lugar bem no fundo de sua mente: *seria* uma coincidência?

Rachel não podia imaginar o que mais poderia ter sido, mas a pergunta a incomodava.

Eles estavam de pé na frente de uma prateleira cheia de refeições congeladas: sacos de papel-alumínio com fotos de pessoas fazendo caminhadas, etiquetados com o nome das comidas, como *Lasanha com Molho de Carne* e *Frango Teriyaki com Arroz*.

– Palavra de amigo – disse Sam. – Tudo isso vai ter um gosto horrível. No entanto, é tudo leve para carregar.

Ele encheu metade do carrinho com eles. Roupas para ele e Rachel ocupavam a outra metade. Acima das roupas estavam dois itens: um fogão de propano do tamanho de um CD e uma bomba purificadora de água portátil. Enfiadas no espaço inferior do carrinho havia duas mochilas, dois sacos de dormir e dois pares de tênis para caminhada. Tudo o que precisariam para ficar na mata por uma semana ou mais. Quando aparecessem novamente, ela saberia quem realmente era – se eles não descobrissem antes.

Uma mulher de meia-idade passou por eles. Rachel captou um pensamento fragmentado: *Ainda gosto do cinza, mas... O que é isso aqui? Não, esses são de homem.*

Ao longe, como um rádio ligado com volume baixinho, mas com um zumbido constante, o homem do caixa ainda estava olhando para a revista pornográfica.

Sam empurrou o carrinho para o corredor seguinte. Rachel o seguiu. Ela descobriu que não gostava de ficar muito longe dele. Comparados ao de todas as outras pessoas das quais ela havia ficado perto hoje – mesmo aquelas em outros carros na rodovia –, os pensamentos de Sam eram únicos. Não importava o que ele estivesse pensando, havia um sentimento que sempre estava lá, um sentimento que parecia estar direcionado a ela. Isso a fazia pensar no calor próximo a uma lareira. Era assim que ela sentia os pensamentos de Sam. Como um calor protetor. Como um abraço.

■

Eles estavam indo na direção norte cruzando a cidade, dez minutos depois, quando aconteceu. Ainda tinham mais duas paradas a fazer: uma loja de eletrônicos em Bakersfield, para comprar um gravador e uma loja específica na cidade de Visalia, a uma hora dali. O que precisavam em Visalia eram de dois itens incomuns – Sam tinha passado dez minutos em um orelhão, ligando para lugares para perguntar sobre eles. Estes itens seriam apenas para emergência; Rachel torceu muito para que não precisassem deles.

Sam virou-se para ela. Uma preocupação inundou os pensamentos dele.

– O que há de errado? Rachel?

Ela forçou para soltar o ar da respiração e depois inspirou novamente.

– Estou bem – disse ela. No entanto, ela se ouviu, percebeu como soou e não parecia bem. Ela não se sentia bem mesmo. Por um segundo, não teve ideia do que, *de fato,* sentiu. Parecia medo, mas por quê? Do que tinha medo?

Então os olhos dela travaram. Ao norte da Best Buy, se destacando na cidade: uma antena de telefone alta. Não havia nada de especial nela. Apenas estava lá, com sua luz vermelha intermitente quase invisível sob o sol. Ainda assim ela quase não conseguia olhar para aquela coisa. Era como olhar para a foto aumentada do rosto de um inseto. Aquilo tudo fazia a pele dela arrepiar.

– Rachel, o que foi?

– Eu não sei – disse ela.

Ela não queria contar. Ele pensaria que ela era louca.

Sam deu seta e saiu da rua, parando o Toyota em um centro comercial.

– Ei – disse ele. Sua voz era suave. A sensação de lareira estava mais forte do que nunca. Ela olhou para longe da antena e deixou aquela sensação levar o medo embora. – Você pode me contar, seja lá o que for.

Rachel balançou a cabeça. Ela respirou fundo e explicou da melhor forma que podia. Esperou ouvir julgamentos na cabeça dele quando terminou, mas não houve nenhum. Tudo o que ele fez foi olhar para a antena e tentar achar sentido no que ela havia descrito.

– Talvez as drogas tenham me deixado paranoica – disse Rachel.

Sam ainda estava olhando adiante através do vidro.

– Eu não acho – disse ele.

– O que mais existe nessa história? Por que você teria medo de algo assim?

Depois de ter tirado seus olhos da antena por um longo período, ela sentiu vontade de olhá-la mais uma vez.

– Isso soa como uma resposta condicionada – disse Sam.

– O que é isso?

– Significa que, se havia algo do qual você tinha medo antes de perder suas memórias, algo do qual você *realmente* tinha medo, você ainda estaria assustada agora, mesmo que não pudesse se lembrar do porquê.

A palavra *Pavlov* passou pelos pensamentos dele.

– Mas mesmo antes de perder minha memória – disse Rachel –, porque eu teria medo de uma antena de transmissão de celular?

– Talvez saberemos em breve.

11

A última boa memória da qual Owen Carter podia se lembrar, antes que o Homem da Voz Arranhada começasse a falar dentro de sua cabeça, era de um dia no ano anterior, quando ele levara a picape de seu avô para dentro do deserto e encontrara uma tartaruga, e desenhou rascunhos dela durante toda a tarde enquanto ela se banhava de sol. Havia paz no ato de desenhar. Ele sabia disso desde os tempos de colégio, dez anos atrás. Ele gostava da simplicidade dessa função: fazer o desenho parecer próximo da realidade. Fazer até mesmo ele *ter sentido* como a coisa real, do jeito que se sente ao ver ao vivo. Era um jeito de ele escapar quando outras coisas em sua vida ficavam difíceis demais, o que acontecia o tempo todo.

Ele não é burro, havia escutado seu avô dizer certa vez, há anos. Owen estava vindo da oficina, as mãos cheias de graxa por trocar a caixa da embreagem de um velho Suburban, e havia escutado o fim da conversa mesmo do outro lado da porta. O avô estava falando com seu amigo Carl, que era dono de um mercado em Cold Spring, a alguns quilômetros na mesma avenida. Era lá que Owen sempre comprava seus blocos de papel e lápis.

Ele só precisa das coisas explicadas de uma forma exata, dissera o avô, *e de nada o distraindo. Ele pode consertar qualquer coisa dentro de um capô tão bem quanto eu.*

O que vai acontecer com ele se você morrer amanhã, Roger? Carl perguntou. *Quer dizer, você só tem 68 anos, mas merda acontece. Ele vai tocar a loja sozinho? Ele vai lidar com dinheiro e com as despesas, e manter os equipamentos atualizados? Ele vai lidar com aqueles riquinhos imbecis de merda que têm um ataque na rodovia e são guinchados, e torram a paciência e reclamam sobre o valor do trabalho porque estão tendo um dia ruim e precisam de alguém com quem reclamar? E há ainda uma questão, também, porque você precisa de uma certificação estadual para ter uma loja e não vejo como ele vai consegui-la.* A voz de Carl soou um pouco mais simpática em seguida. *Só estou dizendo que alguém terá que tomar conta dele. E não será nem eu, nem a Tonya. Nós vamos para a Costa do Golfo depois que nos aposentarmos. Veja bem, eu entendo que você não queira pensar nisso, mas você está tapando o sol com a peneira em relação ao que acontecerá com ele quando você não estiver mais aqui. Você precisa ter um plano.*

Owen havia ficado de pé do lado de fora da porta, esperando escutar o que o vovô diria para responder tudo aquilo, mas o vovô não disse nada. O homem apenas respirou, soltando ar por um longo período e então Owen ouviu sua cadeira ranger, da forma como ela rangia quando ele se inclinava nela e passava as mãos pelo cabelo.

De tempos em tempos aquela conversa chegava a Owen, quando ele estava comendo seu cereal matinal ou limpando as ferramentas da loja.

O que acontecerá com ele quando você não estiver mais aqui?

Memórias como aquela eram o tipo de coisa que o faziam querer desenhar algo.

Aquele dia no deserto, com a tartaruga, havia acabado com um tipo de pôr do sol que você às vezes vê em revistas. No céu avermelhado havia algumas nuvens felpudas e a trilha de um jatinho se desfazendo no vento lá no alto. Owen tinha feito alguns rascunhos disso e então entrou na picape para voltar para casa, mas antes que pudesse virar a chave na ignição, ele ouviu uma voz em sua cabeça dizer: *eu acho que eu tenho um.*

Ele parou. Suas mãos se soltaram das chaves. Virou-se no assento e olhou para a carroceria da picape, como se a voz tivesse vindo de lá, ainda que ele já soubesse que não.

Aperte isso, disse a voz. *Fora do eixo axial, três, sete... dois? O rastreador de música está bem forte, mas tente digitar.*

Era a voz de um homem, chegando a ele como se estivesse vindo de longe, e estava rouca e cortada, como se o homem estivesse falando com a boca cheia de cascalho.

Assim é um pouco melhor, disse a voz. Ela soou muito mais próxima agora.

Tudo bem, bom, sim. Agora apenas saia. Sim, saia do quarto, eu entendi.

Owen sentiu seu coração martelando dentro do peito. Ele estava ficando louco? Foi assim que começou?

A voz falou de novo, tão alta como se o homem estivesse na cabine da picape, mesmo que ela ainda estivesse falhada.

Me diga seu nome.

– O quê? – Owen percebeu que estava respondendo à voz.

Me fale seu nome. Não tenha medo.

Agora suando. Sua respiração ficou acelerada, tentando manter o ritmo do batimento cardíaco.

Você não está louco, a voz arranhada falou. *Eu prometo. Por favor me diga seu nome.*

Em um movimento único e convulsivo, Owen agarrou a chave na ignição e deu partida. Quando o motor da velha picape ligou, acelerou com tudo e engatou a quarta marcha. O veículo derrapou um pouco e então seus pneus se lançaram para dentro do deserto na via de mão dupla e Owen fugiu com velocidade.

Você não pode me ignorar. Você também não pode fugir de mim.

Owen socou o botão LIGA do rádio e aumentou o volume. A estação gospel de Cold Spring tocou. Ele apertou uma das rádios programadas e encontrou o Ozzy Osbourne cantando "Flying High Again" e aumentou o volume no máximo que o botão permitia.

Mas, mesmo por cima da música, do ruído do motor e da agitação da suspensão da velha picape, a voz ainda estava lá.

Você não precisa ter medo de mim.

Houve talvez um ou dois minutos nos quais Owen quase acreditou que poderia fazer aquilo ir embora. Não foi a música ou qualquer outro ruído que ajudou; e sim a difícil concentração necessária para dirigir naquela velocidade no deserto. O pensamento rápido quando pequenas curvas e cruzamentos apareciam iluminados pelos faróis, e ele tinha apenas meio segundo para frear ou desviar. Era o tipo de pensamento que normalmente o cansava rapidamente. Ele também estava cansado naquele momento, mas aquilo parecia empurrar a voz para longe, mesmo que por pouco tempo.

Então ele viu a casa de seu avô, um quilômetro e meio adiante. Um único polo de luz no meio do deserto amplo e aberto. Owen não podia entrar de uma vez na garagem naquela velocidade, com o rádio naquela altura. Como explicaria aquele comportamento? Havia anos que ele não entrava em encrenca nenhuma, mas, às vezes, ele fazia algo idiota e percebia que o Vovô ficava desapontado. No entanto, o Vovô sempre entendia que ele não tinha intenção de fazer nada errado. Isso ajudava. Mas dirigir daquele jeito maluco sem razão alguma – pelo menos sem uma razão sobre a qual ele pudesse falar – seria algo diferente. Ele não tinha certeza do que o Vovô diria.

A quatrocentos metros de distância, Owen diminuiu a velocidade e desligou o rádio. Ele mal terminou de fazer isso e a voz voltou mais forte que nunca.

Me diga seu nome e te deixarei em paz por um tempo. Eu prometo.

Owen podia ver o Vovô na oficina, pois as grandes luzes de vapor de sódio estavam acesas no lado de dentro. O Vovô estava trabalhando no trator que o senhor Seward havia trazido na sexta-feira anterior.

Me diga seu nome. É tudo o que quero por agora.

– Owen – disse ele. Com uma voz chorosa de dor.

O restante dele também. Seu nome completo.

Dessa vez ele nem chegou tão longe a ponto de dizê-lo. Tudo o que ele fez foi pensar – em como seu nome completo aparecia quando ele pediu uma licença para pescaria – e a voz simplesmente o repetiu.

Owen Carter. Obrigado. Owen Carter.

■

A voz ficou longe por toda aquela noite, durante o jantar e durante os programas de televisão aos quais Owen assistiu, enquanto o Vovô lia e consultava o computador por e-mails de clientes. Owen foi para a cama às onze e meia. Ele apagou a luz logo em seguida prendendo-se fortemente à ideia de que se pudesse dormir logo, tudo estaria bem de manhã. Um bom sono podia fazer muitos problemas irem embora.

Ele ficou deitado no escuro por não mais que trinta segundos quando a esperança chegou ao fim.

Olá, Owen.

Não havia Ozzy Osbourne para distraí-lo. Não havia ruídos de rodas ou curvas que agarrassem sua atenção.

– Pare – sussurrou Owen. – Por favor.

Ele tinha certeza de que só estava falando consigo mesmo, mas suplicar parecia a coisa certa a fazer.

Isso não precisa ser ruim para você, sabe. Pode ser bom, se você não lutar contra mim. Aqui, vou te mostrar.

Owen estava com a respiração acelerada novamente. Ele não tinha certeza se já havia sentido um medo assim. Confusão, sim. Houve muitas confusões em sua vida, e era sempre um pouco assustador, mas isso...

De uma vez só, algo aconteceu. A mudança no humor foi tão rápida que ele não percebeu logo de cara. E então entendeu.

– Mas que porra é essa? – sussurrou ele.

Aproveite, disse a voz arranhada. *Não há nada de errado em se sentir bem.*

Owen havia se sentido daquela forma muitas vezes em sua vida, ainda que nos últimos anos a intensidade daquilo havia diminuído um pouco. Quando foi a última vez que isso foi tão forte? Talvez quando ele tinha 20 e poucos anos.

Dentro de sua cueca, ele sentiu uma ereção crescente.

Isso é bom, certo?

Owen apenas balançou a cabeça. Sua mente estava cheia de imagens de garotas agora. Ele nunca esteve com uma de verdade, nunca havia nem mesmo visto uma de roupa íntima ao vivo, mas vira imagens e vídeos. Na época do colégio, seu amigo Bobby Campbell lhe mostrara a coleção de revistas e DVDs do seu pai. Bobby era um rapaz legal e havia feito cópias para Owen de três desses DVDs, e todos aqueles anos depois Owen ainda os tinha escondidos atrás do compensado solto dentro de seu closet. Quanto tempo fazia que ele tinha assistido a um daqueles DVDs? Alguns anos, ele pensou, mas as imagens voltaram, assim como os sentimentos que aqueles vídeos despertavam nele.

Deixe-se levar. Aproveite.

Sentia-se real. Não como assistir a um filme agora, mas como a coisa de verdade – pelo menos como os sonhos que ele havia tido algumas vezes durante a adolescência. Como se houvesse uma garota lá com ele. Escorregando por cima dele, quente, suave e delicada. Arrancando suas roupas e...

– Ahh, caramba…

Ele ainda estava com a respiração acelerada, mas não havia mais medo em parte alguma. Com um rápido movimento, ele estava com a bermuda abaixada e a mão ao redor de si mesmo; terminou em não mais de vinte segundos. Ficou deitado gemendo depois. As imagens em sua cabeça ainda estavam lá, mas sumindo, todos os outros pensamentos, numa mancha distante na escuridão.

Bom para você. Você pode ter isso todas as noites se não lutar contra mim.

Quase se contrariando, Owen sentiu a pergunta emergir em seus pensamentos: e se ele lutasse contra? O que aconteceria?

Nós saberemos disso amanhã, disse a voz.

■

No dia seguinte eles souberam. O Vovô foi para a cidade para fazer compras, e quando Owen ainda estava observando a poeira dos pneus abaixar no quintal, a voz apareceu.

Pense em algo que seu avô goste. Algum objeto dele, lá dentro da casa.

– O quê?

Faça isso.

Owen quis resistir, mas mesmo a sugestão era difícil de ser ignorada. A resposta apareceu em sua mente um segundo depois. Ele pensou na estátua de gato de porcelana no criado-mudo do Vovô, que ele havia comprado para a Vovó Lilly quando eles eram apenas crianças, muito tempo atrás.

Perfeito. Vá até o quarto dele.

– Eu nunca entro lá – disse Owen.

Entre. Confie em mim.

Owen se sentiu incomodado mas obedeceu às ordens. Cruzou a sala de estar até a entrada do quarto de seu avô. Ele já podia ver a estátua de gato. Uma coisinha delicada, de pé, o gato congelado no meio de um movimento de lamber a pata.

Derrube-a. Deixe-a se despedaçar no chão.

– Do que você está falando? Eu não vou fazer isso.

Você vai. Você vai.

Owen virou as costas para o quarto e foi para a porta da frente. *Chega disso.* Talvez ele estivesse louco, mas não iria começar a ser uma má pessoa. Se ele fosse ter uma voz dentro de sua cabeça para o resto de sua vida, bem, ele se acostumaria e passaria por cima disso. Já havia superado muitas outras coisas.

Ele abriu a porta com força e deu três passos para fora, no quintal, quando o sentimento apareceu. Surgiu rapidamente mais uma vez, como aquele sentimento agradável da noite anterior, mas isso era apenas o que as duas sensações tinham em comum.

Esse parecia agarrar seu estômago e torcê-lo. Não era exatamente uma dor – não uma dor física como a de um corte. Ela era mais profunda. Difícil de entender. No entanto, nada difícil de se sentir.

Ele viu o Vovô ao lado do caixão da Vovó no funeral, dez anos atrás. Dé pé, enxugando as lágrimas de seus olhos enquanto as pessoas iam e vinham colocando a mão no ombro dele e tentando dizer coisas boas. Ele viu o Vovô mais tarde naquele mesmo dia, no quarto com as cortinas fechadas e deitado encolhido, no lado da cama que o pertencia, enquanto a luz do sol filtrava um azul feio através do tecido pesado. *Vou sair e te fazer jantar daqui a pouco*, disse ele. A voz soou péssima, como se ele estivesse doente. *Apenas me dê um tempinho, tudo bem? Saia um pouco e dê uma volta ou algo do tipo.* Deitado lá na cama tentando não chorar e se desfazer por completo, o Vovô não estava conseguindo se controlar de verdade.

Isso aconteceu por sua culpa, a voz arranhada disse.

– O quê?

O coração dela parando daquela forma. Foi por sua causa. Porque era muito difícil viver com você.

Aquilo era mentira.

Ainda assim, o sentimento dentro dele, mais fundo que a dor e de alguma forma muito pior, se mantinha. Apertava. Torcia com mais força.

Ela morreu por sua culpa. E ele estava chorando por sua culpa. Como ele teria que viver sem ela, e ainda aguentar você?

– Cale a boca – disse Owen. – Você está mentindo.

Toda a vida dele depois daquilo seria miserável. Nada mais pelo que esperar, e ainda todo o trabalho e a labuta árdua de cuidar de você. E também o medo. O medo do que seria de você quando ele fosse embora.

– Não é verdade – disse Owen. Ele estava rangendo os dentes. Cuspindo as palavras. – Você é apenas eu mesmo. Você é minha própria cabeça brincando comigo.

Não tenha medo, disse a voz. E um segundo depois o sentimento em sua barriga pareceu crescer e se espalhar. Como se um balão cheio de veneno tivesse simplesmente explodido em seu sangue. As imagens se tornaram mais reais, da forma como a menina nua em cima dele havia se tornado mais real. Ali estava o Vovô ao lado da lápide. O Vovô em seu quarto na luz feia, fazendo barulho, choramingando como um cachorro doente.

Tudo por causa de você, Owen.

Não parecia mais importar se era mentira. Ele sentia como se não fosse. Sentia que tudo era sua culpa, toda a dor que o Vovô tinha dentro dele sobre a qual ele nunca falava. Todas as coisas que fazem os ombros dele se encolherem como se estivesse carregando peso.

Volte para dentro e quebre a estátua. Prometo que isso tudo irá acabar.

– Ela ganhou a estátua dele. Ele a guarda por causa dela.

Você pode colá-la novamente. Tudo ficará bem.

– Por que você quer que eu a quebre?

Para que eu saiba que você fará o que eu disser.

– Me dê outra coisa para fazer.

Não. Vá quebrá-la. Você pode dizer para ele que você esbarrou nela.

– Eu nunca vou lá dentro. Eu não conseguirei explicar o que eu estava fazendo.

Você terá de inventar alguma coisa. Isso é com você. Apenas vá lá dentro agora e quebre-a.

Owen não se mexeu. Ele ficou lá, de costas para a porta de entrada, as lágrimas borrando sua visão.

Você quer se sentir assim o dia todo? A noite toda também? Você quer se sentir tão mal a ponto de nem conseguir dormir? Posso fazer com que isso aconteça. Você sabe que eu posso.

Ele sabia. Não era preciso ser inteligente para saber daquilo. As lágrimas encheram seus olhos e molharam seu rosto.

Vá, Owen. A voz estava suave agora. Falando com ele como um amigo que se importava. *Você vai se sentir melhor assim que terminar. Só vai custar um segundo.*

Balançando a cabeça agora, sentia a resistência ir embora. Ele enxugou os olhos, virou-se e voltou para a porta.

■

Nas semanas seguintes, houve outros testes. A maior parte deles não era tão ruim quanto a estátua de gato, mas alguns eram mais assustadores, porque deixavam uma coisa clara: ele não estava ficando louco. Quem quer que – ou o que quer que – o Homem da Voz Arranhada fosse, o cérebro de Owen não o estava inventando.

Ele teve certeza duas semanas depois de quebrar a estátua. Foi em outra vez que o seu avô havia ido para a cidade. A voz enviou Owen para o deserto a pé, com uma pá, para um lugar a 270 metros ao sul da oficina. Havia um local marcado onde três árvores-de-josué faziam um triângulo, a três metros uma da outra. A voz disse para que ele cavasse exatamente no centro da forma geométrica, e trinta segundos depois ele bateu em alguma coisa dura que pareceu plástico.

Era, na verdade, um recipiente retangular e ainda que soubesse o que estava dentro antes de o abrir, Owen respirou fundo quando viu o conteúdo.

Você já segurou uma arma antes, Owen?

– Eu não tenho permissão.

Você pode segurar essa daqui. É chamada de MP-5. Já está carregada e pronta para disparar. Nem o dispositivo de segurança está ligado. Pegue-a.

Ela era mais pesada do que havia imaginado. Seus braços tremeram um pouco. Talvez fosse só nervosismo. Ele a apoiou no ombro como as pessoas faziam na televisão.

Atire. Atire na poeira a sessenta metros daqui. Ninguém vai escutar.

Ele hesitou.

Você não vai lutar contra mim por causa de algo simples assim, vai, Owen?

Ele respirou e apertou o gatilho. Sentiu um tranco forte e quase a deixou cair.

Você vai ter que segurar com firmeza. É por isso que estamos praticando. Não se preocupe, vou te contar tudo sobre como usá-la.

■

O pior teste aconteceu meses depois. Dessa vez o Vovô estava em Cedarville procurando por uma correia com gancho. Ele ficaria longe por horas.

Suba no quadriciclo e leve-o para o outro lado da rua, disse o Homem da Voz Arranhada. *Vá reto para o norte e entre no deserto. Vamos fazer um passeio.*

Owen pegou o veículo de quatro rodas na oficina e seguiu em direção ao norte. Aquelas terras pertenciam ao Estado, desse lado da rua, nada de casas ou de vias duplas, nem mesmo marcas de Jeep. Apenas o deserto com alguns picos e cânions e um imenso espaço aberto. Owen seguiu, subindo e descendo de um cume a outro; a casa de seu avô ficando mais e mais distante para trás.

Preciso te contar algo importante. Uma regra básica da vida que você provavelmente ainda não entende.

– O quê?

A forma como a maior parte das pessoas lida com a dor. A forma como elas a passam para outras pessoas.

Owen não tinha ideia do que isso significava.

Eu sei que você não sabe. Tudo bem. Você devia sofrer bullying na escola, certo?

– Sim.

Tenho certeza de que muitos deles estavam se ferrando em casa com seus pais. Era assim que a dor chegava até eles. E talvez pudessem tê-la engolido, tê-la absorvido, lidado com ela de alguma forma. Mas não fizeram isso. Eles foram para a escola e passaram a dor para você. Isso é o que as pessoas fazem. Havia uma garota que você gostava, certo? No verão antes do ensino médio. Carrie?

Owen já há muito não se surpreendia com as coisas que o Homem da Voz Arranhada sabia. Não dava para guardar segredos de alguém que podia entrar em sua cabeça.

– Sim – disse ele.

Ela gostava de você também, não gostava? Não é por isso que você ainda se lembra dela? Porque por aqueles dois meses vocês se divertiram juntos? Ela gostava de trabalhar com carros também, e você não ficava tão nervoso perto dela, da forma como ficava nervoso com todas as outras pessoas.

Sim, ele achava que Carrie realmente tinha gostado dele. Mas, e daí. O que isso poderia ter virado com o tempo? Que chances isso teria?

Você voltou para a escola naquele outono e ficou perto dela por um dia e isso foi o suficiente para que ela visse o que todo mundo pensava de você. Como as garotas com roupas bonitas riam dela por estar com você. Como todo mundo ria. E na manhã seguinte você foi até o armário dela para dizer oi e os amigos dela estavam lá, e ela te olhou sem expressão nenhuma no rosto. Você se lembra do que ela disse para você em vez de olá*?*

Sim, ele lembrava. Ele nunca iria se esquecer daquilo.

Ela disse aham. *Você disse* oi *e ela disse* aham, *com aquela cara que realmente dizia, "O que você está fazendo aqui? Por que você acha que você é bom o suficiente para mim?" E ela virou as costas e saiu andando com seus amigos, e foi isso.*

– Por que você está falando sobre isso?

Porque ela passou a dor para você, como uma das pessoas que te assediavam. A dor que ela teria sentido se tivesse ficado com você e aguentado todas as piadinhas. Ou a dor que você teria sentido se ela tivesse tentado sentar com você e explicar a coisa toda, o quão superficial aquilo teria feito ela se sentir. A coisa mais fácil para ela era fazer aquela cara e dizer aham *e sair andando. Sem dor para ela desse jeito. Toda a dor se transferia para você. Isso é o que as pessoas fazem, Owen. Isso é o eixo do mundo, e você precisa entender isso.*

– Por quê?

Porque você vai fazer isso também. Você vai passar a sua dor para outra pessoa. E você vai aprender isso hoje mesmo.

■

Um quilômetro e meio depois de um pico, ele viu um conversível verde-limão à sua frente na planície. Conforme se aproximou, ele percebeu uma forma baixa e escura enfiada abaixo da traseira do carro. De uma só vez a forma pulou e Owen viu que era um homem que estava sentado lá, curvado no chão. O homem se virou em direção ao som do quadriciclo, e então se esticou. Havia algo de errado com este homem. Ele não parecia poder ficar de pé e com postura ereta.

Nos últimos 45 metros Owen viu o problema. Os pulsos do homem estavam amarrados e presos por uma corrente no para-choque do carro. Seus tornozelos também estavam amarrados juntos, ainda que não estivessem presos ao carro. Ele se movia como um peixe em uma linha de pescar, debatendo seu corpo em pulos arqueados. Tinha os pés no chão e estava curvado da cintura para cima, observando enquanto Owen parava a 3 metros de distância dele e desligava o motor do veículo.

– Jesus, você é um salva-vidas – disse o homem. Ele balançou a cabeça para o quadriciclo. – Você tem ferramentas nessa coisa? Algo para arrancar esse para-choque?

De perto, o homem quase não era um homem. Ele parecia um garoto de faculdade. Tinha cabelo escuro e vestia shorts e uma camiseta apertada. Ele tinha uma pequena tatuagem de arame farpado ao redor do bíceps.

Você não tem que dizer nada a ele, disse o Homem da Voz Arranhada. *Você não irá ajudá-lo.*

– Você me ouviu? – perguntou o garoto.

Owen assentiu com a cabeça.

– Não tenho nenhuma ferramenta.

– Bom, então chame a polícia. – Sua voz estava cheia de medo. – Os homens que fizeram isso podem voltar. Me diga que você tem um telefone.

Owen apenas olhou. Esse foi outro momento que não precisava ser inteligente para entender. Ele sabia o seguinte: como a arma enterrada tinha sido deixada lá para ele, esse jovem rapaz amarrado ao carro também tinha sido deixado lá. Para ele.

– Ei! – disse o garoto. – Você está escutando?

– O que é isso? – sussurrou Owen. Ele ouviu sua própria voz tremular.

Dê a volta até a frente do carro no lado do passageiro. No chão na frente do assento tem um martelo.

Owen entendeu o que tinha que fazer. Uma onda de medo passou por sua espinha, fazendo-o hesitar.

– Não posso fazer isso – disse ele.

Você pode começar pela cabeça dele. Assim, os gritos não vão durar.

Os joelhos de Owen ameaçaram amolecer. O garoto estava gritando alguma coisa para ele, com o rosto vermelho de raiva a esta altura, mas o significado das palavras não entrava em sua cabeça. O próprio pulso cardíaco de Owen estava baqueando em seus ouvidos e sua própria voz em sua cabeça estava balbuciando: *Não, não, não, não.*

A voz do Homem da Voz Arranhada era mais alta, mais forte.

Você já viu que posso te machucar, mas posso fazer pior que da última vez. Pior que qualquer coisa que você já tenha sentido.

– Não posso fazer isso.

Pegue o martelo e bata nele até a morte.

– Eu não posso! – gritou Owen.

O jovem rapaz ficou em silêncio como resposta. Ele parecia confuso. Isso foi a última coisa que Owen viu antes que o sentimento caísse sobre ele como um bloco pesado.

Ele viu a sepultura de sua avó novamente, mas dessa vez o Vovô não estava lá. Não havia ninguém lá além dele, e a terra na frente da lápide estava remexida e aberta em uma escavação profunda que expunha o caixão. Lá embaixo, emoldurado pelo pó e pelo barro, a tampa do caixão rangeu.

Sua culpa, Owen. Sua culpa, sua culpa, sua culpa…

– Não posso fazer isso, não importa como você faça eu me sentir.

Posso fazer doer. Tanta dor que você terá que passá-la para ele. Você não terá escolha.

– Eu não posso fazer isso.

Você vai.

Antes que Owen pudesse dizer mais alguma coisa, a tampa do caixão se abriu e, no mesmo horrível momento, ele se viu sendo lançado para frente e para baixo, desequilibrado, para dentro da cova. Ele podia se ouvir gritando, mas o som não era suficiente para bloquear a voz do Homem da Voz Arranhada.

Você conhece a palavra putrefação, *Owen? Você a conhece, burrinho?*

Ele viu os ossos dela, com cor de branco sujo no sol, meio segundo antes de aterrissar nas costelas dela e quebrá-las como palitinhos de pretzel. Suas mãos e joelhos bateram no fundo do caixão e entraram cinco centímetros em algo molhado, porém espesso, como creme de leite.

Putrefação é o que acontece depois que você morre, mesmo se eles te embalsamam. Putrefação significa que você vira sopa.

Gritando mais alto agora. Ele foi jogado para trás e suas mãos cobriram seus olhos, mas elas estavam molhadas e pingando...

Sopa. Pessoas viram sopa. Sua avó é sopa pois, criar você a matou...

Ele se viu de volta ao quadriciclo e percebeu o jovem rapaz gritando de novo, chacoalhando a corrente, porém, não mais irritado, apenas horrorizado. Owen viu tudo aquilo e então sua mão estava na ignição e o quadriciclo estava fazendo barulho de motor, e um segundo depois estava fora dali. Ele viu o deserto ficando borrado. Sentiu o vento intenso em seu rosto. O jovem rapaz e o carro verde-limão estavam longe, e...

O que foi aquilo? A voz do Homem da Voz Arranhada havia se despegado um pouco dele. Isso já não tinha acontecido uma vez antes? Naquela primeira noite no deserto, dirigindo com velocidade na picape, concentrado-se na estrada que passava pelas lanternas. Não era apenas isso o necessário? Ele se dedicou totalmente ao quadriciclo. Não podia nem ver a velocidade por conta das vibrações e lágrimas. Não se importava. Mais rápido. Apenas vá mais rápido. Sentiu seu controle sob a máquina indo embora. Percebeu que ela poderia virar a cada pequeno choque com o chão. Isso não importava. A distração estava funcionando, isso era o que importava. O Homem da Voz Arranhada estava falando, mas Owen não podia decifrar as palavras.

No instante seguinte ele subiu em um cume e se sentiu voando. Seu estômago subiu e seus ombros se apertaram. Então os pneus tocaram o solo, os amortecedores se comprimiram e o chassi bateu contra a parte inferior do veículo; suas mãos assumiram o controle e cessaram o combustível para, depois, trabalharem nos freios.

Ele estava no alto da próxima elevação no momento que parou. Acima das curvas da terra ele podia ver o conversível a 800 metros para trás. O rapaz havia se virado para olhá-lo com atenção. Seu rosto era um pequeno círculo branco no sol.

Você não pode fugir de mim. Não vale nem a pena tentar.

– Por favor – disse Owen.

Você sabe o que quero. Você sabe o que farei com você se eu não tiver o que quero. Ainda posso fazer pior. Posso te manter na sopa por quanto tempo eu quiser. Pare alguns minutos para pensar sobre isso. Nosso amigo não vai a lugar algum.

A voz ficou em silêncio.

Não havia som nenhum além do baixo ronco do motor e do sangue pulsando no ouvido de Owen.

Quando ele inspirou para respirar, ainda pôde sentir o gosto do ar dentro do caixão. Era como o cheiro de quando um rato morria em uma parede em algum lugar da casa, e não havia forma de encontrá-lo para se livrar dele. Ele olhou para as mãos. Estavam limpas e secas, mas ele ainda podia sentir o líquido espesso em volta delas, pingando por entre os dedos.

Ele desceu do quadriciclo. Cruzou seus braços, segurou nos próprios ombros e começou a se balançar para frente e para trás. Ele não fazia aquilo desde quando era muito jovem – crianças na escola o atazanaram até o fim por conta disso –, mas aqui estava ele, novamente. Ele não lutou contra o movimento.

Quando desceu com o quadriciclo de volta para o conversível e desligou o motor, o jovem não disse nada. Apenas encarou Owen, com olhos atentos.

Owen deu a volta até a porta do passageiro. O martelo estava lá, na frente do assento. Abaixou-se e o pegou, e quando o garoto viu aquilo, uma espécie de esperança nervosa pareceu dominar seu rosto. Como se no fim das contas Owen houvesse encontrado a ferramenta para ajudá-lo. Então os olhos do garoto se encontraram com os de Owen e viram o que havia lá, ele se encolheu como um animal amarrado. Fez barulhos que não eram muito bem palavras – ou se eram, devem ter sido *por favor* e *não*. Seus pés, amarrados juntos, lhe faltaram e o corpo se debateu para todos os lados.

Owen ficou de pé acima dele com o martelo ao seu lado.

– Não é de propósito – disse ele.

■

Voltou àquele lugar dois dias depois, quando o Vovô foi para a cidade comprar pedais de freio. O conversível não estava mais lá e, onde o homem sangrara, havia apenas um espaço de solo remexido. Uma boa parte da terra havia sido limpa e levada embora.

Três meses se passaram desde então. Todas as noites, na hora de dormir, o Homem da Voz Arranhada fazia uma visita e trazia à vida as garotas da memória de Owen. Sempre era bom – não havia como negar –, mas sempre que os sentimentos bons acabavam e ele estava sozinho novamente, os mesmos pensamentos voltavam. Eles circulavam como fantasmas em seu quarto escuro.

Onde isso iria chegar?

Para que isso servia?

Para essas perguntas, o Homem da Voz Arranhada nunca ofereceu nenhuma resposta.

PARTE DOIS

BETA

"Este mundo é apenas uma passagem, cheia de sofrimento, onde nós todos, indo e vindo, somos peregrinos."
— Geoffrey Chaucer

12

Estava chovendo quando Holly Ferrel chegou ao Centro Médico Infantil de Amarillo. O carro parou abaixo da marquise da entrada e dois homens, dos três que estavam com ela – os dois sentados do lado do passageiro, na frente e atrás –, saíram rapidamente. Da posição dela no banco traseiro, Holly não podia ver a cabeça deles, mas sabia que eles estavam varrendo com o olhar a geografia ao redor da entrada do hospital. Ela podia ver suas mãos prontas para acessar a parte interna de seus paletós para alcançar os coldres. Conseguia observar também as posturas tensas e eretas, a personificação da própria ansiedade dela.

Um deles deu dois tapinhas no teto com os dedos; somente após isso o motorista estacionou o carro.

– Pode descer – disse o motorista para ela. Ele falou da forma que um funcionário da bilheteria do cinema diria “bom filme”. Cada passo do processo era rotina – para ele e para ela. Isso vinha acontecendo há semanas.

Um dos outros homens deu a volta e abriu a porta para ela. Os dois a seguiram até a entrada e então tomaram posição de guarda conforme ela entrou. Ela gostava de dizer a si mesma que o medo ficava do lado de fora com eles. Era como um sobretudo que podia pendurar na porta e não pensar sobre ele até que fosse hora de ir embora. Havia dias em que isso quase funcionava.

Sessenta segundos depois e cinco andares acima, Holly passou por outra porta. Uma placa de aço com a palavra ONCOLOGIA estava do lado de fora.

Ela não foi diretamente para o escritório. Balançou a cabeça dizendo "olá" para as enfermeiras de plantão no setor, atravessou o local até o corredor da ala norte e foi até a terceira porta à direita. A porta estava escancarada. Até mesmo antes de chegar na sala de destino, ela viu o quarto escuro ter certa luminosidade familiar. Parou sob o batente, inclinou-se e bateu na moldura da porta.

A três metros de distância, Laney Miller olhou por cima do jogo em seu notebook. Seus olhos brilharam.

– Olá, Holly.

A voz de Laney, suave e rouca, fazia com que Holly se lembrasse de uma garota adolescente que tinha passado uma semana cantando no musical do colégio. Por um segundo a horrível verdade passou por seus pensamentos: quais as chances de Laney poder fazer isso algum dia. As chances até mesmo de ela se tornar uma adolescente. Holly enterrou aquela ideia antes que seu rosto pudesse registrá-la.

Ela chegou até a cama, inclinou-se e beijou a testa de Laney abaixo do gorro de tricô rosa que mantinha sua cabeça aquecida.

– Como está se sentindo hoje? – perguntou Holly.

Laney conseguiu dar um meio sorriso.

– Igual.

Tantas coisas acontecendo com aquele rosto, naquele tom. *Eu não quero mentir para você, mas também não quero fazer você se sentir mal. Sei que você está fazendo tudo que pode.*

Holly devolveu o sorriso.

– Igual é melhor do que pior, não é?

Uma das professoras dela na Universidade de Nova York havia lhe dito que médicos não deviam se envolver. Pelo menos não se envolver *muito*. Era melhor que as enfermeiras fizessem isso. Sua médica-tutora durante a residência em Anne Arundel, em Annapolis, havia dito algo similar. Na década a partir disso, Holly nunca havia seguido esse conselho.

Laney estava jogando novamente. Holly não conseguia se lembrar do nome do jogo dela, mas sabia do que se tratava: o jogador existia em um mundo 3D de cubos pequenos e discretos – cubos de terra com grama, poeira, areia e pedra. Você podia cavar passagens bem fundo no solo e para dentro de montanhas e usar o material liberado – também em formato de cubos – para construir coisas com ele. Por três dias consecutivos Laney vinha criando no jogo uma réplica do Platô de Gizé, com as três maiores pirâmides e a Esfinge. Era um trabalho intenso. O que o qualificava como uma dádiva.

– Encontrei um vídeo novo do Neil deGrasse Tyson no YouTube – disse Laney. – Ele estava falando sobre Europa, uma das luas de Júpiter. Ele disse que a coisa toda é coberta com gelo, mas por baixo do gelo há um oceano de água líquida e talvez exista vida lá embaixo.

Antes de chegar aqui, Laney falava tão seriamente sobre astronomia quanto uma aluna da 6ª série poderia falar. Ela havia mostrado a Holly fotos do seu blog e dela e de sua irmã mais nova no Planetário Hayden em Nova York. Uma vez Laney até tinha ido ao Observatório Kitt Peak em Arizona. O que ela mais gostava de tudo, no entanto, era deitar no deque da cobertura de sua casa, em uma fazenda ao norte de Tulsa. É um longo caminho desde as luzes da cidade, ela havia dito a Holly. É escuro o suficiente para que você veja satélites passando por lá, se você observar por tempo suficiente. Eles não piscam nem nada. *Parecem estrelas, mas se movem. E escorregam cruzando o céu por mais ou menos um minuto.*

O telefone de Holly tocou com uma mensagem. Ela o tirou do bolso e olhou.

Karen Simonyi: O laboratório acabou de enviar os novos números de Laney. Não é o que nós esperávamos.

Holly manteve sua expressão nula. Do ponto de vista de Laney, poderia ter sido uma mensagem sobre planos para o jantar. Ainda assim, quando Holly encontrou o olhar da garota, foi possível imaginar que ela sabia mais do que isso – imaginar que Laney podia saber o que ela estava pensando.

Holly quase teve calafrios com a ideia.

Aquela ideia familiar demais.

O olhar de Laney ficou incógnito.

– Você está bem?

– Sim. Me desculpe, meu pensamento foi para longe por um momento.

A garota ofereceu outro sorriso, esse um pouco mais completo.

– Médicos não são autorizados a deixar o pensamento ir para longe. Responsabilidades demais.

– É *por isso* que o nosso pensamento vai longe.

Holly beijou a testa dela novamente e saiu do quarto.

Dois minutos depois ela estava de pé na janela de seu escritório, olhando para a cidade do Texas na chuva. Os resultados dos exames de Laney estavam na tela de seu computador. Ela os havia olhado duas vezes. Inclinou a cabeça, apoiando-a contra a janela. Lá embaixo, um de seus seguranças saiu de debaixo da marquise e se virou para inspecionar a rua em ambas as direções e depois voltou para a porta. Ele fazia isso várias vezes a cada hora.

Holly foi para a mesa e se deixou cair na cadeira. Fechou os olhos. No silêncio estavam todas as memórias que sempre lhe vinham à mente, como velhas conhecidas. Nesses últimos tempos, praticamente qualquer coisa poderia desencadeá-las. Poderia enviá-las de volta para quando tudo deu errado – para quando poderia ter dado certo se ela tivesse feito as coisas de maneira diferente. Se tivesse sido mais forte.

Ela apertou os olhos fechados com mais força. Sentiu a pressão contra seus globos oculares. Viu pequenas bolinhas de luz aparecerem e desaparecerem rapidamente no escuro. Havia descoberto muito antes que isso a ajudava a lidar com o outro sentimento – a sensação de arrependimento poderia ser algo físico. Poderia ficar atrás de você com a mão no seu ombro, e ela às vezes poderia chegar dentro de você e apertar seu coração.

– Rachel – sussurrou ela. Ela apoiou os cotovelos na mesa de trabalho, apoiou o rosto nas palmas das mãos e o nome ecoou em seus pensamentos como se tivesse falado dentro de uma catacumba.

13

A noite chegou na floresta e trouxe com ela a mudança de uma faixa musical, de um caótico som de passarinhos para um ritmo sedativo de um bilhão de insetos. Dryden se sentou na pequena varanda do térreo da cabana e assistiu às sombras ficarem mais densas em meio às sequoias. Através da porta aberta ele podia escutar Rachel respirando suavemente enquanto dormia. Se ela começasse a falar, demoraria segundos para que ele entrasse e ligasse o gravador ao lado dela.

O lugar, uma estrutura simples de um cômodo, era um velho posto do Departamento de Pesca Esportiva que Dryden havia encontrado enquanto mochilava, anos antes. Os trabalhadores de campo do departamento provavelmente ficavam nela algumas noites por ano; no restante do tempo ela era largada destrancada para o uso de qualquer mochileiro que passasse por ali. Sem problemas nisso – não havia nada de valor dentro. Dryden se sentou de costas para a parede externa, esperando que respostas emergissem dos sonhos de Rachel.

Pela primeira hora que ela dormiu, Dryden ficou sentado no chão ao lado do saco de dormir em que ela estava, por razões que pouco tinham a ver com escutá-la. Estava preocupado em não deixar que ela se machucasse. A droga usada nela fazia efeito inibindo uma coisa chamada "atonia REM", um tipo de paralisia natural do sono – o mecanismo de resposta do próprio corpo contra o sonambulismo. Sob o efeito da droga, essa paralisia era bloqueada e as pessoas agiam de acordo com seus sonhos: movendo os membros, o que não ajudava os interrogadores, e mexendo os lábios, o que ajudava.

Interrogatórios durante o sono não eram especialmente novos. Dryden havia escutado em primeira mão registros dessa prática há quarenta anos, ou mais, com narcóticos mais antigos e menos sofisticados. No entanto, o princípio sempre foi o mesmo: fazer a pessoa sonhar, falar e então interagir. Tentar influenciar o sonho por meio de sugestões. Dryden havia visto interrogadores se sentarem ao lado de camas e cochicharem em persa ou árabe, fingindo ser um irmão do indivíduo ou o pai, ou um filho. Sutileza era tudo. Sonhos eram coisas frágeis e evanescentes; a forma mais segura de colocar um fim era deixando o indivíduo perceber que ele estava sonhando.

Rachel agora tinha menos do que a dose normal da droga em seu sistema, porém, não havia dúvida de que ela ainda tinha um pouco dela, pois demorava uma eternidade para que os rins filtrassem aquilo para fora do sangue. Os indivíduos que Dryden havia visto durante seus anos de Ferret sempre eram amarrados em suas camas por pelo menos uma noite após a última sessão de interrogatório. Em quase todos os casos, eles se moviam e falavam naquela noite extra, mesmo que apenas um pouco. Às vezes, o interrogador tentava tirar mais algumas informação nessas ocasiões; por que não?

Dryden se virou e olhou para Rachel. Ela estava deitada de lado com o saco de dormir amontoado ao redor de seu queixo.

Tantas perguntas. Quem era ela, de verdade? De onde ela havia vindo, antes de estar naquele edifício em El Sedero? Ela tinha família em algum lugar? Ela tinha alguém? A própria Rachel tinha feito essas perguntas antes de se deitar, e então surpreendeu Dryden.

Não me questione nenhuma dessas coisas enquanto durmo. Como você disse, mesmo que isso desse certo, não funcionaria tanto assim. Você poderá ter tempo para apenas uma ou duas perguntas. Posso esperar uma semana para descobrir quem eu sou. Apenas me pergunte outras coisas.

Quando ela disse isso, o medo contido em sua expressão era palpável. Acima da borda do saco de dormir, o rosto dela agora estava relaxado. Feições suaves, tranquilas. Por fim, o rosto de uma criança. Parte de Dryden desejava que ela apenas dormisse a noite toda. Ela, sem dúvidas, merecia.

A menos de noventa metros da cabana, um gaio resmungou e voou de um galho baixo. Dryden se virou de maneira rápida e observou o local de onde ele havia voado. Ele procurou por movimentos, mais por instinto do que por qualquer medo real de que Gaul poderia tê-los rastreado até lá. As precauções de Dryden estavam um pouco além de paranoicas, mesmo sob aquelas circunstâncias.

Para começar, não havia nada para conectá-lo a essa localização. Suas trilhas e caminhadas sempre foram passeios pessoais, nunca relacionadas ao serviço militar – treinos na selva ou qualquer outra coisa em seus arquivos. Em todos os documentos do passado de Dryden que Gaul pudesse investigar, não poderia existir nada indicando que ele já tivesse estado no Parque Nacional de Sequoia, menos ainda nesse pequeno abrigo sem nome a mais de um quilômetro e meio de qualquer trilha marcada. Simplesmente não havia como ninguém saber que ele e Rachel estavam ali.

Ainda assim, Dryden manteve os olhos fixos no local de onde o gaio voou.

Uma samambaia balançou.

Não era o vento; as plantas ao redor dela estavam paradas.

A pistola, uma SIG SAUER P-226, estava a sessenta centímetros da mão de Dryden, em uma prateleira dentro do abrigo.

A samambaia tremeu com mais força e então uma raposa saiu correndo dela, um segundo depois sendo atacada de brincadeira por seus irmãos. Eles lutaram brincando no espaço aberto por alguns segundos e em seguida se desequilibraram em uma moita mais distante.

Dryden deixou seus nervos descansarem. Foi bom, mesmo que apenas por um minuto, ver a floresta de uma forma que ele talvez nunca tivesse observado enquanto criança. Ou enquanto pai. Erin completaria 6 anos de idade naquele mês, talvez um pouco jovem para estar lá fazendo trilha e passando a noite, mas não muito.

A mente dele às vezes montava imagens dela, da forma como ela poderia ser agora. Ele a imaginou de pé ali, abaixo das sequoias, observando com seus olhos bem abertos e sentindo-se baixinha.

Ele havia aprendido há alguns anos a não deixar esses tipos de pensamentos durarem. Havia aprendido a deixá-los sumir – como deixar tudo desaparecer, de verdade. Como sobreviver a um dia em passos lógicos: dormir, respirar, fazer compras, colocar o lixo para fora. A vida como um processo mecânico. Como um limbo. Como inércia.

Nunca havia passado pela cabeça dele, em anos, que isso tudo poderia mudar – que havia qualquer coisa para a qual isso mudaria. Não até hoje.

Ele olhou para a cabana mais uma vez. Rachel havia virado de barriga para cima. Por um minuto ou dois ele assistiu-lhe dormindo. Então ficou de frente para a floresta novamente e observou a escuridão chegar.

14

Um bom tempo após a noite tomar conta do vale, depois que a lua já havia subido além das nuvens baixas, lançando espectros de luz pálida por cima do solo da floresta, Rachel começou a murmurar durante o sono. Dryden entrou na cabana, movendo-se com cuidado para não a acordar. Seus olhos ajustados à escuridão encontraram o dispositivo de áudio e ele pressionou o botão GRAVAR.

Pelos primeiros um ou dois minutos, os sons dela eram indecifráveis, mesmo a trinta centímetros de distância.

Então o corpo dela enrijeceu. O braço direito se mexeu. Dryden se ajoelhou ao lado dela, pronto para segurá-la caso parecesse que iria se machucar.

O braço teve um espasmo novamente. O outro braço também. Ambos começaram a se mover, mas pararam menos de cinco centímetros do chão e mantiveram-se assim, suspensos, como se estivessem amarrado por uma cinta invisível. Ela tentou se sentar, mas os ombros também encontraram uma resistência invisível. Com um calafrio, Dryden entendeu. Depois de dois meses dormindo amarrado, o corpo de Rachel havia se condicionado aos limites. Dryden parou um momento para refletir com satisfação sobre a vingança dela contra o homem loiro, mesmo que ela não tivesse tido essa intenção.

Os murmúrios se silenciaram por trinta segundos, e então ela disse:

– É tão bonita a vista dessa janela à noite.

Os olhos dela ainda estavam fechados e a cabana não tinha janelas. Rachel estava descrevendo alguma coisa em seu sonho.

– Daqui de cima – sussurrou –, todas as luzes…

Ela parou de falar.

Dryden se sentou no chão ripado ao lado dela e respirou devagar. Aquilo funcionaria ou não. Tudo que ele podia fazer era tentar.

Deixando sua voz o mais suave possível, ele disse:

– Olá, Rachel.

Ela não se alarmou. A reação foi mais reservada que isso. Um movimento de sobrancelhas sob a luz fraca. Tensão em suas feições que não estava lá alguns segundos atrás.

– Olá – disse ela. Seu tom era desprovido de emoção.

– Eu posso te fazer algumas perguntas?

Rachel soltou ar vagarosamente. Quando falou, ela soou como se estivesse lendo um formulário.

– Rachel Grant. Grupo de Trabalho da Biologia Molecular, Fort Detrick, Maryland, Divisão de Interferência de RNA, Nocaute Um Um.

Dryden absorveu as palavras. Absorveu seus significados, pelo menos de forma abstrata – a difícil implicação de onde Rachel havia vindo. Do que ela era.

Porém, mais do que as palavras por si só, o que o tocou foi a forma como ela as disse, e a maneira como a mandíbula dela se fechou com força quando ela terminou. A mistura de determinação e medo absurdo que se mostrava em todo o rosto dela.

Era uma expressão que Dryden já tinha visto em outros rostos. Muitos outros.

Com tanto cuidado quanto da primeira vez que falou, ele perguntou:

– Você reconhece minha voz?

Ela pareceu pensar sobre isso. Seus olhos, já fechados, apertaram-se, ficando mais puxados.

Então a expressão de medo caiu novamente sobre ela como uma sombra e ela respondeu da mesma forma sem sentimentos de antes.

– Rachel Grant. Grupo de Trabalho da Biologia Molecular, Fort Detrick, Maryland, Divisão de Interferência de RNA, Nocaute Um Um.

Uma antiga frase familiar veio à cabeça de Dryden. Uma que era conhecida por todos os soldados do mundo.

Nome, função e número de série.

A resposta mecânica de Rachel era equivalente. Ela a segurava à sua frente como um escudo, pois, em sua cabeça, ela estava de volta naquele pequeno quarto em El Sedero. Seja lá qual fosse o sonho bonitinho que ela estava tendo há um minuto, simplesmente a ação de questioná-la o mudou, e agora sua mente estava presa nos limites fantasmas que seus braços também estavam.

Dryden esfregou os olhos. Jesus, como explicar isso para ela – que ele não era uma daquelas pessoas? Como explicar sem dizer coisas demais e acordá-la?

A cabeça de Rachel se virou alguns graus em direção a ele, ainda que os olhos dela permanecessem fechados.

– Acordar quem? – perguntou ela.

Dryden a encarou. Porque ele havia estado com ela o dia todo, porque havia se acostumado a tê-la respondendo coisas antes que ele, de fato, dissesse-as, ele quase deixou de notar o que tinha acabado de acontecer – que ela havia escutado seus pensamentos, mesmo dormindo.

– Dentro de qual sonho? – perguntou ela.

Merda. *Merda.*

Dryden se sentiu perdendo o controle. Como se uma torre de pratos do jantar estivesse em sua mão, desequilibrada, querendo cair para a frente…

Ele deixou sua voz o mais austera e fria possível e disse as palavras tão rapidamente quanto elas se formaram em sua cabeça:

– A coisa da qual todo o mundo tem medo, nos fale sobre ela novamente. Agora mesmo. Você já nos deu bastante informação, não há problema em repeti-la.

Por um momento, Rachel pareceu continuar olhando para ele através de suas pálpebras fechadas, como se ainda estivesse presa à pergunta da pessoa com quem estava sonhando. Então a tensão voltou para o lugar.

– Por que você precisa ouvir sobre isso novamente? – perguntou ela. – Eu já te disse.

– Apenas obedeça – falou Dryden. – Diga-nos o que é.

– Eu falei *onde* é. Vá e veja por você mesmo se você quer saber isso. Você pode andar até lá. Ninguém vai te parar.

Antes que Dryden pudesse responder, a testa de Rachel se franziu, e ela virou sua cabeça em direção à parede mais próxima da cabana.

– Quem está no outro quarto? – perguntou ela.

Dryden ignorou a pergunta – era óbvio que ela estava se referindo a alguém em seu sonho, e enrolar naquele assunto por ao menos um segundo simplesmente iria desfazer a magia.

– Tudo bem então – disse Dryden. – Diga-nos novamente *onde* é.

Rachel ficou de frente para a parede por mais um momento, com o rosto ainda cheio de preocupação.

– Pare de enrolar, Rachel. Fale.

– Elias Dry Lake, em Utah. – Ela desistiu da parede e voltou a se acomodar no tecido de seu saco de dormir. – Está lá. Não tem como você não ver.

– Continue falando – disse Dryden. – Fale-nos o que está lá.

Um sorrisinho estranho se formou no canto da boca dela. Se serviu de algo, era para fazê-la parecer ainda mais assustada.

– De que adianta me ameaçar agora? – sussurrou ela. – Eu já sei o que Gaul vai fazer comigo. E vocês também já sabem.

Dryden podia ver a tremedeira correndo pelo corpo dela. Era tudo o que ele podia fazer para se controlar e não colocar a mão no ombro dela.

– Isso deve corroê-lo, não? – interrogou Rachel. – Ele consegue ter algo tão útil como eu em suas mãos e não pode me manter? Outra pessoa constrói um novo brinquedo para eles e Gaul tem que me matar porque... – Rachel riu. O som da risada correu como um calafrio pela pele de Dryden. Quantas vezes ele havia escutado um prisioneiro rir daquela maneira, no fundo do poço do desespero, segurando-se de uma maneira corajosa a um barco inflável furado? – Porque a qualquer momento eles vão parar de testar aquele novo brinquedo e realmente colocar gás nele... E se eu ainda estiver viva quando isso acontecer... Se eu não for uma pedra no sapato...

Ela se interrompeu. Tudo de uma vez, ela pareceu confusa. Por um segundo, Dryden esperou que ela abrisse os olhos.

Então ela disse:

– Quem é você? Espere... Sam?

Dryden falou suavemente mais uma vez.

– Sim, sou eu.

– Quem está com você? Quem está no quarto ao lado?

– Não há um quarto ao lado, Rachel.

Ela começou a responder e então se conteve. Ela parecia pensativa.

– Eu estou sonhando, não é?

– Você está sonhando – disse Dryden. Não havia mais razão para enganá-la agora. – Você está sonhando que há alguém no quarto ao lado.

Rachel consentiu com a cabeça.

– Posso escutar um homem pensando, mas ele não está no meu sonho. Ele está aí com você. Ele está exatamente do outro lado daquela parede.

15

Na fração de segundos que demorou para que Dryden entendesse, tudo mudou.

Do lado de fora da cabana, pés rasparam o solo seco conforme o intruso reagiu ao que Rachel disse, e então passos rápidos contornaram a cabana em direção à porta aberta.

Dryden se levantou, atirou seu corpo em direção à prateleira ao lado da porta e um segundo depois tinha a SIG SAUER em mãos. Ele se escorou com uma palma da mão na moldura da porta e se impulsionou para trás, ficando em postura de atirador no meio do chão.

No segundo seguinte um homem apareceu na porta.

Um homem grande, cuja silhueta se via contra a floresta iluminada à luz da lua.

Segurando uma espingarda.

Dryden atirou.

Três tiros, rapidamente sucessivos, no peito da silhueta a menos de três metros de distância.

Rachel acordou, gritando.

O intruso derrubou a espingarda e cambaleou para trás. Um pé foi para fora da varanda elevada e então ele caiu de costas na terra.

Rachel gritou o nome de Dryden, tateando por todos os lados no escuro, desorientada. Continuando com a SIG e boa parte de sua atenção no homem caído do lado de fora, Dryden encontrou a mão agitada de Rachel e a segurou.

– Está tudo bem – disse ele –, estou bem aqui.

Ele podia escutá-la hiperventilando, tentando se controlar. Acordar ao som de tiros era um belo de um alarme para qualquer um; ele não podia imaginar como isso era para uma criança.

Em sua visão periférica, viu Rachel se sentar e olhar para além da porta. O homem estava visível do lado de fora. Dryden apertou a mão dela e então a soltou. Ele se moveu em direção ao homem morrendo, pronto para atirar mais algumas vezes nele no primeiro sinal de movimento. Quando chegou até a porta e teve uma visão completa além da varanda elevada, a SIG imediatamente ficou mais pesada em suas mãos.

O homem no chão era um policial uniformizado.

■

As implicações começaram a passar rapidamente pela mente de Dryden, como flashes. Pontos e ligações, juntando-se em um fogo rápido. Escutou Rachel respirar fundo no escuro atrás dele, reagindo a tudo que ele viu.

Ele atravessou a varanda, pisou no chão de terra e se ajoelhou ao lado do oficial. O homem ainda estava respirando, mas Dryden podia notar pelo som que seus pulmões estavam em pedaços. Eles estavam quase cheios de sangue. O homem tinha, no máximo, um minuto de vida.

Havia uma nove milímetros na cintura do policial. Dryden puxou o coldre, pegou a arma e a jogou para longe do alcance do homem.

Quando fez isso, ele viu a cabeça do homem se mover. Dryden encontrou os olhos no momento em que se abriram e fixaram nele.

Ele pensou em perguntar ao homem se ele estava sozinho e então decidiu que era uma perda dos últimos suspiros; se houvesse outro policial em centenas de metros dali, já haveria balas vindo da floresta.

O oficial respirou com dificuldade. Quando inalou, seu corpo estava atormentado com um ataque de tosse violento. Sangue saiu de sua boca; ele parecia preto à luz da lua.

– Como você nos encontrou? – perguntou Dryden.

– Uma pessoa que fazia trilha viu os rastros... do seu carro. Seu imbecil de merda.

– Como uma pessoa fazendo trilha procurava por nós?

A voz do policial ficava mais fraca a cada palavra.

– O mundo inteiro está procurando por vocês. Vocês estavam na televisão o dia todo.

Dryden se inclinou para trás ainda de joelhos, como se fosse empurrado pela força da estranha informação.

– Na televisão por quê?

– Você sabe por quê – disse o policial. Ele foi pego por outro ataque de tosse, pior que o primeiro. Quando terminou, sua respiração ficou rápida e superficial. E então parou. O homem convulsionou uma vez e depois ficou imóvel. Morto.

Dryden ficou de pé e se virou em direção à cabana. Rachel estava de pé na porta, tremendo; ela não podia tirar seus olhos do corpo no chão.

– Rachel...

Dryden se interrompeu.

Ele se virou e escutou.

O som estava bem no limite de sua audição. Aumentando e diminuindo contra o vento da noite. Então ele ficou mais nítido e não havia como duvidar.

Rotores de helicópteros. Longe, mas vindo na direção deles. A batida reverberava pelos dois lados das montanhas do vale, mascarando a direção de onde vinham e até mesmo a distância. Não importava. Já estava próximo demais. Dryden foi até Rachel e virou o rosto dela para longe do homem morto. Ele falou suavemente, mas com urgência.

– Eles estão vindo. Nós precisamos ir.

Ela balançou a cabeça, ainda confusa. Dryden entrou na cabana, colocou a SIG no coldre e o prendeu em sua cintura. Então, pegou a mochila contendo os dois itens de emergência comprados em Visalia. A última coisa que ele pegou foi o gravador de áudio; guardou-o em seu bolso da frente e deixou o saco de dormir e os outros equipamentos para trás.

Rachel, que já o estava seguindo enquanto colocava o tênis, apontou para a mochila na mão dele.

– Nós não deveríamos pegar aquilo agora?

– Ainda não – disse Dryden. Ele foi para a porta e escutou a batida já bem alta do helicóptero que estava chegando. – Ainda não.

Rachel terminou de amarrar o tênis e eles saíram correndo da cabana.

■

Gaul estava pronto para jogar uma cadeira pela janela. Ele pegou a cadeira, mas a colocou de volta no chão com raiva; segurou-a com tanta força que as articulações de suas mãos ficaram brancas.

Ele estava na sala do computador novamente. A janela, que se salvara por enquanto, ainda tinha a vista da noite de Los Angeles como seu terraço privativo no andar de cima.

Lowry e os outros estavam em suas estações. Eles se sentaram paralisados pelo que as Mirandas estavam mostrando de distintos ângulos. Dryden e a garota estavam correndo pelos prados sem trilhas no Parque Nacional da Sequoia enquanto o corpo do oficial esfriava na terra bem para trás deles.

O pessoal de Gaul havia sido explícito em suas intruções para as autoridades locais, desde o momento em que a dica do mochileiro chegou: eles não deveriam interferir. Aparentemente, alguém não foi capaz de resistir à ideia de ver seu nome aparecendo na Fox News. Bem, missão concluída.

O elemento-surpresa já não existia. De qualquer forma, com certeza não teria mesmo demorado muito; Dryden ainda teria escutado o helicóptero chegando. Mas ele não saberia que era hostil e teria perdido alguns minutos preciosos pesando a escolha entre correr ou não. Na verdade, nada disso importava. Não havia saída possível para Dryden e para a garota a esta altura.

Havia apenas sete caminhos dentro de um raio de trinta e dois quilômetros. Todos aqueles caminhos agora estavam bloqueados pelas autoridades locais e federais das quais Gaul tinha controle, mas aquele pessoal era desnecessário; Dryden não tinha chance de chegar à estrada mais próxima. O helicóptero era um Black Hawk, modelo militar usado pelos Estados Unidos, e levava dez especialistas que respondiam diretamente a Gaul. Eles eram sua nova ponta da espada, promovidos a preencher os espaços deixados pelo grupo de Curren. O piloto do Black Hawk havia sido instruído a não se arriscar chegando perto de Dryden; não havia forma de dizer que tipo de armamento ele carregava agora, depois de ter ficado livre e sem rastros por um dia. Em vez disso, o piloto circularia Dryden e a garota a uma distância de oitocentos metros, guiado pelos técnicos assistindos às informações das Mirandas, e deixaria o time de dez especialistas pela floresta em diferentes pontos do círculo. Formariam um anel de um quilômetro e seiscentos metros ao redor da caça. Então seria apenas uma questão de se aproximar e fechar o cerco.

■

Agora o helicóptero estava próximo – mais próximo que qualquer um dos cumes desde onde seu barulho ressoava, para leste e oeste. Por conta disso, Dryden pôde finalmente determinar a localização por meio do som, mesmo que as luzes estivessem, como já era de se esperar, apagadas. A aeronave estava a menos de um quilômetro e seiscentos metros para o sul, e no último minuto havia interrompido seu avanço para fazer um voo estacionário.

Aquilo também era previsível.

Havia uma grande diferença entre esse conflito e aquele da noite anterior: Dryden teve o dia inteiro para contemplar o conflito de agora. No momento em que decidiu pela cabana como um destino, já estava ciente de que sua qualidade primária era também sua maior vulnerabilidade. A floresta isolada era um esconderijo perfeito, mas, se falhasse essa função, seria um terrível lugar do qual fugir. Em uma brincadeira de gato e rato contra satélites, isolamento era uma desvantagem fatal.

Normalmente.

Isso tinha que ser o que Gaul estava pensando naquele momento, de alguma forma. Ele também estaria refletindo sobre o passado de Dryden e em suas habilidades; ele teria considerado ambas as coisas ao pensar nesse ataque.

Não seria surpresa, então, que aquele helicóptero tivesse parado a alguma distância, ao invés de se aproximar para um assassinato com atirador de elite. Gaul teria que agir de forma segura e assumir que Dryden tinha meios para derrubar qualquer helicóptero que chegasse perto o suficiente; uma boa mira telescópica noturna em uma arma calibre .50 resolveria tudo, se fosse bem mirada. Dryden tinha de fato considerado pegar uma, mas havia decidido contra isso por questões práticas: derrubar um helicóptero nesse cenário não seria um movimento ganhador.

Conforme ele e Rachel corriam, ouviu o helicóptero começar a se mover novamente, sobrevoando a floresta parado por talvez vinte segundos. O novo rumo não foi nem em direção a eles nem ao contrário; ele pareceu orbitar a posição deles em sentido anti--horário, mantendo uma distância segura e, depois de viajar por algumas centenas de metros, parou novamente. Obviamente, homens estavam descendo por cordas, provavelmente de um a três deles cada vez que o helicóptero parava. Ele os depositaria em um padrão de linha reta, que cruzaria a selva vasculhando-a como caçadores em um jogo, ou ele os deixaria em um círculo que diminuiria ao redor dos dois.

De ambas as formas, as descidas por cordas também eram algo pelo qual Dryden havia esperado. Na verdade, ele estava contando com isso, ainda que o plano para detê-los estivesse longe de não ser arriscado. Conforme o helicóptero continuou seu movimento depois da segunda parada, Dryden considerou o fato de que havia agora pelo menos dois soldados em solo a oitocentos metros deles, correndo em sua direção e se comunicando com técnicos de satélites por meio de fones de ouvido.

Percebendo o pensamento dele, Rachel disse:

– Acho que é hora de abrir a mochila.

– Acho que você está certa.

▪

Na tela, o terceiro especialista estava descendo pela corda e adentrando a floresta. Gaul assistia. Era difícil entender os detalhes, olhando para a cena de um ângulo tão alto, com uma fonte de calor tão brilhante como o helicóptero exatamente acima da ação...

– Mas como assim? – indignou-se Lowry.

Gaul se virou em direção à estação de trabalho de Lowry, e Lowry dava tapinhas no monitor como se ele estivesse falhando.

– O que foi? – perguntou Gaul.

– Dryden e a garota – disse Lowry – simplesmente desapareceram bem na minha frente. – Ele apertou teclas no fone de ouvido por meio do qual se comunicava com os soldados em solo. – Continuem no vetor, mas estejam avisados que perdemos os alvos temporariamente.

– Mentira – disse Gaul. – Deve haver uma árvore no meio do caminho. Elas são umas porras de umas sequoias.

– Temos quatro satélites neles – comentou Lowry. – Não podem estar bloqueados. Não por tanto tempo.

No monitor com a imagem mais ampla, o Black Hawk estava se movendo novamente, fazendo um arco em direção ao seu quarto ponto de parada. Os três homens em solo continuavam suas corridas para dentro do círculo em direção ao objetivo que parecia haver desaparecido. A calma de Gaul havia desaparecido com eles.

■

A loja de especialidades em Visalia vendia equipamentos para bombeiros, incluindo os dois incríveis itens que Dryden havia comprado, um grande e um pequeno – o menor em estoque, pelo menos. Eles eram chamados de vestimentas de segurança para bombeiros. Incrivelmente leves, pelo menos considerando a capacidade dos objetos, eles eram feitos de diversas camadas isolantes, com um revestimento externo de tecido aluminizado para refletir calor radiante. Esse tipo de vestimenta era padrão para bombeiros dentro de navios de carga, de aeronaves ou em refinarias de petróleo, pois o tipo de trabalho exigia que, às vezes, as pessoas andassem no meio de chamas. O material era excelente para bloquear calor.

As vestimentas que Dryden e Rachel haviam acabado de colocar aguentavam temperaturas de até 815° Celsius. Com alguma sorte, elas manteriam os 37° *dentro* de si – pelo menos por algum tempo.

Eles estavam vestindo as roupas do avesso, em busca de qualquer ajuda adicional que elas pudessem dar. Até mesmo o capuz – com um visor de plástico flexível no rosto – era reversível. Dryden supôs que as vestimentas os esconderiam de qualquer forma que eles a vestissem, mas havia uma boa razão para usá-las do avesso, em todo caso: roupas refletoras eram uma péssima camuflagem à luz da lua. Do avesso, as vestimentas eram simplesmente de tecido preto.

Eles também estavam bem desconfortáveis para correr. No momento em que as vestiram, eles se viraram e correram mata adentro em uma direção perpendicular à que estavam fugindo anteriormente. Quem quer que estivesse vendo os satélites não seria mais capaz de vê-los e assumiria que ainda estavam se movendo adiante na mesma direção ou que haviam retornado. Qualquer outra direção seria um chute.

Como aconteceu, estavam correndo quase para o norte, em direção a um terreno que Dryden havia escolhido anteriormente usando um mapa detalhado: era a única saída, mesmo que fosse um tiro no escuro.

16

Gaul desabou na cadeira que ele por pouco não jogou pela janela minutos antes. O time inteiro estava no chão agora. Eles haviam convergido para o ponto de onde Dryden e a garota haviam desaparecido e onde Gaul tinha certeza que encontrariam uma mina ou um túnel natural de algum tipo; nenhuma outra explicação fazia sentido.

Ainda assim, não haviam encontrado nada além do mesmo tipo de solo resistente – rochoso demais para conter pegadas – que cobria o vale por quilômetros em todas as direções.

– Certo, bem, vamos pensar... – sugeriu Lowry. – Eles enganaram os satélites, seja lá como isso for possível, e correram. Eles desapareceram há vinte minutos, considerando dez minutos para cobrir um quilômetro e meio...

– Considere sete – corrigiu Gaul. – Eles estão motivados.

– Isso os deixa a três, quase dois quilômetros de onde nosso time está, em qual direção, isso nós não sabemos. Nós temos uma área de busca circular crescendo em diâmetro um quilômetro e meio a cada três ou quatro minutos...

Gaul ficou de pé, foi até a estação de trabalho de Lowry, pegou o comunicador e apertou as teclas:

– Coloque o helicóptero no deque – ordenou ele. – Agora mesmo. Pegue o time e coloque-o no ar. Guardem a merda dos equipamentos de visão termal; se os satélites não podem vê-los, vocês também não poderão. Quero os homens a bordo com equipamentos de visão noturna amplificada – há iluminação suficiente da lua para isso. Quero todos os olhos varrendo a floresta a cento e cinquenta metros de altura.

Ele colocou o comunicador na mesa e se afastou. Quando se virou de volta, ele encontrou Lowry o observando como um idiota.

– Não sei onde o helicóptero deveria começar a busca, senhor – disse Lowry. – Em qual direção eu devo enviá-lo?

– Descubra! – exclamou Gaul. – Pessoas costumavam fazer isso antes de terem computadores.

Lowry sabia que não deveria responder àquilo. Olhou para seus pés até que Gaul se virasse de costas, encarou o monitor para buscar a mais ampla imagem da floresta nas Mirandas. Ele a deixou ainda mais ampla, aumentando a visão em oito quilômetros e adicionando uma camada de topografia.

– Vamos considerar que um homem como Sam Dryden conhece o terreno – disse Lowry.

– Vamos – disse Gaul.

– Ele também saberia o local onde as estradas estão bloqueadas. Mas aqui está a rodovia 198, a quarenta e oito quilômetros de distância. Ele poderia imaginar que não estamos esperando que ele chegue tão longe, então talvez não a estejamos bloqueando. Além disso, ela é movimentada; a melhor opção para parar um automóvel e tomar controle dele. – Lowry marcou o caminho de um estreito canal no mapa. – Esse curso de água passa pelo vale bem abaixo da rodovia – explicou. – Ele vai descendo por todos os quarenta e oito quilômetros. Dryden e a garota provavelmente poderiam dobrar o tempo de percurso se o seguissem. Para isso, o caminho mais curto seria ir em direção ao norte desde onde nós os perdemos de vista. Eles não teriam chegado nele ainda, e justo agora estariam mais ou menos... – Ele fez o cálculo em sua cabeça e então tocou na tela com seus dedos. – Por aqui.

Pegou o comunicador e passou as instruções para o piloto do Black Hawk.

– Entendido – disse o piloto. – Estou descendo agora. Há um espaço meio quilômetro ao norte da posição do time, o único grande o suficiente para pousar. Todos os soldados se encontrem lá!

■

O capitão Walt Larsen desceu o Black Hawk no espaço com cuidado; era a primeira vez que ele pousava entre sequoias. Elas eram mais ou menos três vezes mais altas que qualquer vegetação de mata na qual já tivesse pousado.

A seis metros do deque, ele viu que o espaço aberto era um aglomerado de samambaias e moitas, talvez de sessenta a noventa centímetros de altura por toda a extensão. Provavelmente sem risco de estragar uma roda, mas ele teria que ser cuidadoso ao decolar do mesmo jeito. O Black Hawk pousou com firmeza como se o terreno fosse asfalto.

– Se você quiser sair para mijar, você tem tempo – disse Larsen para seu copiloto, Bowles. – O time está a um ou dois minutos da gente.

Ele mal terminou de falar isso e escutou um dos soldados subir no compartimento de passageiros atrás deles. Ele se virou.

Não era um dos soldados.

■

Dryden e Rachel haviam ficado sentados entre os arbustos desde o momento em que haviam chegado ao descampado, dez minutos antes. Esperar pelo helicóptero havia sido a parte mais difícil. Ainda que Dryden estivesse confiante de que ele pousaria ali, sempre existia uma chance de as coisas darem errado.

Então ele chegou fazendo barulho, com sua silhueta parecendo um inseto gigante contra o céu quase preto, a alguns metros de distância. Dryden já estava de pé e correndo antes mesmo que ele tivesse parado de fato.

Ele deu a volta até a entrada no helicóptero, tirando o capuz de sua vestimenta com uma mão e levantando a SIG no compartimento de voo com a outra. O piloto se virou para ele com o que começou como uma expressão casual e então ficou pálido.

– Armas no painel, agora – ordenou Dryden. – Eu preferiria não matar vocês.

Ambos os pilotos agora estavam o encarando, surpresos demais para obedecer. Dryden deu mais um passo e bateu com o corpo da SIG no nariz do copiloto. Sangue começou a jorrar.

– Eu vou atirar no três – disse Dryden. – Um, dois...

Ele não foi além. Ambos descartaram cuidadosamente suas armas .45 e a colocaram na parte plana do painel.

Atrás de Dryden, Rachel subiu no helicóptero.

– Vocês dois, fora – disse Dryden para os pilotos.

Aquilo os surpreendeu, mas não discutiram. Eles abriram suas portas, pularam até o chão e correram.

Dryden subiu até o assento do piloto e Rachel o seguiu, descartando seu próprio capuz enquanto se esgueirava para chegar ao assento do copiloto. Por hábito, ele agarrou o fone de ouvido do piloto e o colocou, mesmo enquanto se sentava; os pesados protetores auditivos cortavam boa parte do barulho do helicóptero. Rachel colocou o fone que lhe correspondia. Dryden alcançou o interruptor de seleção da comunicação próximo às entradas do fone de ouvido e o deixou somente na cabine do piloto – o helicóptero parou de transmitir áudio através dos fones para qualquer ouvinte de fora.

– Você realmente atiraria neles no três – disse Rachel, não perguntando, mas afirmando. – Não era um blefe.

– Foi por isso que funcionou – disse Dryden.

Seus olhos percorreram o painel. Ele havia treinado em um Black Hawk UH-60 padrão; esse era um MH-60K das Forças Especiais, mas o painel era quase idêntico. Ele tinha alguns sinos extras e apitos, notavelmente um painel multifunção que fazia de tudo e atualmente estava mostrando o que parecia uma visão de satélite da floresta – uma imagem impressionante para caramba comparada às que Dryden havia visto na sua época. Na imagem, o helicóptero estava centralizado e dois pontos branco-azulados de luz – o piloto e o copiloto – eram visíveis nas extremidades da área aberta, para onde eles haviam corrido. A algumas centenas de metros ao sul, o time unido podia ser visto, vindo em direção ao Black Hawk. Rápido. Sem dúvida, haviam sido avisados do que estava acontecendo.

Dryden tomou o controle. Ele aumentou a força e sentiu o Black Hawk se mexer. Rachel agarrou as laterais de seu assento. Os rotores gritaram, e o solo da floresta ficou mais distante. Dryden apertou o botão-mestre para as luzes exteriores; a parede de sequoias ao redor do espaço apareceu saindo da escuridão como se ele tivesse balançado uma varinha mágica. Da cabine do piloto do helicóptero, o espaço aberto de repente pareceu muito menor do que parecia quando estavam no lado de fora. Com as árvores chegando a sessenta metros, aquele pequeno espaço parecia um poço vazio. Subir e sair dali seria o momento mais perigoso da fuga.

Compondo o risco estava o fato de que deveria fazer aquilo de maneira rápida. Na imagem do satélite, o time em solo já tinha percorrido metade da distância anterior até o espaço aberto, em menos de um minuto. Estariam exatamente abaixo do Black

Hawk em mais ou menos cinquenta segundos, atirando com tudo que tivessem.

Dryden dividiu sua atenção entre as árvores e a imagem do satélite. Forçou o grau de elevação para o máximo com o qual ele se sentia confortável – e então o deixou dez por cento mais alto. Era uma aposta razoável: arriscar bater ao ir rápido demais ou garantir que atirariam neles por ir devagar demais.

Inclinou-se para a frente e tentou ver o topo das árvores. Era difícil julgar, mas supôs que ainda tinha vinte metros para subir. Na tela, o time agora estava talvez a quarenta e cinco metros do lugar do pouso.

Dryden notou uma etiqueta informativa no canto interior esquerdo da imagem do satélite: SAT-ALFA-MIRANDA-21.

Miranda. Ele havia escutado rumores sobre um projeto com aquele nome, apenas no papel, na época em que deixara o trabalho.

Naquele momento a imagem do satélite ficou preta.

– Imagino que nós não deveríamos ter visto isso – disse Rachel.

– Fique feliz por eles não poderem desligar os motores. Isso estará no modelo do ano que vem.

As copas das árvores estavam abaixo deles cada vez mais longe agora. Os ramos mais altos desciam, e de repente o Black Hawk estava acima da floresta. A cobertura de sequoias seguia até a base das montanhas, como um áspero carpete à luz do luar. Dryden empurrou a alavanca para a frente e sentiu o pássaro balançar em resposta. Foi aí que as primeiras balas chegaram.

Soou como uma chuva de granizo contra a parte inferior blindada da aeronave. Múltiplos tiros tocando no metal de uma só vez. Rachel gritou. Uma das luzes se espatifou, e alguma coisa próxima ao rotor traseiro fez um som agudo, mas o painel de perigo continuou silencioso.

Depois do que pareceram dez segundos, mas provavelmente não foram mais do que dois, o helicóptero se atravancou adiante em resposta ao balanço. No último momento, antes que o espaço aéreo acima deles estivesse aberto, o vidro frontal da direita implodiu e Rachel engasgou bruscamente – um som involuntário que não tinha nada a ver com medo. Dryden já havia escutado homens soarem daquela maneira.

Deixando apenas o suficiente de sua atenção nos controles para manter o Black Hawk subindo e sobrevoando a floresta, ele acendeu as luzes da cabine e se virou para Rachel. Seus olhos estavam gigantes, e ela estava segurando seu braço esquerdo para o lado com a outra mão. Onde o braço encontrava seu peitoral, havia sangue por todos os lados.

12

Eles estavam acima de terras interioranas agora, dez minutos para o oeste de onde haviam decolado. O indicador de limite de velocidade estava gritando. Dryden o ignorou. Assim como ignorou tudo o que podia e manteve o restante de sua atenção em Rachel.

Não havia forma de avaliar a extensão do ferimento dela. Ele precisava de ambas as mãos – e também ambos os pés – nos controles, e ela não podia remover sozinha a parte superior da vestimenta de bombeiro. Ainda com a roupa, Dryden podia apenas ter uma ideia grosseira de onde ela havia sido ferida. No braço, pelo menos, ele podia ver o buraco que a saída da bala fez próximo ao tríceps dela. Supôs que ela havia entrado pela parte interna do braço, para baixo. Se ela havia tocado algo mais antes disso – a perna, o abdômen ou a parte superior do torso – ele não tinha como saber.

– Mantenha pressão no braço – disse ele. – Eu sei que é difícil, mas você precisa fazer isso.

Rachel balançou a cabeça, freneticamente e exausta ao mesmo tempo. Porém, perdia as forças.

– Respire fundo mais uma vez para mim – disse Dryden. – Puxe devagar, solte devagar.

Ela obedeceu. Pelo fone de ouvido, ele ouviu o som dela exalando o ar.

Sem agitação. Sem respiração asmática. Bons sinais, até agora.

– Alguma pressão? – perguntou ele – Você sente como se alguma coisa estivesse te impedindo de expandir seus pulmões?

Ela meneou a cabeça.

Bom também – mas não razão suficiente para relaxar. O dano no peito poderia ser traiçoeiro e enganoso. Uma bala poderia não pegar no coração e nos pulmões, mas ainda assim causar hemorragia interna, vagarosamente aumentando a pressão contra os pulmões até que um ou os dois entrassem em colapso. Em choque, como Rachel certamente estava, era possível deixar os sinais passarem em branco.

Dryden mantinha o Black Hawk tão baixo quanto possível para ainda poder voar – a sessenta metros do chão. Adiante estava Fresno, talvez a dez minutos de distância, ainda que os distritos ao redor da cidade estivessem mais próximos.

Olhou para o braço de Rachel de novo. Ela mantinha a mão apertada sobre o ferimento de saída da bala – muito longe de um torniquete, mas a melhor opção disponível no momento. Havia um pouco de sangue visível ao redor do buraco na vestimenta, mas não tinha como medir a intensidade do sangramento. Qualquer coisa que estivesse saindo de dentro dela estava escorrendo por seu braço por dentro da manga.

Até então, ela não tinha chorado. Dryden desejou que ele pudesse enxergar heroísmo da parte dela, mas a vida o ensinara diferente. Era o choque – ela simplesmente ainda não havia começado a sentir a dor.

No entanto, a dor estava chegando. E se aproximava exatamente naquele momento, ele imaginou, dada a linguagem corporal dè Rachel.

– Está começando – disse ele.

Ela balançou a cabeça, moveu sua mão para reposicioná-la em seu braço e apertou com força.

Um segundo alarme de velocidade soou, este dizendo que ele havia descido demais para aquela velocidade. Subiu até que o alarme ficasse em silêncio novamente. Ao lado dele, Rachel estremeceu, lutando contra as lágrimas, mas perdendo a luta.

■

Gaul andava para lá e para cá, suas bochechas e testa mais coradas do que os técnicos já tinham visto.

Os satélites conseguiram acompanhar o helicóptero facilmente. Três imagens estavam dedicadas a ele, em diferentes dimensões de enquadramento. Um quarto enquadramento mostrava Fresno ao longo de sessenta e cinco quilômetros, do norte ao oeste. Existia um motivo para isso. Havia outros objetos aéreos sendo monitorados. Também em alta velocidade.

– Como os cálculos estão funcionando? – perguntou Gaul.

– Estão justos – disse Lowry.

Gaul não disse mais nada. Continuou andando de um lado a outro.

■

Assistindo ao aparecimento de Fresno para encontrá-los, Dryden examinou a malha que contornava a cidade para achar um lugar que se encaixasse em seus requisitos. Precisava ser aberto o suficiente para aterrissar o helicóptero, mas também tinha que ser lotado de pessoas. O estacionamento do shopping funcionaria. Ele observou buscando por um – e então viu algo melhor.

– Você gosta de futebol? – perguntou Dryden.

– Talvez – disse Rachel. – Eu não me lembro.

O estádio – de uma universidade, pelo que parecia – estava quarenta quilômetros à frente, iluminado por causa de um jogo noturno acontecendo. Os lugares pareciam estar com um terço da capacidade. Dryden puxou a alavanca, diminuindo a velocidade do Black Hawk.

Quinze segundos depois, estava acima do campo, pairando, imóvel. Cada rosto abaixo deles, na arquibancada e no campo, estava virado para o helicóptero. Dryden desceu de uma vez com velocidade, e os jogadores se espalharam como folhas voando para longe do motor.

– Eu vou te carregar – explicou Dryden –, e vai doer pra caramba. Mas não importa o que aconteça, você vai manter a pressão nesse braço.

Agora a doze metros do chão. Dez. Nove.

– Não sei quanto mais isso pode doer além do que já dói – disse Rachel.

– Você vai saber. E se você precisar gritar, grite.

Ele acelerou no último segundo para suavizar a aterrissagem e no instante em que sentiu os pneus tocarem o chão, já estava do lado de fora, dando a volta pela frente até o lado de Rachel e abrindo a porta.

– Se debruce em mim quando eu te levantar. Vou te carregar com um braço.

– O que você vai fazer com o outro? – questionou ela, e em seguida entendeu; não por leitura de mente, mas simplesmente pelo que estava vendo – Ah, nossa.

– Tente ver humor nisso – disse ele.

Ela balançou o corpo em direção ao dele, inspirando fundo. Ele colocou o braço por baixo dos joelhos dela e a levantou.

Ela gritou.

Atrás de Dryden algumas dezenas de idiotas observavam e corriam em direção ao Black Hawk. Ele se virou, levantou a SIG SAUER com sua mão livre e abriu fogo o mais distante possível da multidão.

O pânico atingiu a multidão como uma onda que chegou de surpresa, batendo e se impulsionando de volta. Mesmo as pessoas nas cadeiras reagiram, correndo em disparada em direção aos grandes túneis de saída de cada andar. Conforme Dryden havia visto do ar, os túneis eram relativamente grandes para o público que passaria por eles. Sem risco de qualquer tipo de obstáculos perigosos que, às vezes, formam-se com multidões. Apenas algumas centenas de pessoas correndo em direção ao estacionamento.

Carregando Rachel, Dryden correu para seguir a multidão até o túnel mais próximo.

Ele estava no meio do caminho quando o chão ganhou vida com uma vibração grave e um par de helicópteros Hornet F-18 gritando acima do estádio, acima da última fileira de arquibancada por não mais que trinta metros. Um piscar de olhos depois, as ondas de uma explosão sônica despedaçaram as luzes do campo, mergulhando tudo na escuridão.

Dryden imaginou se poderia ter chegado um pouco depois, pois não tinha dúvidas de que os soldados teriam transformado o Black Hawk em uma bola de fogo se ainda estivesse no ar.

Ele continuou se movendo com a multidão. A escuridão e a confusão eram sua vantagem, pelo menos. Ele manteve a SIG abaixada ao seu lado, pronto para levantá-la e deter quaisquer heróis em potencial, mas isso foi desnecessário. Em meio ao caos do túnel, ninguém o reconheceu como o atirador.

Passando por um orelhão na saída, ele agarrou uma lista telefônica e a arrancou do frágil fio que a prendia.

Um minuto depois, ele e Rachel estavam no estacionamento, que se esvaziava muito rápido. Ele quebrou a janela de um modelo Honda do começo dos anos 1990, destravou-o e a sentou cuidadosamente no assento traseiro. Seu rosto havia perdido toda a cor desde que haviam saído do helicóptero.

Sentou-se ao volante, bateu no contato com o corpo da SIG e emendou fios para dar partida. Então, deu a lista para Rachel.

– Procure pelas letras MD depois do nome de alguém – disse ele.

Ao redor deles, o estacionamento estava caótico. Pessoas dirigiam pelas calçadas simplesmente para sair de perto do estádio a qualquer custo. Ele engatou a marcha do Honda e saiu, tornando-se apenas mais um boi em meio à manada.

■

O vento batia na sala do computador de Gaul, às vezes assoviando entre os estilhaços que ainda estavam presos na grande esquadria da janela. Quando soprava, papéis voavam, mas ninguém ousava se movimentar e sair de suas estações de trabalho para pegá-los.

18

Dena Sobel estava limpando a piscina quando os helicópteros Hornet passaram pela segunda vez acima de Fresno, dessa vez a algumas centenas de metros de altura e sem fazer nenhuma onda sequer atrás deles. Qualquer que fosse a pressa na primeira vez, ela parecia ter passado. Estavam indo pela direção da qual haviam vindo mais cedo, provavelmente voltando para casa na Base Aérea de Travis, supôs Dena.

Do outro lado do campo de golfe, alguns de seus vizinhos estavam do lado de fora de casa, vigiando luzes e janelas que haviam sido danificadas pela explosão sônica. Dena, uma cirurgiã que esteve três vezes no USS Carl Vinson,[5] estava familiarizada com os efeitos de voos supersônicos, e o que havia balançado sua casa há alguns minutos havia sido mais alto do que qualquer outro que tivesse escutado antes. Os soldados deveriam estar viajando bem mais rápido que a velocidade da luz.

Uma brisa balançou os carvalhos brancos que beiravam a piscina, trazendo com ela o som de sirenes vindas do centro da cidade. Dentro de meio minuto havia mais sirenes, a maioria da polícia, mas também algumas ambulâncias. Elas soavam como se estivessem por toda a parte.

---

5 Superporta-aviões da Marinha dos Estados Unidos. (N.T.)

Dena colocou a rede de limpeza da piscina em um suporte na parede e entrou em casa para ligar para o pronto-socorro. Seja lá o que estivesse acontecendo na cidade, se houvesse feridos, a informação já teria chegado até lá. Quando tirou o telefone do gancho, faróis inundaram a janela da frente, e freios cantaram na entrada da casa. Nem cinco segundos depois, alguém bateu na porta da frente.

■

Dryden viu uma sombra se aproximar através das janelas que decoravam a entrada. Assumindo que a doutora Sobel iria olhar por elas antes de abrir a porta, ele se lembrou das palavras do policial antes de morrer.

Dryden deu um passo para longe da luz e se virou em direção ao Honda para fazer seus traços menos visíveis. O rosto de uma mulher apareceu em uma das pequenas janelas, e Dryden acenou freneticamente. Se ela o reconheceu de alguma forma, seus olhos não demonstraram.

– Por favor, me ajude! – gritou Dryden, indicando o carro. – É minha filha!

Cada gota de desespero dele soou sincera, e aparentemente funcionou. A porta se abriu, e uma mulher por volta dos 50 anos apareceu.

– Você é Dena Sobel? – perguntou Dryden.

Ela balançou a cabeça, olhando para o Honda. Dryden já estava correndo até ele, abrindo a porta traseira.

– Ela está machucada – contou Dryden.

No assento traseiro, Rachel se sentou segurando seu braço, agora exposto. Dryden havia parado em um estacionamento no caminho saindo da universidade, ido até o banco de trás e ajudado Rachel a remover a parte superior da vestimenta de bombeiro. Ele enfim verificara que o braço era o único ferimento, mas não soubera dizer se era muito grave. Duvidou que a artéria tivesse sido totalmente perfurada – se tivesse, Rachel estaria inconsciente ou morta a essa altura. Contudo, havia alguma chance de ela ter sido pega de raspão, ou alguma outra coisa, mas que ainda assim algum dano significativo tivesse acontecido.

Dena agora estava atrás dele na porta. Ela o empurrou de leve para passar à frente e se inclinar sob o banco traseiro, e deu sua primeira olhada na ferida.

– Isso é um ferimento de bala – disse ela. – Por que raios você a trouxe aqui? Ela precisa ir para o pronto-socorro...

Ela se virou para olhar para Dryden enquanto falava. Mas interrompeu a fala ao ver a SIG na mão dele.

Ele não a estava apontando. Segurava-a abaixada em sua lateral, mirada para baixo, com o dedo fora do gatilho.

– Preciso que você a ajude aqui – disse Dryden. – Em casa. Sem hospitais. Sem avisar a polícia.

– Não vou fazer isso.

– Você tem que fazer. Se houver qualquer boletim de ocorrência informando onde essa garota está, ela vai morrer na mesma hora.

Dena o encarou. Seus olhos foram mais uma vez para a arma, e então retornaram ao rosto dele e ficaram lá.

– Você é o homem da televisão – disse ela.

– Eu sou o homem da televisão. Mas seja lá o que estão falando, é mentira. Podemos te contar a verdade, podemos inclusive, prová-la, mas nesse instante você precisa cuidar dela. Por favor.

– Por que eu deveria acreditar em você?

Rachel se inclinou em direção à porta aberta.

– Pense em um número de quatro dígitos – disse ela.

19

– Fontes oficiais estão confirmando, somente nos últimos minutos, que os eventos em Fresno estão ligados ao alerta da Homeland que estamos reportando desde hoje cedo.

A âncora da CNN parecia apropriadamente solene dando a notícia. O ritmo de empolgação por trás de suas expressões ensaiadas era perceptível.

Dryden estava na sala de estar de Dena, assistindo à cobertura na televisão embutida na parede. Na tela havia uma imagem aérea do campo de futebol americano da universidade, o Black Hawk centralizado na cena. Ele estava parado exatamente onde havia pousado, angulado na linha dos quarenta e cinco metros. Veículos equipados com luzes piscantes que pareciam como meia dúzia de agências federais e estaduais estavam estacionados ao redor do campo.

Pelos primeiros dez minutos depois de trazer Rachel para dentro – e estacionar o carro roubado em uma galeria a quatro quarteirões dali – Dryden havia ficado no quarto extra onde Dena estava cuidando de Rachel. Dena havia dado a ela oitocentos miligramas de ibuprofeno e então voltou sua atenção para examinar o braço, observando os pontos-chave que ela tinha que avaliar imediatamente.

– O osso está intacto. Não há dano na artéria braquial ou na artéria axilar. O ferimento de saída é consistente com o de uma bala, sem fragmentação interna. – Cada palavra caía sobre Dryden como a resposta de uma reza.

– Posso limpar o ferimento e começar com os antibióticos agora – explicou Dena. – Em trinta minutos os medicamentos vão cessar um pouco a dor, não muito, e vou dar os pontos. – Ela já havia dado uma olhada completa em Rachel a essa altura. As duas metades da vestimenta da garota estavam no carpete e todas as roupas estavam grudadas na pele por conta do sangue seco. A roupa conteve boa parte dele, mantendo-o dentro dela encharcando camiseta e calça.

– Enquanto os analgésicos não fazem efeito, vou te limpar – disse Dena. Seu tom de voz era mais suave do que antes. – Minha filha guardou muitos de seus uniformes antigos. Vou achar alguma coisa que te sirva.

Dryden aproveitou essa situação para ter a chance de pisar para fora do quarto. Agora, meia hora depois, ele havia assistido o suficiente de CNN e Fox para entender o que estava indo ao ar o dia todo.

Era ruim.

Muito ruim.

A notícia era direta, e repetida de tempos em tempos: baseada em evidências sólidas ainda não divulgadas, a Homeland Security acreditava que havia um homem dentro dos Estados Unidos trabalhando com uma bomba radiológica – uma pequena bomba que contém material radioativo. Esse homem tinha todo o conhecimento e ferramentas necessárias para armar e detonar a bomba e havia informação de confiança de que ele planejava fazer isso. A citação havia sido feita pelo próprio secretário da Homeland: *Nós estamos trabalhando talvez em um período de horas. Precisamos que todos estejam procurando por este homem.*

Não havia um nome oficial para o suspeito, mas havia uma imagem. Uma montagem computadorizada, como eles chamavam – uma versão *high-tech* de um retrato falado policial desenhado à mão, gerado por computador, baseado nas imagens de segurança que não estavam sendo mostradas ao público.

No entanto, a imagem não era uma montagem; Dryden a reconheceu de primeira. O pessoal de Gaul a tinha pegado nos arquivos de seu computador, em sua casa em El Sedero. Era uma foto que originalmente continha sua mulher, Trisha; os dois haviam feito uma viagem para São Francisco, alguns meses antes de Erin nascer, e ele havia pedido a uma pessoa para tirar uma foto deles juntos em Embarcadero. Alguém havia apagado tudo da imagem exceto o rosto de Dryden, remodelado sua boca para fazer seu sorriso virar uma boca sem expressão e filtrado toda a imagem para fazê-la parecer menos com uma foto e mais como algo montado por um programa de computador.

Por tudo isso, ela era uma imagem exata dele. Não havia dúvidas de como Dena o reconhecera tão rapidamente.

Outros também o tinham reconhecido, pelo que parecia. O homem de quem ele comprou o carro usado em Bakersfield. Um vendedor na loja de artigos esportivos. A imagem havia rodado os noticiários provavelmente algumas horas depois de deixarem aquela cidade. O vendedor de carros havia entrado em contato com as autoridades no começo daquela tarde, e a descrição do veículo apareceu no noticiário imediatamente. Uma vez que o mochileiro viu o carro no começo da trilha, era lógico para a polícia checar algumas estruturas nos quilômetros ao redor dali.

Conforme Dryden assistia, o rosto do policial morto apareceu na tela. Agora, ele já o havia visto algumas vezes, acompanhado do nome do homem e de uma curta biografia: *Glen Carlton, 47 anos, veterano de vinte e três anos do Departamento do Condado de Kern.*

– Esta parte é verdadeira?

Dryden se virou. Dena estava de pé próxima ao corredor, observando-o.

Dryden balançou a cabeça.

– É verdadeira. – Ele olhou para a tela novamente. Olhou para o rosto do homem. Um homem que não havia feito nada além de arriscar, e perder, sua vida por conta do que ele acreditava ser uma razão válida. – Na hora não consegui ver quem ele era.

Dryden não podia pensar em mais nada o que dizer sobre aquilo. Olhou até que a imagem tivesse sumido da tela novamente.

– Ela está descansando – disse Dena, balançando a cabeça em direção ao corredor. Em suas mãos ela segurava um fio de carretel cirúrgico e a agulha que usara para dar os pontos. – Quero saber tudo. De você, dela... tudo.

Ela foi em direção à cozinha americana, colocou a agulha e o fio no balcão e lavou o sangue que estava em suas mãos.

Antes disso, depois que Rachel demonstrara sua habilidade na entrada da casa, eles haviam contado a Dena algumas coisas básicas. O fato de que a perseguição era, na verdade, por Rachel. A perda de memória.

Dena enxugou suas mãos com uma toalha, deu a volta na ilha que dividia a cozinha da sala de estar e apoiou as costas nela, olhando para Dryden.

– Tudo – disse ela.

■

Ele contou. Demorou vinte minutos. Finalizou pegando o gravador digital de seu bolso e tocando o áudio gravado na cabana.

Até que chegassem à casa de Dena, Dryden não havia sequer parado um minuto para pensar no que Rachel dissera enquanto dormia. Não houve um único minuto em que ele pudesse respirar. Uma vez que Dena havia começado a cuidar do ferimento de

Rachel, e Dryden havia ido à sala de estar para assistir às notícias, ele revisou as palavras da garota. Fez isso novamente enquanto a gravação tocava. Observou a reação de Dena às passagens-chave do áudio.

Rachel Grant. Grupo de Trabalho da Biologia Molecular, Fort Detrick, Maryland, Divisão de Interferência de RNA, Nocaute Um Um.

Eu falei onde é.

Elias Dry Lake, em Utah.

A qualquer momento eles vão parar de testar aquele novo brinquedo e realmente colocar gás nele... E se eu ainda estiver viva quando isso acontecer... Se eu não for uma pedra no sapato...

Quando ela acabou, nenhum dos dois falou por trinta segundos. Dryden podia ver Dena processando tudo aquilo, ou tentando.

Finalmente ela disse:

– Mas o que isso poderia ser? Não assumo que seja realmente um veículo... soou mais como uma figura de linguagem, mas... Jesus.

– Se Gaul não o construiu – disse Dryden –, então o Governo ou alguma outra companhia o fez. Talvez outra empresa de segurança. Isso soa como algum tipo de sistema de armas, não soa?

Dena balançou a cabeça.

– Algo relacionado ao que Rachel pode fazer.

– E eles estão com medo de tomar uma atitude enquanto ela estiver viva.

Já a razão para isso, Dryden não podia nem chutar. Os espaços vazios que permaneciam na história eram de enlouquecer.

– Não acho que você terá outra chance de questioná-la – comentou Dena. – Ela está dormindo agora, mas não espero que ela durma novamente por algum tempo, depois de tudo pelo que passou. E se essa droga que você descreveu está saindo do sistema dela...

– Não, a cabana era a única chance – disse Dryden. – Tivemos sorte por descobrir tudo isso.

Eles ficaram quietos por outro longo período. Então Dryden disse:

– Você tem um computador?

Dena afirmou com a cabeça. Cruzou a sala até a mesinha ao lado do sofá, abriu a gaveta e tirou um tablet. Ela o ligou, trouxe-o para a ilha e sentou na frente de Dryden.

Ocorreu a ele que qualquer uso da internet seria um sério risco. Mesmo quando ainda estava em Ferret, existia tecnologia que podia monitorar os IPs locais por entradas em sites de busca. Certamente palavras-chave digitadas no Google dentro de uma área específica – uma cidade, talvez um condado – chamariam atenção e dariam a localização do computador.

No entanto, havia muito que ele podia aprender sem fazer uma busca de textos. Abriu o navegador, entrou no Google Maps e mudou para a opção satélite. Arrastou e aproximou a imagem até que Utah preenchesse a tela.

Elias Dry Lake.

Se alguma vez já tinha ouvido falar desse lugar, não conseguia se lembrar. Aproximou o mapa até que os detalhes do terreno e os nomes estivessem visíveis – pequenos rios, lagos, montanhas – e começou a arrastar a vista da esquerda para a direita em faixas estreitas de busca, descendo desde o ponto mais ao norte do Estado.

Encontrou o lugar três minutos depois. A área árida do lago estava ao sul de uma região desértica, ao oeste de Rockies. A rodovia U.S. 50 passava oito quilômetros ao norte; uma única e estreita via de duas mãos saía da rodovia em direção ao sul e chegava até a margem mais ao norte do lago, e simplesmente terminava lá. Mesmo em uma imagem mais distante de todo o leito do lago – que media pouco menos que cinco quilômetros por cinco quilômetros – era claro que não havia edifícios. Toda a extensão brilhava branca e desocupada, vazia até mesmo para os padrões do deserto.

– O que é aquilo? – perguntou Dena.

Ela apontou para um único pixel no meio da tela, escuro o suficiente para se destacar do fundo. Seja lá o que fosse, estava quase centralizado no leito do lago. Dryden não o havia notado em uma primeira olhada.

Ele aproximou a imagem até que a coisa ocupou metade da tela, ainda que soubesse o que seria mesmo antes de ver a imagem.

Era uma torre de celular. A estrutura em si era quase invisível em vista aérea; apenas sua sombra na areia a entregava.

– Alarme falso – disse Dena.

– Acho que não.

Dryden contou a ela sobre o ataque de pânico de Rachel em Bakersfield, ao avistar uma torre de celular comum. Então, moveu o mapa até ver a rodovia novamente e a pequena cidade situada ao redor do encontro de vias mais próximas. Demorou menos de um minuto para que encontrasse a torre de celular que a servia; ela estava localizada ao norte do limite da cidade. Dryden examinou a rodovia por alguns quilômetros em cada direção e encontrou torres adicionais que serviam o trânsito no decorrer da via. Todas a menos de cem metros da estrada.

– A torre no leito do lago não serve a rodovia U.S. 50 nem a cidade mais próxima – elucidou Dryden –, e não há outra cidade em trinta e dois quilômetros. Não há razão para colocar uma torre de celular de verdade naquele lugar. Não faria sentido.

– Então o que você acha que é?

Ele não tinha uma resposta para aquela pergunta. Centralizou o leito do lago de novo, olhou fixamente por trinta segundos e então se afastou da ilha da cozinha.

– A maior parte do que Rachel disse na gravação não faz sentido para mim – disse Dena. – Mas uma palavra soou familiar. *Nocaute*.

– Você sabe o que isso significa? – questionou Dryden.

– Sei o que significa. Apostaria a minha vida que é algo relevante.

Dryden esperou que ela continuasse.

– Não é meu campo de especialização – disse Dena –, mas muitas pessoas na medicina já escutaram esse termo. Normalmente, ele se refere a ratos. Significa que foram geneticamente modificados – que um gene específico foi desligado. Nocauteado.

Dryden considerou o que isso implicava. Encaixava bem o suficiente com o restante do que Rachel dissera. Biologia molecular. Interferência de RNA. Dryden não tinha nenhum conhecimento incrível em ciências, mas claramente aqueles termos vinham do mundo de pesquisas genéticas.

– Por que *desligar* genes daria a alguém alguma nova habilidade? – perguntou ele.

Dena encolheu os ombros.

– Porque o DNA é uma bagunça. Pessoas o chamam de mapa, mas é mais como uma receita – uma que a natureza vem ajustando por alguns bilhões de anos. É assim que um professor meu descrevia: uma receita antiga, onde instruções velhas ficam alinhadas em vez de serem jogadas fora. Quando um animal evolui e deixa de ter uma certa característica, como quando perdemos nosso rabo ou boa parte do nosso pelo corporal, os genes dessas características não foram deletados. O que normalmente acontece é que um novo gene que bloqueia os outros é criado. Aqueles novos genes são como linhas que riscam as partes velhas da receita. Então se você nocautear *esses* genes, os novos, então as velhas instruções não serão mais riscadas. Elas voltam à mistura. Isso tudo faz sentido?

Dryden repetiu tudo aquilo em sua mente e balançou a cabeça.

– Mais ou menos.

Ele andou até a porta de correr no fundo da sala. Olhou para a piscina e para o campo de golfe além dela.

– Leitura de mentes – disse ele.

Sprinklers de jardim estavam molhando o campo de golfe. A grama cintilava no brilho das luzes de paisagismo.

– Eu vou para conferências algumas vezes no ano – disse Dena. – Você devia ver algumas das apresentações que as pessoas fazem. Há animais que naturalmente podem fazer crescer membros – tritões, um tipo de salamandra, por exemplo, são capazes disso. Ampute uma perna dianteira abaixo do joelho, o tritão faz a coisa toda crescer de volta. As juntas dos cotovelos, o húmero, todos os ossos, músculos e nervos da pata. Toda a pele. Tudo. Eles sempre puderam fazer isso. Existem pesquisadores que acreditam que todos os vertebrados possuem essa capacidade em seus DNAs, incluindo nós. Apenas existem outros genes suprimindo a habilidade. O truque seria identificá-los e nocauteá-los.

Dryden se virou de costas para a porta de correr.

– Isso não faz nenhum sentido. Por que nós teríamos evoluído *perdendo* a capacidade de fazer algo tão importante?

– O melhor chute que já escutei é que é melhor simplesmente aceitar a perda. Um novo membro permanece fraco por muito tempo; a pele é crua, vulnerável à infecção. A chance de sobrevivência talvez aumenta se você só cicatrizar o toco e se virar com três membros em vez de quatro. Como era aquela frase? A Mãe Natureza é vadia, mas você tem que amá-la? Ela encolheu os ombros. – Mas por que a evolução iria deixar para trás algo como a leitura de mentes, eu não consigo nem começar a imaginar.

Na televisão, alguns veículos de emergência ainda estavam agrupados ao redor do Black Hawk. Dryden voltou para o computador e olhou para a imagem na tela: o lago seco e a pequena partícula da sombra da torre.

– Você está planejando ir lá – afirmou Dena. Não foi uma pergunta.

Dryden balançou a cabeça.

– Por que não simplesmente esperar pela memória dela voltar? – perguntou Dena. – Vocês dois podem ficar aqui por quanto tempo precisarem.

– Ela pode ficar aqui sem mim pelos próximos dois dias?

– É claro que sim. Mas por que arriscar ir àquele lugar?

Os olhos de Dryden ainda estavam na tela.

– Porque não gosto de ficar às cegas. Não gosto de pensar que passarei a próxima semana com essas pessoas sabendo tudo, e nós não sabendo quase nada. A própria Rachel disse que as respostas estão lá.

– Você só teria que esperar seis ou sete dias...

– E Gaul sabe disso. Ele sabe que, se ela se lembrar, terá todo um leque de opções, talvez algo tão simples quanto ir a público com as informações – mas Gaul tem uma semana inteira para planejar cada movimento que Rachel pode fazer, antes mesmo que ela saiba quais serão eles. Pode ser que ele não esteja preparado para que ela faça alguma coisa antes disso.

Dena apontou para a torre.

– Gaul sabe sobre esse lugar. Rachel contou para ele. Não acho que ele esperaria que ela aparecesse por lá novamente, mas seria difícil para ele manter a vigilância deste lugar, só por via das dúvidas?

Dryden pensou nos satélites.

– Nenhum pouco. Mas eu vou lá.

– Não sem mim.

Dryden e Dena se viraram. Rachel estava de pé no início do corredor. Ele viu os curativos que Dena aplicara em sua ferida: vários pedaços de gaze na frente e atrás do braço, enrolados juntos com uma fita branca. Suas novas roupas, um jeans e uma camiseta roxa, estavam um pouco largas nela.

Dena foi até ela.

– Querida, você precisa ficar deitada...

– Eu vou me sentar – disse Rachel. – Isso é importante.

Dena começou a responder, mas se segurou. Ela podia ver a mesma coisa nos olhos de Rachel que Dryden também via: a garota estava determinada a explicar seu ponto.

– Quero que você vá com calma – disse Dena.

Rachel balançou a cabeça e a seguiu até a ilha. Dena puxou uma cadeira, e a garota se sentou nela com cuidado.

– Você ouviu a gravação? – perguntou Dryden.

– No pensamento de vocês, quando a escutaram.

Dryden olhou rapidamente para Dena. Apesar de sua exposição anterior à habilidade da menina, ela ainda parecia se surpreender com a ideia.

Quando Dryden olhou de volta para Rachel, viu os olhos dela centrados no computador. Ela colocou com hesitação os dedos na tela e aproximou a imagem até que a torre de celular a preenchesse.

– Você sabe que não posso te levar até lá – disse Dryden. – Uma coisa é arriscar minha própria vida. A sua, de jeito nenhum.

– Podemos chegar a alguns quilômetros dela sem nenhum risco – disse Rachel. – Se quiser ver mais perto, por você mesmo, vou entender, mas você pode me deixar a alguns quilômetros para trás. Além do que, há boas razões para que me leve. Pode ser que existam coisas lá que eu reconheça e que não vão nem chamar sua atenção. Aquele lugar pode despertar minha memória.

Por um bom tempo, Dryden não respondeu. Ele olhou para Rachel, então para a tela do computador, e continuou calado.

– Acho que há muito mais em risco aqui do que apenas nós – disse Rachel, suavemente. – Você não acha? Acho que deveríamos ir. Agora.

Dryden esfregou os olhos.

– Cristo – disse ele.

O silêncio acabou. Foi Dena que o quebrou.

– Vocês dois sabem o que eu acho, mas não vou tentar mudar a cabeça de ninguém. Tenho um segundo carro que minha filha usa quando está em casa. Ele é velho, mas confiável. Talvez haja bloqueios de vias por toda Fresno, eu imagino, mas... Eu poderia passá-los. Vocês podem se esconder no porta-malas e dirijo em direção ao norte, até Modesto e volto para casa de trem. Se vocês forem pegos, terão que dizer que invadiram a casa e roubaram o carro enquanto eu não estava.

Dryden trocou um olhar com Rachel e então olhou para Dena mais uma vez.

– Não sei como poderíamos te agradecer – disse ele.

– Não morram – pediu Dena. – É o suficiente.

Dryden manteve para si mesmo a resposta desagradável: em quase qualquer resultado imaginável, Dena jamais saberia o que aconteceu com ele e Rachel. A garota não disse nada em resposta àquele pensamento, mas ela tremeu como se um calafrio tivesse passado por sua pele.

20

Eles saíram cinco minutos depois.

O carro era um Honda Accord, que tinha dez ou doze anos. Seu assento traseiro podia ser abaixado para abrir o porta-malas, mas naquele momento não havia razão para fazer aquilo. Dryden deitou curvado de um lado do porta-malas, Rachel no outro. Três minutos e cinco curvas após deixarem a casa, Dena os chamou de volta, sua voz abafada pela espuma do encosto dos assentos.

– Eles estão parando motoristas na saída. Fiquem quietos até que eu diga que estão seguros.

O carro brecou trinta segundos depois, então rastejou para frente, indo e parando. Dryden imaginou uma longa fila de trânsito congestionado, tudo isso iluminado por lanternas de LED da polícia. Um instante depois, ele escutou o chiado de um walk-talkie. Na escuridão, Rachel encontrou a mão dele e a segurou com força. Passos passaram pelo asfalto. Dena abaixou o vidro e todos os sons da cidade entraram no carro.

Um homem disse *boa noite* com uma voz forte, um balanço ensaiado entre educado e severo.

– Olá – respondeu Dena. – Isso é por causa daquela coisa na televisão?

– Sim, senhora. Você pode me mostrar sua identidade?

Segundos de silêncio. Então luzes brancas brilharam na costura onde as costas do assento encontrava o porta-malas. Elas bateram e passaram. O oficial estava passando um feixe de luz pelo interior do carro.

– Posso te perguntar para onde você está indo hoje à noite? – interrogou o homem.

– Só estou saindo por alguns dias. Se aquele homem está aqui na cidade com aquela coisa, sabe como é, prefiro não ficar aqui.

Soou como algo que Dena estivera ensaiando em sua cabeça nos últimos minutos. Sem dúvida era. Ela falou de forma dramática – demais. Dryden ficou tenso.

Outros cinco segundos se passaram e então o oficial disse:

– Me faça um favor e abra o porta-malas para mim.

A mão de Rachel convulsionou ao redor da de Dryden.

– Isso é realmente necessário? – questionou Dena.

– Não vai demorar muito. Abra-o.

Dena não disse nada.

Dryden tinha a SIG SAUER na parte traseira de seu cinto, mas não se mexeu para sacá-la. Simplesmente não havia nada que pudesse fazer com ela. Não faria diferença. Haveria uma dúzia ou mais policiais em um raio de vinte metros do carro, todos eles preparados para encontrar problema naquela noite. Haveria múltiplos helicópteros, locais e federais, pairando sob a cidade. Não havia possibilidade de fuga.

– Senhora? – chamou o oficial.

Sem resposta. Em sua cabeça, Dryden viu Dena no volante, sua boca tentando falar, mas nada saindo dela. Tudo estava indo por água abaixo na frente dela.

– Senhora.

– Tenho coisas pessoais no porta-malas – disse Dena. – Prefiro não ter alguém mexendo nelas. Posso por favor simplesmente ir? – Sua voz estava alta e forçada. Todos os detalhes chamavam muito a atenção do policial.

– Senhora, preciso que você abra seu porta-malas. Agora.

– Você não precisa de um mandado de busca para isso?

– Posso conseguir um na tela do meu telefone em mais ou menos trinta segundos. Você gostaria que eu fizesse isso?

– Só quero sair de Fresno – contra-argumentou Dena. – Estou assustada pra caralho estando aqui, e nada disso está ajudando.

– Senhora, não vou falar de novo...

De uma só vez o policial interrompeu a própria fala. Por um terrível segundo Dryden imaginou que Dena havia feito alguma coisa, como alcançar o câmbio para colocar o carro em movimento.

Mas não houve solavanco repentino no veículo. Não houve som ou qualquer movimento. Apenas silêncio. Dryden podia sentir Rachel tremendo, a sensação viajava por sua mão até a dele.

O silêncio se manteve. Como dedos segurando a borda de um penhasco.

Então o oficial falou novamente.

– Tudo bem, está bem. Você pode ir adiante. Tenha uma boa noite.

Por outro momento Dena não disse nada. Talvez ela tenha pensado que o homem estava brincando. Então seus passos o levaram para longe no asfalto, passando pelo porta-malas e chegando ao próximo carro na fila.

Dryden ouviu Dena exalar tremendo e um segundo depois o Honda estava se movendo, costurando o bloqueio e pegando velocidade. Ele passou por mais uma curva e então acelerou, e mesmo com o barulho do motor revivendo, Dryden podia ouvir Dena respirando no banco da frente.

– Certo, estamos seguros – avisou ela.

Dryden puxou a alavanca que soltava o assento traseiro e o empurrou para frente e para baixo. Ar e luz entraram no porta-malas. Ele viu Rachel ao lado, parecendo pálida e quase enjoada.

– Você está bem? – perguntou ele.

Ela conseguiu balançar a cabeça. Ainda estava tremendo bastante.

– Vamos – disse Dryden. Ele a puxou para cima dos assentos abaixados. Do lado de fora, os limites de Fresno estavam passando a cento e dez quilômetros por hora.

Dena olhou para trás, para eles dois. Ela estava tão confusa quanto Rachel.

– Eu não entendo – disse Dena. – Não sei porque ele me deixou ir. Ele simplesmente... me deixou, de repente.

A cabeça de Dryden foi primeiro para a explicação ruim – velho hábito. Talvez fosse uma armadilha. Talvez alguém com uma câmera termal tivesse visto que havia corpos quentes no porta-malas. Talvez eles estivessem sob ordens de deixar todo mundo passar, para serem seguidos, e alguém tivesse avisado o policial no último segundo.

– O oficial tinha um ponto no ouvido? – perguntou Dryden. – Ele tocou o ouvido como se alguém tivesse dito algo?

Dena balançou a cabeça.

– Nada do tipo. Ele estava bem na minha cara, eu teria visto.

– E alguém fez algum sinal com a mão? Olhou para outro policial antes de te deixar passar?

– Não. Eu o estava observando o tempo todo. Ele estava me encarando e então... simplesmente mudou de ideia. Ainda não consigo acreditar.

Dryden também não conseguia acreditar. *Não* acreditava. Pelo menos, não totalmente. Ele se virou e olhou pela janela traseira. Podia ver o brilho das luzes piscantes a oitocentos metros para trás, pulsando contra as placas de trânsito e edifícios próximo à saída para a estrada.

Dena pareceu ter sido pega pela tensão dele.

– O que aconteceu? – perguntou ela. – Há algo que eu devesse saber?

Dryden observou a estrada atrás deles por mais alguns segundos, então se virou para a frente novamente.

– Eu não sei – disse ele.

■

Eles chegaram a Modesto logo depois das duas horas da manhã. Dena parou no Walmart no limite da cidade.

– Há coisas das quais vocês precisarão – disse ela –, e vocês vão querer minimizar o tempo que passam em locais públicos, como lojas.

Dryden e Rachel ficaram no carro enquanto Dena entrou na loja. Ela voltou vinte minutos depois com várias sacolas cheias de comidas não perecíveis, além de uma lanterna, baterias, curativos limpos e gel antibiótico para o braço de Rachel. Também comprou um boné de beisebol e um óculos Oakley com elástico para Dryden.

– Melhor que nada – disse ela.

Eles estavam na estação de trem dez minutos depois. Dena estacionou e deixou o motor ligado, e por um momento ninguém falou.

– Quando eu acordar amanhã de manhã – falou Dena –, vou ficar deitada por trinta segundos e me perguntar se eu sonhei tudo isso.

Rachel se inclinou para a frente entre os assentos e a abraçou. Dena a segurou por um bom tempo, com os olhos fechados.

– Obrigado – disse Dryden. Era provavelmente a quinta vez que ele dizia isso.

Dena abriu os olhos por cima do ombro de Rachel e olhou para ele.

– Proteja-a – pediu a médica.

Dryden balançou a cabeça.

– Com a minha vida.

Ele esperou muito que isso fosse suficiente.

■

Um minuto depois ele e Rachel estavam na estrada, acelerando para seguir o trânsito esparso do meio da madrugada. Em sua cabeça, Dryden voltou para a rodovia que havia visto no computador de Dena. Por alguns segundos, não conseguiu se lembrar do nome da cidade no final dela – a que estava na saída da U.S. 50, onde duas faixas seguiam para o sul em direção ao Elias Dry Lake. Então ele se lembrou: a cidade se chamava Cold Springs.

21

Cobb acordou uma hora antes do nascer do sol, tomou um banho quente demorado e saiu na varanda de sua suíte para fumar. O quarto tinha vista para o vale, um muro de montanhas com muita neve. Cada pedacinho brilhava no ar; e secretamente via as estrelas mais iluminadas se destacarem no crepúsculo da madrugada.

Ele ouviu a porta do pátio correr e se abrir abaixo dele. As gêmeas saíram por ela e cruzaram o caminho de pedras até a beirada da piscina. Enquanto esperavam pela abertura da cobertura da piscina, elas tiraram a roupa uma da outra, sem pressa, beijando-se e cochichando em qualquer que fosse a língua que falavam. Elas não eram mesmo gêmeas; Cobb apenas havia pensado nelas desta forma desde o dia em que as conhecera. Elas se pareciam, isso era tudo – o mesmo corpinho magro, os mesmos olhos grandes e escuros e os mesmos peitinhos atraentes, os mesmos beicinhos quando o uísque, a vodca ou a maconha acabavam, ainda que sempre houvesse alguém próximo para reabastecer em menos de uma hora. Cobb nem mesmo sabia o nome das garotas. Em sua cabeça, ele as chamava de Callie e Iola, para zoar.

Ele observou o vapor da piscina descoberta encher o ar ao redor delas – as garotas insistiram em manter a droga da temperatura em 37 graus e Cobb não reclamou; ele com certeza não estava pagando a conta de luz daquele lugar. Antes que a nuvem de vapor pudesse obstruir a vista, Callie entrou na piscina e Iola se sentou na beirada com seus pés balançando na água. Callie mergulhou e subiu, saindo da água em frente à Iola, com seu rosto entre as coxas dela. As garotas agora eram apenas silhuetas no vapor; Cobb observou a cabeça de Callie mergulhando mais para a frente enquanto Iola se inclinou nas pedras do piso ao redor da piscina, e sua respiração se transformando em gemidinhos fofos. Cobb olhou, por cima do ombro, para o relógio sobre o criado-mudo no quarto. Trinta minutos até que seu turno no trabalho começasse. Tempo de sobra para descer até a piscina e se juntar a elas.

Era uma droga os rumos que a vida podia tomar. Um ano e meio antes ele era um especialista em logística – o que nada mais é do que um funcionário de um galpão – que estocava prateleiras no depósito de suprimentos em Ramadi. Além de matar aranhas-camelos do tamanho de suas mãos, aquela vida consistia em enquadrar paletes de papel higiênico, batata chips e café para o exército americano secreto no Iraque – aproximadamente do mesmo tamanho que o exército oficial, que havia sido tirado de lá alguns anos antes. Cobb acordara todas as manhãs por lá na porra de uma pequena unidade habitacional de madeira, seu aniversário de 23 anos logo atrás, seu diploma enquadrado da Ohio State a quase dez mil quilômetros dali, na casa de seus pais em Rochester e ele pensando a mesma coisa que agora: *como cargas d'água eu cheguei aqui?* No entanto, essa não havia sido sempre a pergunta de um milhão de dólares? Sim, de fato. Seth Cobb, o andarilho sem destino. Onde o vento o levaria em seguida?

Há mais ou menos quinze meses, o lugar para onde ele o levou foi a uma agência de emprego no limite do território da companhia, lá em Ramadi, depois de alguém ter jogado um panfleto verde brilhante por baixo de sua porta no meio da noite. O panfleto era tanto vago quanto direto.

SALÁRIO GENEROSO / EXCELENTES CONDIÇÕES DE MORADIA (LOCALIZADA FORA DO ORIENTE MÉDIO) / DEVE ESTAR DISPOSTO A CORTAR CONTATO COM FAMÍLIA E PESSOAS QUERIDAS POR CINCO ANOS / EXIGÊNCIA DE EXTENSOS TESTES FÍSICOS E PSICOLÓGICOS

Cobb tinha família e pessoas queridas, mas estava mais do que disposto a perder a companhia deles por cinco anos e tinha quase certeza de que o sentimento era mútuo. Então, simples assim, ele se encontrou sentado em uma pequena mesa no edifício precário para o qual o panfleto o direcionou. Era um hangar abandonado; ele podia ver manchas de combustível no chão de concreto. Havia uma porta para um ambiente nos fundos, e todas as vezes que alguém a abria, Cobb via de relance um maquinário médico volumoso e de alta tecnologia. Uma das máquinas era para ressonância magnética, ele achava.

Antes que ele chegasse mais perto daquela sala, havia testes escritos para serem completados. Ao final, eles seriam a parte mais estranha de todo o processo. Nenhuma das perguntas era difícil, não exatamente. Não tinha sequer respostas certas ou erradas, apenas julgamentos, como: *Se sua casa está pegando fogo e seu cachorro está preso dentro dela, você arriscaria a sua vida para salvá-lo?* Ou: *Você jogaria um turno único de roleta-russa para salvar uma pessoa querida de uma morte garantida?* Depois de dois dias desse tipo de coisas, os testes escritos haviam culminado em algo que intrigava Cobb – pelo menos naquela época. Ele havia sido direcionado a se sentar em um canto da grande sala, longe de qualquer outro candidato, e um homem na casa dos 30 se sentou atrás dele, sem dizer nada. O homem simplesmente se sentou lá enquanto Cobb virava as páginas dos testes finais. Ele viu que esse último teste não continha nenhuma pergunta. Apenas instruções, como: *Pelos próximos cinco minutos, pense detalhadamente sobre as piores coisas que você já fez e das quais conseguiu se safar*, ou, *Você já machucou profundamente alguém com quem você se importava? Pense sobre isso, em detalhes, pelos próximos cinco minutos.*

Ele se perguntava qual raios era o objetivo daquilo. Ele podia se sentar cantando mentalmente todas as músicas do Pink Floyd e eles não saberiam a diferença. Mas, como quem está na chuva é para se molhar, ele obedeceu às instruções. Achou aquilo estranhamente estressante depois de um tempo; até parecia lhe dar uma dor de cabeça, ou pelo menos um calafrio esquisito na têmpora.

Aquele último teste durou uma hora e, quando acabou, o homem atrás dele se levantou e saiu, sacando um telefone no caminho. Vinte minutos depois Cobb foi enfim direcionado para a sala dos fundos e passou as quatro horas seguintes sendo furado e escaneado e colocado em túneis claustrofóbicos de equipamentos de diagnóstico. Aquele dia terminou em um pequeno escritório do lado de fora do hangar, com Cobb sentado em uma mesa frente a frente com dois homens que nunca vira antes. Ambos estavam na casa dos 40 anos, eram severos e casca dura. Ele nunca soube o nome deles.

– Se você aceitar esta oferta de trabalho, vai trabalhar para uma empresa chamada Western Dynamics. Você a conhece?

Cobb concordou com a cabeça.

– Grande empresa de segurança.

– Será exigido que você tome três doses de uma droga, uma simples pílula, a primeira hoje à noite se você aceitar a proposta.

– Isso é um teste de drogas?

– Nada do tipo.

– O que essa droga faz?

– Nada perigoso. Você não saberá a função dela até depois. Isso é parte do acordo. E o panfleto não estava mentindo sobre cortar contato com seus parentes. Você não terá um telefone. Você não terá acesso à internet ou a serviço de e-mail.

– Quanto é o salário generoso?

– Duzentos mil dólares ao ano, líquido, que você poderá guardar, porque moradia e refeições lhe serão fornecidas.

Cobb assoviou e se inclinou para trás na cadeira. Ele perguntou se teria uma pilha de acordos de não divulgação para assinar se aceitasse o trabalho. Os homens lhe disseram que não. Em relação a isso, a situação era muito simples: se ele em algum momento contasse detalhes de seu trabalho para qualquer pessoa de fora, seria assassinado, e ninguém seria processado por sua morte. Cobb olhou nos olhos dele e viu que isso não era uma brincadeira. O que o fez acreditar no restante também.

– Vamos tomar aquela primeira pílula – disse ele.

Uma coisa engraçada aconteceu naquela mesma noite, em sua unidade habitacional do outro lado de Ramadi. Uma mensagem chegou em uma pasta grossa de três prendedores, e Cobb riu, porque finalmente ali estava a papelada. É claro. Só que não era uma papelada. Dentro da pasta estavam perfis detalhados de mais de cem mulheres; sem o nome de nenhuma delas, apenas códigos de referência. Todas as mulheres tinham entre 18 e 20 anos, e todas eram gostosas. Os perfis incluíam fotos de rosto em alta resolução e também fotografias nuas. Enfiada dentro do plástico frontal da pasta estava uma nota escrita à mão: *Escolha quaisquer duas e envie para o escritório de recrutamento às 8h.*

Menos de vinte e quatro horas depois, Cobb estava no ar em um transporte C-17. Havia cochilado no caminho, acordando quando o avião tocou o solo no complexo – o lugar que ele vinha chamando de lar desde então. Mesmo agora não tinha ideia de onde estava localizado. Em algum lugar no norte do Canadá, ele chutou. Havia montanhas e fazia muito frio o ano inteiro, e não havia estradas que ligavam o complexo a mais nada. Nada no entorno do lugar além de vida selvagem do norte, pelo que ele podia ver. O complexo em si consistia no aeroporto, rodeado de edifícios e hangares, e então uma única estrada circular que entrava na floresta, beirando o vale e acessando a dúzia de casas com vista para a pista de pouso. Cada casa tinha uma distância de noventa metros até a outra, e eram separadas da vizinha por uma floresta.

O vento mudou de direção e soprou parcialmente a nuvem de vapor para longe do pátio. Cobb processou o que ela revelou e então sorriu com seu cigarro.

Callie ainda estava lá, com os olhos fechados, perdida no momento; Cobb não podia ver a boca dela, mas sabia que ela estava sorrindo. De uma só vez, ela abriu os olhos e olhou para ele. Ela levantou uma das mãos da coxa de Iola e acenou. Cobb balançou a cabeça e deu outra tragada profunda.

As duas garotas haviam chegado ali um dia depois dele. Ele já até tinha esquecido de tê-las escolhido entre aqueles perfis; a maior parte ele entendeu que fazia parte de outro teste psicológico. No primeiro dia ali, sozinho, ele simplesmente se maravilhou com a casa. Ela era novinha em folha – era possível ainda sentir o cheiro do carpete e da pintura – e parecia com algo que poderia ser visto no *MTV Cribs*.

EXCELENTES CONDIÇÕES DE MORADIA

É sério, mesmo. Havia uma piscina aquecida, com uma hidromassagem em uma das pontas; o pátio era aquecido por bobinas elétricas abaixo da pavimentação. Havia também um home theater com um som *surround* de 7.1. Uma sauna. Um freezer na cozinha gigante, e no balcão de granito havia um tablet com comidas e bebidas listadas. Era possível rolar aquela lista e tocar uma dúzia de itens – ou apenas um, se você tivesse um desejo – e as compras apareceriam na porta em trinta ou quarenta minutos, sem custo algum. Cobb ainda estava processando tudo, perguntando-se o que raios ele deveria fazer, quando a campainha tocou e ele encontrou Callie e Iola pela primeira vez.

Naquelas primeiras semanas, não era claro o que exatamente o trabalho seria. Um homem mais velho chamado Hager passou por lá algumas vezes, logo cedo, para explicar algumas coisas. Havia mais duas dosagens marcadas da droga, ele disse, que seriam trazidas até a casa nos momentos necessários. Não havia problema se Cobb bebesse o álcool e fumasse a maconha disponíveis, de forma razoável; aquelas substâncias não entrariam em conflito com a droga, nem agora nem depois, quando o trabalho dele começasse.

– Que tipo de trabalho? – perguntara Cobb.

– Isso virá depois. Depois de algumas semanas. Por ora, apenas se acomode. Aproveite. Existem trilhas marcadas que sobem a alguns cumes próximos daqui. Leve as garotas para um passeio, se elas quiserem. Se você alguma vez se encontrar com algum vizinho, não tem problema dizer oi, trocar gentilezas, mas o mínimo possível. Eles estarão fazendo o mesmo trabalho que você, mas vocês não devem discutir sobre isso. Já tive a mesma conversa com eles, então ficará tudo bem. – Hager terminara a conversa de uma forma um tanto quanto misteriosa. – Tem um telefone fixo no porão. Tenho certeza de que você o viu. Ele está conectado ao meu escritório aqui no complexo, e a mais nenhum outro lugar, é só apertar o botão vermelho. Em breve você terá algo a me perguntar. Quando acontecer, me ligue.

Isso foi tudo.

Nas semanas seguintes – semanas boas, muito boas – Cobb fez o que Hager dissera. Ele se acomodou. Desde o começo era claro que comunicação nunca iria de fato acontecer entre ele e as garotas; ele não sabia nada da língua que elas falavam, mas achava que era de alguma região do Leste Europeu. Talvez fossem romenas – elas o lembravam das ginastas fofinhas de lá que sempre o faziam assistir à televisão durante as Olimpíadas. De qualquer forma, quanta conversa é realmente necessária? Você pode compartilhar uma conexão emocional bem o suficiente sem palavras. Algumas noites os três ficavam chapados e assistiam a um filme estrangeiro da biblioteca digital do home theater, alguma coisa em francês ou alemão para que nenhum deles pudesse entender. O trio tentava acompanhar e acabava dando tantas risadas que até doía, e então as roupas seriam tiradas e pelas horas seguintes o mundo inteiro de Cobb seria pele macia, umidade e calor, mãozinhas apertando e suspiros e gritos, e antes que ele finalmente adormecesse entrelaçado a elas, ele pensaria: *sinto pena de todas as outras pessoas na Terra neste momento, que estão presas vivendo suas rotinas e não esta daqui.*

Quando finalmente aconteceu – a coisa que o faria pegar no telefone do andar de baixo –, ele não entendeu imediatamente o que estava ocorrendo. Isso foi um mês e pouquinho depois de ter tomado a última das três pílulas, e de fato ele não havia pensado nelas por dias. Ele estava chapado quando o efeito começou, e seu primeiro pensamento sobre o assunto foi que eram alucinações. É verdade que a maconha nunca tinha feito ele fazer aquilo, mas tinha que haver uma primeira vez para tudo. De qualquer forma, essa não era uma alucinação completa. Pelo menos, não visual. Apenas uma coisa auditiva – as vozes de Callie e Iola em sua cabeça, conversando na língua que elas falavam. Foi mais ou menos seis horas depois que ele entendeu, tempo suficiente para que o efeito da maconha já tivesse ido embora e para que seu pensamento clareasse. Era o início da noite, e ele estava de pé na cozinha com Callie. A essa altura, já notara que estava vendo imagens em sua cabeça junto às vozes das garotas. Uma dessas imagens de repente se destacou vividamente: uma lata de Pepsi sendo aberta. Não mais de três segundos depois, Callie se virou, foi até a geladeira e pegou uma lata de Pepsi. Um minuto depois, Cobb estava no porão apertando o botão vermelho.

Hager explicou aquilo para ele como se estivesse falando com um homem no precipício. Sim, ele disse, aquilo na cabeça dele eram os pensamentos das garotas. Como um devaneio de estações de rádio. Sim, as pílulas tinham feito aquilo. Sim, a condição era permanente. No entanto, era mais do que somente ouvir pensamentos. As pílulas haviam dado a Cobb outras habilidades, e essas eram habilidades ativas que deveriam ser treinadas. Hager enviaria um homem pela manhã para começar seu treinamento.

– Quais outras habilidades? – perguntou Cobb.

– Pense nelas como enviar ao invés de somente receber. Dar e receber, esse tipo de coisa.

– Você quer dizer colocar pensamentos na cabeça das outras pessoas e não apenas escutar os pensamentos delas.

– Pensamentos, mas mais importante que isso, sentimentos, impulsos emocionais profundos, como culpa e nojo ou até exaltação. Forçar as pessoas a sentirem essas coisas.

– Com que intuito, porra? – questionou Cobb.

– Por muitas razões. É útil de muitas formas.

Cobb não entendeu exatamente o significado daquilo. Era como se tivesse uma coisa pontiaguda e denteada em suas mãos. Uma escultura feita de vidro quebrado.

– Eu sou uma arma – disse, no telefone. – Você vai me enviar pelo mundo para foder com a mente das pessoas.

– Você vai foder com a mente das pessoas – disse Hager –, mas não vamos te enviar a lugar nenhum.

Inclinando-se no parapeito da varanda agora, terminando seu cigarro, Cobb pensou nas semanas que se sucederam após aquele dia. O treinamento matinal. O entendimento do que ele podia, de fato, fazer. As habilidades eram limitadas, é claro – enquanto a leitura de mente parecia funcionar em todo mundo, as habilidades mais avançadas funcionavam em determinadas pessoas. Então havia a tecnologia, muito assustadora. Até mesmo Hager confidenciou que não tinha ideia de como ela funcionava; a companhia tinha pequenos times de engenheiros geniais escondidos e espalhados por vários lugares – talvez complexos exatamente como aquele, com suas próprias Callies e Iolas – projetando as coisas. Era fácil ver o que o equipamento fazia, mesmo que agora, há mais de um ano no trabalho, todo o projeto ainda estivesse em teste. Ainda em beta, como os técnicos diziam. Mas estava crescendo rapidamente, acelerando, e Cobb com frequência sentia que havia detalhes não revelados. Coisas que viriam.

Ele estremeceu. Apenas pelo ar frio, pensou consigo mesmo. Nada além disso. Seus nervos estavam bem com tudo aquilo. Ele e Hager haviam estabelecido os limites há muito tempo, lá naquela primeira ligação.

– Você vai querer ir com calma e pensar bem sobre isso – dissera Hager. – Agora você está surpreso, está balançado, e isso é normal. O que quero que você faça é voltar lá para cima e olhar bem para a sua situação. A casa. As garotas. Você tem que concordar que estamos sendo generosos com você. Não estamos, Cobb?

– Sim. Sim, senhor. Tudo aqui é maravilhoso. – Cobb percebeu as palavras saindo com velocidade; ele estava se embananando como uma criança. De uma só vez, ocorreu-lhe que nunca havia agradecido Hager, nunca agradecera *nenhuma* dessas pessoas. Jesus, como ele deixou isso passar? – Senhor, só quero dizer o quanto tudo isso significa para mim, e sinto muito por não ter...

– Não se preocupe com isso, Cobb. Apenas me escute. Sobre esse trabalho que fará para nós, às vezes ele será difícil. Você vai fazer coisas a pessoas, coisas ruins, que elas não merecem. No entanto, você terá que fazê-las. Simplesmente será assim. Você tem que nos ajudar, como nós te ajudamos, certo?

– Sim, senhor.

– Quando ficar difícil, você vai pensar nessa casa, e nessas garotas, e você vai fazer seja lá o que for para mantê-las com você.

– Eu vou, senhor.

– E você vai querer se lembrar de algo: a coisa ruim que está chegando, não é sua culpa, porque se você não estivesse fazendo isso, simplesmente teríamos outra pessoa no seu lugar. Aconteceria de qualquer forma, então, melhor que você seja o que se beneficia. Isso faz sentido?

– Muito sentido.

– Certo, Cobb. Volte lá para cima agora. Tudo vai ficar bem.

Cobb apagou a bituca do cigarro no parapeito da varanda. Lá embaixo, no pátio, os gemidos de Iola haviam se tornado chorinhos suaves e irregulares. Ela havia tirado seus pés da água, enquanto seus dedos seguravam na borda da piscina e seus joelhos batiam ritmicamente. Ela alcançou e prendeu seus dedos no cabelo de Callie, então puxou o ar profundamente e gritou. O som atravessou a piscina e seguiu pela escuridão além do vale. Alguns segundos depois, o corpo dela se esticou como uma esponja torcida, o corpo de Iola cedeu nas pedras do revestimento. Callie pegou as mãos dela, ajudou-a a se sentar, puxou-a devagar para dentro da água e a abraçou.

Cobb derrubou o cigarro a seus pés. Sim, seus nervos estavam simplesmente bem com relação ao trabalho. Ele atravessou a varanda até os degraus que o guiavam até lá embaixo, tirando a camiseta pelo caminho.

22

Era meio-dia e quinze quando Dryden e Rachel chegaram em Cold Spring, Utah. A saída da rodovia bifurcava para a avenida principal da cidade, uma extensão de lojas de marcas, postos de gasolina e *fast-foods*, tudo molhado e desbotado. Havia uma área alta a oitocentos metros ao leste – uma linha de montanhas marchando ao sul em diagonal, com seus cumes coroados com florestas de pinheiros e arbustos. Fora isso, pelo que Dryden podia ver, a paisagem era desértica, baixa.

Ele entrou em uma rua rumo ao leste da cidade. Logo viu o que estava procurando: uma estrada de terra que levava às montanhas. Três minutos depois, o carro estava estacionado em um mirante no meio da subida mais próxima, talvez setenta metros acima do nível do deserto e da cidade. A U.S. 50 era visível por cerca de cinquenta e dois quilômetros, perdendo-se na luz difusa, voltando a Nevada e a Califórnia. Tão visível quanto era a estrada de duas faixas que formava o eixo central de Cold Spring, levando ao sul e saindo da cidade, até os campos vazios. A oito quilômetros naquela direção, em um branco vasto, severo e quase cegante, estava Elias Dry Lake. Dryden apertou os olhos, mas não conseguiu ver a torre no centro dele.

Debruçou-se para dentro do carro e pegou uma caneta no painel.

– Me dê sua mão – disse ele.

Rachel a segurou para cima e Dryden escreveu um número de telefone nas costas dela. Acima do número, ele escreveu o nome "Cole Harris".

– Quem é esse? – perguntou a menina.

– Um amigo meu. Uma das únicas pessoas no mundo em que confio. Servimos o exército juntos e nos tornamos amigos depois.

Ele se virou e observou o declive da montanha acima do mirante, que subia por mais setenta metros até o cume, raso e arborizado. Não havia estradas acima daquele ponto. Também não havia casas ou outras estruturas.

– Quero que você espere aqui – disse ele. – Suba até mais ou menos a metade. Fique nas árvores, fora de vista e longe do sol, mas continue olhando para o leito do lago. Depois que eu estiver lá, se você vir alguma coisa acontecendo, uma fila de carros descendo até lá ou um helicóptero pousando, você vai até a cidade e liga para este número. Entre em uma loja e diga que você precisa ligar para os seus pais. Ninguém vai criar problemas com isso.

Desde que saíram de Modesto, eles ficaram ligados nas notícias sempre que conseguiam pegar sinal de rádio. A perseguição era quase a única história recebendo cobertura, e em momento algum foi mencionada uma jovem garota viajando com o suspeito. Dryden supôs que Gaul tinha seus motivos para manter a informação daquela forma; se o plano era matar Rachel, não ajudaria ter o país inteiro rezando por sua segurança enquanto a busca acontecia.

– Cole Harris mora em San José, na Califórnia – disse Dryden. – Você pode ligar para ele, e dizer o seu nome e explicar que Sam Dryden quer que ele venha aqui te buscar. E diga essa palavra: *goldenrod.* Certo? Lembre-se dela. Diga *goldenrod* e ele vai entender.

– O que isso significa?

– Isso é um código. Nós o usávamos no exército. Significa: *Isso não é um truque, ninguém está apontando uma arma para mim.* Ou, de forma mais genérica: *Isso não é zoação.* É uma palavra nossa e ninguém mais sabe sobre ela. Se você a disser, então ele saberá que a mensagem está vindo de mim.

Rachel estava olhando para o número em sua mão. Dryden esperava muito que ela não precisasse ligar para ele.

– Acho que esse é um daqueles momentos nos quais não sei distinguir os seus pensamentos dos meus – disse Rachel.

■

De perto, era difícil saber exatamente onde o deserto terminava e o lago começava. Qualquer margem que existiu ali em algum momento havia sido suavizada com o vento. Tudo que indicava uma transição era o fato de que o solo, abaixo dos pneus do Honda, repentinamente ficava muito mais plano, e a sávia e a grama do deserto sumiam.

Mais adiante, agora a torre de celular estava visível, um mastro com gradil metálico com cabos de contraventamento estabilizando-o. Difícil dizer sua altura sem árvores ou edifícios como referência, mas tinha que ter pelo menos setenta metros. Desta distância, ainda a oitocentos metros ou mais, nada daquilo parecia incomum para Dryden ou lhe saltava aos olhos.

■

Essa percepção havia mudado quando ele estacionou e saiu do carro. Em seus anos em serviço, especialmente mais tarde em Ferret, Dryden encontrara torres transmissoras algumas vezes. Uma ou duas vezes ele instalou equipamentos de espionagem nelas, prendendo-os nos cabos da base. Nesses casos, ele trabalhava de acordo com as instruções fornecidas por um técnico; ele mesmo não tinha nenhuma especialização real com equipamentos indrustriais desse tipo. Havia se perguntado, lá do alto e até chegar a dez metros daquela coisa, se ele saberia identificar alguma coisa anormal nela. Agora não estava mais se perguntando.

Parou a um braço de distância do canto mais próximo da estrutura. A moldura de aço da torre em si parecia como o restante das torres que já vira: amarração cruzada triangular, as juntas soldadas fundidas com conectores de cobre para ajudar na condutividade. E, como outras torres, tinha um tubo metálico parafusado em uma de suas pernas, subindo por dentro do canto, protegendo cabos sensíveis dos fenômenos naturais e contra adulteração. Na maior parte dos casos que Dryden vira, esses tubos eram feitos de aço ou até de alumínio – normalmente passavam despercebidos. Esse tinha chamado a atenção dele logo de cara; não era feito de nenhum daqueles metais. Aproximou-se. Na luz do deserto, a superfície do tubo brilhava como prata fosca. A última vez que vira esse tipo de material, o sol do deserto também estava brilhando. Um deserto diferente, muito longe daqui.

Ele deu soquinhos leves no tubo. Era como bater em uma placa espessa de granito – da mesma forma que sentiu da outra vez, dando tapinhas ao lado de um M-1A1 Abrams, onde a explosão de uma bomba havia descascado a tinta. Os cabos da torre de celular eram protegidos por uma espessa camada de urânio reduzido. Blindagem de tanques de guerra.

Dryden deu um passo para trás de novo, obtendo um ângulo de visão melhor da parte mais alta da torre. O tubo de urânio subia até metade da estrutura e então se conectava a um grande cilíndro preto; a coisa tinha o formato de uma caneca de cerveja, cinco vezes maior. Dryden não conseguia se lembrar de ter visto algo como aquilo em uma torre de rádio. O que quer que aquilo fosse, ele podia escutar o zumbido no ar como o de um transformador.

Não havia mais nada ligado à torre. Não havia transceptor celular. Não havia transmissores de micro-ondas. Nada além do tubo pesado e da estranha bateria preta. Conforme Dryden escutou, o zumbido da coisa parecia vir não somente de cima, mas da própria torre. A grade de aço vibrava como um garfo oscilador. Já a fundação abaixo de seus pés parecia pulsar.

Havia uma razão para trazer Rachel para ver aquela coisa? O que ela poderia aprender com aquilo? Ele pensou na reação dela com a torre em Bakersfield. Se uma torre aleatória poderia provocar aquela resposta, será que os detalhes dessa fariam mais?

Ela insistiria em vir. Ele não poderia recusar – mas qual era o plano depois daquilo? Bem, era simples: não havia um.

Dryden amaldiçoou aquilo.

Ele voltou para o carro, mas não entrou. Se ele iria trazer Rachel aqui, havia medidas de precaução a serem tomadas primeiro. Essas, também, eram simples.

Ele virou sua cabeça em direção ao céu e se virou bem devagar em um círculo completo. Ele não estava buscando aeronaves. Ele não estava buscando nada mesmo.

Ele visualizou as imagens do satélite que havia visto durante seus anos em atividade. Até mesmo aquela tecnologia – desatualizada comparada à que Gaul estava utilizando – era capaz de identificar rostos humanos à luz do dia. O resultado final poderia não ser tão bom quanto uma foto de casamento, mas seria mais do que suficiente para identificar alguém.

Por medidas de segurança, Dryden fez outro círculo lentamente, por um minuto ou mais. Se tivesse ocorrido a Gaul manter esse lugar sob observação, então uma de suas salas de computadores de repente estaria apitando com atividade.

Dryden abriu a porta do motorista do Honda, sentou-se atrás do volante e se acomodou para esperar.

23

Uma hora se passou.

Nada aconteceu.

Dryden abriu a porta e ficou de pé. Ele fez um visor com suas mãos e passou seu olhar pelo horizonte por todos os lados. Nenhum helicóptero se aproximava. Nenhum veículo descia a estrada de duas faixas que vinha de Cold Spring.

Havia cidades grandes, que com certeza tinham pelo menos um helicóptero policial, que estavam a meia hora de voo até essa localização. Aquelas aeronaves teriam levantado voo dentro de minutos se um dos satélites de Gaul tivesse visto Dryden aqui.

Gaul não tinha como saber que isso era um truque – que Rachel não estava no carro. À noite, um satélite usando visão termal poderia ver que ela não estava no veículo, mas à luz do dia, com o teto do carro mais quente do que qualquer pessoa que estivesse do lado de dentro, não havia como.

Se Gaul estivesse observando este lugar, a resposta já teria chegado. Rápida e pesada.

Dryden esperou por outro minuto, então, voltou para dentro do carro e deu partida.

■

Quando parou no mirante, Rachel praticamente saiu correndo de trás das árvores. Ele não tinha certeza se já vira tanto alívio em um par de olhos. Ela subiu no assento do passageiro e segurou o braço dele – era como se ela precisasse garantir que ele era real.

– Alguma coisa? – perguntou.

– Nada que eu pudesse entender.

Ela abriu a boca para responder, mas ele foi mais rápido.

– Sim, eu vou te levar lá. Vamos olhar para aquilo por um minuto e então vamos sumir daqui.

■

Pelos primeiros seis ou sete quilômetros, até que a torre ficasse à vista, Rachel sentiu apenas satisfação. Ela chutou que parte disso era empolgação em talvez aprender algo nos próximos minutos, mas não havia como negar o que estava por trás do sentimento: não estava mais sozinha entre as árvores.

Ela não tinha intenção de contar a Sam como era sentir aquilo. Estar assustada – por ele, mais do que por ela mesma – era uma coisa, mas acima de tudo, o que ela sentiu foi...

Frio.

Isso era tudo no que ela conseguia pensar para descrever. Estar sozinha era frio, depois de todo esse tempo com ele. Todo esse tempo próxima daquele sentimento de lareira que parecia sair dele e circundá-la. Tinha certeza absoluta de que ele sabia o que o sentimento era, mesmo que ela também não planejasse falar sobre aquilo. Sem dúvida, seria estranho para ambos. No entanto, não importa. Era o suficiente sentir aquilo mais uma vez.

Ela estava pensando nisso, e sorrindo, quando seus olhos pegaram a linha turva da torre, bem distante e adiante contra o céu do deserto.

O sorriso foi embora. O mesmo medo irracional que sentira em Bakersfield tomou conta, como se ela estivesse olhando para um inseto gigante.

Sam percebeu.

– Nós podemos voltar – disse ele.

Rachel balançou a cabeça. Tentou afastar o medo de sua voz antes de falar.

– Vou ficar bem.

▪

Ela sentiu a vibração no solo assim que saiu do carro; o som zumbia nas solas de seus sapatos, até seus pés e para dentro de seus ossos.

– Você está bem? – indagou Sam.

Ela balançou a cabeça.

Seus olhos estavam na grande coisa preta em formato de caneca de cerveja, sessenta metros acima. Toda a torre a assustava, mas aquela coisa era, de alguma forma, pior. Ela se forçou a respirar fundo – sua respiração parecia ficar superficial se não tivesse cuidado.

Ela se soltou da porta do carro e andou em direção à base da torre. Um passo após o outro. Vagarosamente. No limite de sua visão, ela viu Sam se virando e observando a estrada atrás deles. Ela continuou indo.

Ela sabia o que tinha que fazer. Não tinha certeza de *como* ela sabia – talvez fosse outra resposta condicionada. Ela também sabia que isso era a última coisa no mundo que tinha vontade de fazer, mas não era de fato uma razão para desistir, era? Rachel estava cansada de parecer assustada. Cansada de *estar* assustada. Deu os últimos passos em direção à base da torre e segurou no canto mais próximo com ambas as mãos.

Se a vibração no solo havia feito seus ossos zumbirem, esse contato os fez gritar. Fez com que os próprios ossos se sentissem ocos. Ocos e cheios de moscas zumbindo.

Ela começou a choramingar e logo em seguida a gritar. Ouvia Sam em algum lugar atrás dela, chamando seu nome, correndo em sua direção. Ela entendeu a intenção em seus pensamentos: pegá-la pelos ombros e tirá-la de perto daquela coisa maldita.

– Não – disse ela.

Ela o ouviu parar logo atrás. Ele foi para seu lado, aproximando a mão de um dos braços dela.

– Rachel...

É assim que funciona. Tenho que me segurar até que aconteça.

Os pensamentos se formaram por conta própria. Ela não tinha ideia do que significavam. O que deveria acontecer?

– Rachel?

Tenho que me segurar. A qualquer momento...

– Não me pare – ordenou ela. – Está tudo bem.

Ele disse mais alguma coisa, mas ela não prestou atenção. O deserto ensolarado sumiu, e de uma só vez ela estava perdida em um mundo de vozes e imagens mentais.

Imagens de tudo. Pessoas, cachorros, carros, mas em quase todas elas estava...

A cidade. O lugar pelo qual haviam passado quando saíram da rodovia, ao norte. Essas eram imagens mentais da cidade: as lojas que vira, o posto de gasolina, as montanhas ao leste. E as vozes eram pensamentos. Como pensamentos de mil pessoas ao mesmo tempo, como se ela estivesse de pé no meio de uma multidão, perto o suficiente para ler todos eles.

Sam ainda estava dizendo o nome dela. Perguntando se ela estava bem. Ela queria responder, mas...

Alguma outra coisa estava acontecendo agora. Abaixo de todas as imagens e vozes, abaixo mesmo de seus próprios pés, havia...

Um túnel. E ele se abria como um alçapão abaixo dela. Ela não podia vê-lo, mas podia sentir. Um túnel feito de cabos, estalando e zumbindo como a grande coisa preta no meio da torre. O túnel levava para baixo e para longe – muito, muito longe. Sua mente chegou até o fundo dele, gritando pelo caminho em velocidade vertiginosa, e ela sentiu...

Mais alguém. Alguém no fim, do outro lado.

... outra mente por lá. A mente de um homem, pelo que parecia. Rachel sentiu os pensamentos dele se infiltrando nela. A imagem de uma piscina e montanhas atrás dela. Duas mulheres com cabelo escuro, na água, nuas. Então, uma sala de máquinas estranhas e computadores.

Sinal mod no número dois acabou de ficar um pouco incomum, o que é isso... uau, ei, EI.

O pânico inundou os pensamentos do homem agora.

Mas que porra acabou de acontecer? Chamem Hager, caralho, alguém chame o Hager!

Ainda assim esses sons e imagens estavam sumindo, o túnel estalava e todo o restante dele escurecia e ficava silencioso, porque de repente ela viu uma imagem...

O que era?

Algum lugar dentro de sua própria mente. Como uma sala para guardar coisas, porém ela não podia ver dentro. Havia algo bloqueando o caminho, como um tecido esticado na entrada. Uma membrana. As coisas dentro da sala empurravam-na para fora, esticando-a.

Minhas memórias. Essas são minhas memórias tentando se libertar.

Para ela parecia que a própria torre a estava balançando. A vibração em seus ossos, em sua mente, colidindo com tudo.

Ela podia sentir a mão de Sam apertando seu braço com mais força agora. A qualquer momento ele a puxaria para longe, mas...

Algo na sala da memória estava se libertando. Alguma coisa importante para ela, seus cantos afiados e quentes, cortando através da membrana.

Ela viu uma imagem em sua mente: uma mulher se inclinando para sorrir para ela. Tinha simpáticos olhos castanhos e era bonita.

Oi, Rachel. Como você está se sentindo hoje?

Qual era o nome dela? Era isso que estava tentando cortar a barreira. O nome da mulher. Ela tinha certeza.

Sam estava falando mais alto. Sua voz tinha medo. Dizendo para ela parar.

A membrana estava esticando até seu ponto de rompimento, as bordas se queimando e o nome estava quase passando...

Holly. O nome dela é Holly.

Holly o quê?

A imagem mental ainda estava lá. Os olhos de Holly, tão bonitos quando ela sorria...

Qual era o restante do nome dela?

Ela já não havia escutado aquele nome em algum outro lugar? Alguém não tinha pensado nele? Pouco tempo atrás?

Holly. Holly, Holly, Holly...

A mão de Sam alcançou os dedos dela e os puxou para longe do metal. A terrível vibração foi interrompida como se um botão tivesse sido apertado. Ela cambaleou para trás e se desequilibrou, mas naquela altura os braços de Sam já estavam ao redor dela. Ele a estava segurando e falando suavemente.

– Você está bem? Rachel?

Ela abriu os olhos e olhou para ele.

– Nossa! – ela cochichou.

– O quê?

Por um longo período ela não conseguia responder, pois estava organizando tudo em sua cabeça. Alinhando as ideias como carrinhos de brinquedo em uma estrada. Porque ela sabia onde havia escutado aquele nome recentemente – e era no pior lugar possível.

24

Leeland Hager estava de bom humor até trinta segundos atrás. Ele estava de pé em seu escritório, na janela que dava para dentro do galpão, olhando para baixo, em direção ao piso de trabalho. Alguns anos antes, quando esse complexo ainda estava sendo construído no meio da vida selvagem, engenheiros haviam usado esse edifício como uma garagem para carregadeiras. Agora as carregadeiras já haviam ido embora há muito tempo, e o vasto espaço estava cheio de salas com paredes de vidro, doze no total. De sua janela, Hager podia olhar para baixo e vê-las todas em um único olhar.

As salas eram organizadas em três agrupamentos de quatro salas cada. Os três agrupamentos correspondiam aos três lugares de teste nos Estados Unidos continental.

Red City, Wyoming. Cold Spring, Utah. Cook Valley, Dakota do Norte.

As três antenas.

Pelos dezoito meses em que ele fora responsável pelo complexo, Hager havia descoberto que ficava mais feliz quando estava de pé olhando por cima das salas de vidro – as estações, como todos a chamavam. Em cada estação ocupada havia um controlador, deitado de barriga para cima, com eletrodos presos à sua testa com gel condutor. As estações eram iluminadas com uma luz vermelha turva, como quartos escuros – como úteros, pensava Hager às vezes.

Era uma bela sensação, olhar para tudo aquilo através do reflexo na janela de seu escritório – o reflexo de um homenzinho barrigudo e careca que havia saído de Dartmouth há três décadas com um diploma em finanças. Após anos de carreira, aqui estava ele, como Oppenheimer[6] no deserto de Alamogordo com seus óculos de proteção coloridos. Talvez seu próprio nome se tornasse metáforas no futuro

O trabalho que a Western Dynamics estava desenvolvendo, nesse lugar e em outros exatamente como esse, era excitante a ponto de ser assustador. Havia as antenas, os controladores, e então havia a outra coisa, a coisa que deixava todo mundo nervoso quando a escutavam. Hager tinha que admitir, pelo menos para si mesmo, que a outra coisa também o deixava um pouco preocupado. Quando ela ficasse finalmente disponível e fosse colocada em uso – o que aconteceria a qualquer momento – não haveria como colocar o gênio de volta na lâmpada. Sim, não havia dúvidas, era muito assustador. No entanto, todas as grandes coisas eram assustadoras. Se ele deixasse esse tipo de medo dominá-lo, o que ele seria?

Hager estava no meio desse pensamento quando a comoção teve início, lá embaixo no Grupo Dois. O único controlador trabalhando naquela seção, Seth Cobb, havia repentinamente se sentado como se alguém o tivesse sacudido e começado a gritar sobre algo de errado com o local da antena.

Agora, trinta segundos depois, Hager estava de pé na estação de Cobb, tentando acalmá-lo. O garoto havia puxado os eletrodos de sua testa; um deles havia espirrado gel em sua sobrancelha.

– O que aconteceu? – perguntou Hager.

6 Julius Robert Oppenheimer foi o físico norte-americano que dirigiu o Projeto Manhattan durante a Segunda Guerra Mundial, para o desenvolvimento da primeira bomba atômica. (N. E.)

– Eu não sei. Só me senti como... se alguém estivesse me alcançando.

– Do que você está falando?

– Como se houvesse alguém do outro lado do cabo – em Cold Spring. Como se eles estivessem... vindo até mim pela conexão.

Aquilo não fazia sentido, coisa de que Cobb parecia ter total consciência. Ele só podia balançar os ombros, contudo, parecendo assustado. O que quer que tivesse acontecido, ele não estava inventando.

Hager estava a ponto de falar quando se interrompeu.

Já há alguns meses havia rumores que vinham daqueles acima dele, em Washington e em outro lugar, sobre uma ameaça em potencial ao projeto. Essas conversas haviam sido vagas, como sempre, e Hager já havia se acostumado com isso durante seu tempo na Western Dynamics. Todo o arranjo era suspeito – duas companhias rivais trabalhando com o governo, cada uma com seus próprios amigos em posições de poder – era uma bagunça desde o começo. Alguns desses amigos com poder tinham contatos uns com os outros que complicavam o jogo. Havia lealdade e havia sangue ruim, havia favores e vinganças devidos, e a maior parte daqueles contatos ficavam às escuras. MHP era como Hager chamava. Mentira humana padrão. Ele havia se encontrado com isso durante toda a carreira, de uma forma ou de outra. Não importava o quão sublimes fossem seus objetivos, o quão preciso fosse o seu planejamento e suas ações. Cada organização no mundo estava infestada com o bolo da mentira humana padrão. Certas vezes, todo o acordo – das duas empresas e Washington – se parecia com um triângulo amoroso deformado, operado pelas regras de uma maldita corte vitoriana. Certas coisas eram implícitas, mas nunca ditas. O risco de ofender a pessoa errada sempre estava lá, pairando sobre tudo. Esses avisos dos últimos dois meses eram um exemplo primordial. Até onde Hager podia entender, o perigo era o seguinte: em algum lugar havia uma ponta solta da pesquisa original em Detrick, anos atrás. Uma cobaia viva que fugira – uma jovem garota, se os boatos estivessem corretos. A garota podia ou não ter terminado sob custódia do pessoal de Martin Gaul na Belding-Milner, na Califórnia, mas independente disso, ela apresentava um perigo em potencial para os testes acontecendo nos três lugares das antenas. Havia um risco de *interferência*. Isso foi o mais longe que os vagos avisos chegaram.

– Descreva o que você sentiu – disse Hager. – O mais claramente que você puder.

– Havia alguém lá – disse Cobb. – Lá na antena.

– Não é a primeira vez que isso acontece – disse Hager. Uma meia dúzia de vezes, adolescentes haviam aparecido nas antenas e tentado escalá-las, normalmente em uma sexta-feira à noite ou aos sábados.

– Isso foi diferente – disse Cobb. – Não sei como, mas simplesmente foi. Tinha alguém lá. Alguém que não deveria estar lá.

Hager refletiu sobre aquilo.

Risco de interferência.

Não havia câmeras de segurança na antena. Não havia forma imediata de ver o que estava acontecendo no deserto. Hager tinha um amigo em D.C. que provavelmente poderia acessar as informações dos satélites, mas demoraria; talvez uma hora. Agora que ele havia pensado sobre o assunto, lembrou que Gaul tinha uma relação especial com toda aquela comunidade, o tipo de contato que tinha satélites de espionagem na ponta dos dedos – mas ele estaria perdido se envolvesse Gaul ou qualquer outra pessoa da Belding-Milner.

Então, o que fazer?

Ele olhou para além de Cobb, até a cadeira da estação de trabalho reclinada. Os dois eletrodos cobertos de gel estavam nela, onde eles haviam caído. Hager balançou a cabeça apontando para eles.

– Coloque-os de volta.

■

Dryden e Rachel estavam de volta ao carro, seguindo em direção ao norte, um minuto depois de ela soltar a torre. Quanto mais longe iam, melhor Rachel se sentia. Por um ou dois segundos horríveis, Dryden acreditara que a coisa a estava eletrocutando.

Ela descreveu em detalhes aquela experiência. A sensação de que estava escutando os pensamentos de pessoas em Cold Spring, a nove ou mais quilômetros de distância do lugar de onde a torre estava. Então, o sentimento de correr por um túnel, de encontrar alguém do outro lado. Por último, a sensação visual de suas próprias memórias presas, tentando escapar.

– Senti como se a memória sobre Holly Ferrel fosse a coisa mais importante – disse Rachel. – Como se eu estivesse desesperada para pegá-la de volta. E então quando o fiz, a reconheci. Eu a havia escutado em algum lugar.

– Onde? – questionou Dryden.

– El Sedero. No edifício com o homem loiro e os soldados. Ouvi o nome Holly Ferrel, meia dúzia de vezes, ou às vezes *doutora* Ferrel, em suas cabeças. Doutora Ferrel... em Amarillo, Texas. Eu me lembro de um deles pensando que poderia ter que visitá-la, mais cedo ou mais tarde. Naquele momento mal pensei sobre isso – alguém indo visitar uma médica, isso apenas soa como um problema médico. Mas refletindo sobre isso agora...

Ela abaixou a voz, mas Dryden viu o que ela queria dizer. Se as pessoas que trabalhavam para Gaul estavam considerando visitar Holly Ferrel, isso poderia significar algo de ruim para ela.

– Você não lembra de mais nada sobre ela? – perguntou Dryden. – Que tipo de médica ela era? Uma pesquisadora que... trabalhava em você?

– Não sei. Não tinha nenhuma informação desse tipo na memória. Apenas o fato de que ela era simpática. Que ela se importava comigo. Uma pessoa não pode fingir algo assim. Pelo menos, não comigo.

Dryden concordou.

– Não sei qual é a ligação dela com Gaul – comentou Rachel –, mas ela me conhece. Pode ser que ela saiba tudo o que estamos tentando descobrir. E se ela estiver em perigo, precisamos ajudá-la... – Ela interrompeu a própria fala. – Não podemos só ligar para ela? Procurar na internet em uma biblioteca e...

Dryden já estava balançando a cabeça.

– Se ela realmente está correndo perigo por conta de Gaul e seu pessoal, o telefone dela já está comprometido.

Isso se ela ainda estiver viva.

O pensamento apareceu antes que ele pudesse pará-lo. Em sua visão periférica, viu Rachel estremecer.

– Me desculpe – disse Dryden.

– Tudo bem. Também estou pensando isso.

– Ainda podemos procurá-la no computador da biblioteca, mas temos que entrar em contato com ela ao vivo, de um jeito ou de outro. Existem maneiras de fazer isso sem nos expor a muitos riscos, mesmo se ela estiver sendo observada. – Ele considerou a geografia. Fez as contas em sua cabeça. – Amarillo está provavelmente a dez ou doze horas daqui.

Rachel balançou a cabeça. Suas mãos estavam inquietas em seu colo. Energia de nervosismo.

Pelos próximos minutos, nenhum deles falou. Finalmente o sul do subúrbio de Cold Spring apareceu na calorosa luz difusa. Dryden colocou o braço para trás e pegou os Oakleys e o boné de beisebol no assento traseiro. Ele estava justamente colocando-os quando Rachel gritou.

A picape veio do meio do nada, nove metros à frente do Honda. A estrada estava vazia até um segundo atrás, e de repente a picape estava lá, atacando pela lateral, saindo de trás de uma leve ladeira que escondeu sua chegada. Algum idiota local tirando racha no deserto – essa foi a impressão que se formou instantaneamente na cabeça de Dryden, baseada na picape e no rapaz ao volante. Ele deu uma olhada em um décimo de segundo e viu um macacão por cima de uma camiseta manchada e um rosto coberto de barba por fazer que seria perfeitamente descrito pela palavra *caipira*.

Dryden travou os freios do Honda e por um segundo absurdo a picape mudou de direção ficando apontada para o carro em vez de ir para longe dele, como se o motorista, em seu momento de pânico, tivesse feito exatamente o movimento errado. A essa altura, no entanto, a inércia da picape já a havia levado para o outro lado da estrada, não batendo no Honda por cinquenta ou sessenta centímetros, rodando de lado na margem da pista.

Em um terreno plano a picape provavelmente teria apenas derrapado até parar, mas a superfície do deserto naquele ponto possuía um declive. O veículo escorregou por mais quinze ou vinte metros e então suas rodas encontraram um barranco e o veículo deu um meio giro no ar. O teto ficou no chão, e a cabine quase virou panqueca com a frente e a carroceria.

Dryden parou o Honda. Ele e Rachel olharam o carro destroçado, a algumas dezenas de metros deles, seus pneus traseiros ainda rodando por inércia. A porta visível por esse lado – a do passageiro – havia voado com a batida, mas contra a claridade do deserto Dryden podia ver somente escuridão no compartimento amassado.

Eles não tinham celular no carro. Podiam pedir para alguém na cidade chamar uma ambulância, se fosse necessário, mas eles mesmos teriam que estar bem longe antes que as autoridades chegassem.

De qualquer forma, não podiam ir embora sem dar uma olhada no rapaz. Ele poderia estar sufocando em sangue.

– Fique aqui – disse Dryden. – Eu já volto.

Ele abriu a porta e saiu, então parou e alcançou a SIG abaixo do assento do motorista. Foi aquela mudança de direção de última hora para ficar de frente para o carro – provavelmente apenas um erro, mas estranha pra caramba do mesmo jeito – que o fez pegar a arma. Ele a prendeu na cintura nas costas e saiu da estrada, pisando no deserto.

■

Mate-os, Owen. Arraste-se para fora dessa merda e mate-os. Agora.

Owen estava machucado. Deus do céu, ele estava machucado. A dor era quase suficiente para distraí-lo do Homem da Voz Arranhada. Quase.

Você está perdendo a vantagem. O que está esperando?

Owen se contorceu; algo em seu ombro pulou, e foi tudo que conseguiu fazer para não gritar.

Pelo menos aquele era o braço esquerdo. No direito estava a MP-5. Virou a cabeça e a viu jogada na terra remexida, a sessenta centímetros de sua mão.

Do lado de fora, a alguma distância, um homem chamava por ele:

– Você está machucado?

Sorte sua. Ele está facilitando para você. Pegue a arma e lide com ele.

Owen tentou alcançar a arma com a mão direita, mas mesmo aquele movimento contorcia o ombro machucado; ele tossiu com a dor e ficou parado novamente.

Você quer que eu te machuque? Pensei que já tínhamos passado por isso, Owen.

Então, ficando quase mudo, como se ele estivesse falando com outra pessoa, o Homem da Voz Arranhada disse:

– Ele é inútil. Quem mais tem uma pessoa ativa próxima ao Local Dois? É melhor levá-la até lá.

Owen não conseguiu entender aquilo. Mas também, essa coisa toda o deixara perplexo, a começar por alguns minutos antes, quando o Homem da Voz Arranhada começou a falar do nada.

Owen estava ajudando seu avô a trocar um radiador quando aconteceu. Foi a primeira vez, em todos aqueles meses horríveis, que o Homem da Voz Arranhada o havia incomodado enquanto o Vovô estava por perto. Owen chegara a acreditar que isso jamais aconteceria, que ele nunca seria forçado a fazer nada maluco na frente de seu avô.

Owen, isso é importante, o Homem da Voz Arranhada dissera. Tinha algo em sua voz que Owen nunca tinha escutado antes. Um tipo de urgência. Talvez até medo. O que aquilo significava? *Pegue a metralhadora debaixo do seu colchão,* disse a voz. *Então, entre na picape e vá para a velha estrada do lago, no sul da cidade. Agora mesmo.*

Naquela altura do campeonato, o Vovô já estava olhando torto para ele, com a cabeça inclinada.

– O que há de errado? – perguntou ele.

Owen só conseguiu mexer a cabeça. Nunca pensara no que diria se uma situação como aquela acontecesse.

Owen, seu filho da puta, vá! VÁ AGORA!

– Preciso usar o banheiro – murmurou Owen, e saiu correndo da oficina. Estava na picape meio minuto depois, com a arma ao seu lado, saindo pelo portão. Nessa altura, o Homem da Voz Arranhada estava falando com ele de novo.

Entre na estrada do lago pela saída próximo ao final da cidade e siga em direção ao sul. Você vai encontrar alguém na torre de rádio, ou talvez eles estejam seguindo ao norte para longe de lá. Quem quer que seja, pare-os e mate-os.

Como aconteceu, ele chegou muito próximo desse momento quando entrou na estrada. Até desviou um pouco, pensando em bater no carro quando o viu – grande merda aquilo tudo gerou para ele.

Ele olhou para a MP-5 novamente. Bem ali, ao seu alcance. Colocou o tecido da camiseta entre seus dentes, mordeu com força para lutar contra a dor e tentou alcançar a arma.

■

Dryden estava a nove metros da picape, prestes a gritar de novo, quando viu movimento no interior escuro. Um segundo depois o pé de um homem se soltou, seguido pelo outro. O homem estava de quatro e engatinhando para fora da cabine.

– Você está bem? – perguntou Dryden.

Sem resposta.

– Você consegue me escutar?

Quando aconteceu, foi muito rápido – mais rápido do que ele havia imaginado que poderia ser. Ele supôs que foi a estranheza da situação que o pegou de surpresa. O homem saiu totalmente da picape, seu rosto apontado para dentro da cabine amassada. A clavícula esquerda parecia quebrada, e ele parecia estar embalando aquele braço em sua frente com o braço direito. De uma só vez ele se arremessou para frente ficando de joelhos, gritou de dor e desmoronou, rodando seu corpo. E foi assim que ele se sentou com as costas apoiadas contra a lateral da carroceria da picape, com uma metralhadora MP-5 apontada para Dryden.

Dryden ouviu uma arfada distante, em suas costas. Ele se virou para olhar – Rachel estava de pé na porta aberta do passageiro do Honda.

– Rachel, fique aí! – gritou ele. – Fique atrás do carro. Agora mesmo.

Por um momento ela permaneceu congelada, com os olhos bem abertos e assustada.

– Vá! – gritou ele.

Ela balançou a cabeça e deu a volta pela picape até o outro lado.

Dryden virou sua atenção de volta para o homem armado. A metralhadora tremia em sua mão, mas não o suficiente para errar o tiro se ele apertasse o gatilho.

A julgar pela forma que os dedos dele estavam retos ali, o gatilho já estava levemente pressionado.

Simplesmente não havia chance de sacar a SIG sem que o homem abrisse fogo.

– Quem é você? – Perguntou Dryden.

O homem não disse nada. Seus olhos continuaram indo e voltando de Dryden para o Honda. O rapaz estava machucado, mas não tanto para que não pudesse ficar de pé. Se ele matasse Dryden, seria simples para que levantasse e fosse atrás de Rachel. Ela poderia ser mais veloz, mas havia a arma, e não havia nada ao redor além de um quilômetro e meio de terreno vazio.

– Tenha calma – disse Dryden.

A expressão do rapaz ficou mais séria. Os dedos apertaram o gatilho um pouco mais.

■

Atire. Owen, atire!

Owen observou o homem que estava de pé próximo a ele, mas percebeu seus olhos tendo vontade de se voltar para o carro na estrada. Ele havia engatinhado para fora dos destroços pronto para fazer seu trabalho, para silenciar o Homem da Voz Arranhada por bem ou por mal, mas então…

A garotinha. Deus do céu, quantos anos ela tinha, 10 ou 12?

O Homem da Voz Arranhada o havia enviado para matar uma coisinha bonitinha como aquela?

Vou te machucar. Eu vou fazer doer como você nunca imaginou. Eu não vou parar não importa o quanto você implore.

– Por favor – sussurrou Owen.

Você sabe o que fazer. Então faça.

Owen respirou fundo e soltou o ar devagar. Ele sentiu a familiar – terrível, porém familiar – calma baixar sobre ele. Qual era a grande palavra para aquilo? *Aceitação,* ele pensou.

■

Dryden cogitou tentar sacar a SIG de qualquer forma. Ele, sem dúvidas, levaria um tiro se fizesse isso, mas provavelmente teria tempo, mesmo depois de ser atingido, de pegar a pistola e conseguir, pelo menos, atirar no homem. O suficiente para deixá-lo exatamente ali, sangrando onde estava sentado, em vez de perseguir Rachel. Provavelmente daria certo.

Provavelmente.

A menos que a MP-5 estivesse no automático. Então uma dúzia de tiros sairia do tambor em menos de um segundo. Se somente um deles pegasse na cabeça de Dryden, o plano todo já era. Rachel estaria desprotegida.

Dryden observou o tambor da metralhadora. Percebeu-o oscilar em pequenos arcos na mão tremendo do homem. Esperou para que ele oscilasse apenas o suficiente...

– Não tenho escolha – disse o homem de forma suave. – Não é que eu tenha intenção.

Havia um traço de dó nos olhos do rapaz, ainda que para Dryden parecesse que ele estava se sentindo assim, em maior parte, por si mesmo. Mas isso foi o menos importante que Dryden notou nele. O que chamou mais sua atenção foi que a primeira impressão – mesmo naquela rápida olhada quando a picape escorregou pela estrada – estava corretíssima. A inteligência desse homem dificilmente poderia estar além da de uma criança. Mesmo considerando que ele poderia estar confuso pela batida, Dryden ainda tinha essa impressão.

Isso era, de sua própria maneira, a coisa mais estranha sobre aquela situação: por que Gaul – ou quem quer que houvesse enviado aquele homem – confiaria um trabalho crítico a um rapaz como aquele?

Dryden já havia se visto na mira de uma arma antes e muitas vezes enfrentara adversários que tinham armas. Cada um daqueles homens, independentemente de sua ideologia ou frieza, ou de sua posição na hierarquia, era inteligente. Não somente inteligente – ligeiros e fortes como animais. Sempre se podia enxergar isso nos olhos deles. Assassinos de aluguel viviam uma vida darwiniana, em que o mais forte sobrevive. Mas não conhecia nenhum deles que fosse estúpido; esses não duravam.

– Não é de propósito – disse novamente o homem de macacão.

– A arma está travada – disse Dryden.

O homem não caiu nessa exatamente. Sua reação não foi dramática a ponto de virar a arma de lado para olhar para o dispositivo. Tudo que aconteceu foi um leve movimento de seu pulso. Um movimento de reação automática, o famoso reflexo, antes que ele percebesse. O tambor da MP-5 talvez tenha se virado cinco graus para o lado, tirando a mira de Dryden e apontando para o chão do deserto a três metros para trás dele, mas quase que instantaneamente ela começou a virar novamente de volta para a exata posição anterior. A vacilada abriu uma oportunidade de não mais que um terço de segundo.

Foi o suficiente.

A mão de Dryden se moveu. A ação foi tão prática e inconsciente para ele quanto acender a luz em sua própria cozinha. Ele sacou a SIG da cintura, levantou-a e atirou duas vezes.

Ambos os tiros acertaram a testa do homem. O primeiro foi centralizado, e o segundo, dois centímetros para a esquerda. As feridas de saída da bala explodiram a parte de trás da cabeça do rapaz; a força explosiva fez com que a cabeça fosse impulsionada para a frente em direção a Dryden, como se o rapaz estivesse tentando dar uma cabeçada no espaço à sua frente. Ele caiu com força, de cara no chão, sem movimento.

Dryden deu dois passos para trás e correu em direção ao Honda o mais rápido que conseguiu.

25

Algum impulso, ou talvez apenas a boa e velha paranoia, fez com que Dryden dirigisse para longe da cidade. Ele levou o Honda para fora da estrada por um matagal e seguiu rumo ao leste por três quilômetros até que saíssem em uma estrada de duas faixas seguindo ao norte; ela tinha placas com uma saída para a rodovia U.S. 50. Cinco minutos depois estavam na rodovia, sentido leste. Não disseram nada desde o momento em que deixaram a picape para trás.

– Eu não sei – disse Dryden, finalmente. – Eu não faço a menor ideia do que foi aquilo.

▪

Dryden não relaxou nas horas seguintes. A essa altura, estavam na rodovia I-70, a leste do estado. Chegaram a uma pequena cidade chamada Sumner; desde a estrada ela parecia grande apenas o suficiente para ter uma biblioteca. Quando a encontraram, na Rua Principal, de frente para a escola, o estacionamento estava quase vazio. Isso era bom, pois o lugar não estaria cheio de testemunhas em potencial. De uma só vez, Dryden se perguntou se os Oakleys e o boné de beisebol eram realmente úteis.

A ideia de enviar Rachel sozinha lá para dentro ia contra todos os seus instintos, mas às vezes os instintos estavam errados. Se alguém o visse, se simplesmente pegasse o telefone e ligasse para o 1-9-0…

– Uma menina da minha idade sozinha também chamaria a atenção – disse Rachel. E então completou de forma mais suave: – Eu não quero ficar sozinha de novo.

■

Havia uma única bibliotecária no balcão, logo na entrada. Ela ofereceu uma saudação profissional, porém amigável. Dryden respondeu balançando a cabeça, mantendo seu rosto de perfil para ela. Rachel acenou energeticamente e sorriu; isso chamou a atenção da mulher como um ímã.

Muito esperta, pensou Dryden.

– Obrigada – disse Rachel, quando eles já haviam entrado.

– Algumas coisas nos pensamentos dela eram algo do tipo *esse é aquele homem da televisão*?

Rachel balançou a cabeça.

Encontraram um balcão com três computadores no canto do fundo, todos vazios. Até onde Dryden podia ver, o único outro visitante da biblioteca era um adolescente de talvez 14 anos, sentado sozinho em uma área de leitura iluminada pela luz do sol no canto oposto da sala gigante.

Puxaram duas cadeiras e ligaram um dos computadores que estava em modo de hibernação.

A primeira atitude óbvia era uma busca na *Páginas Amarelas* por Holly Ferrel em Amarillo, Texas.

Sem resultados.

Dryden tentou a mesma busca para todo o estado do Texas; talvez Holly morasse fora da cidade e trabalhasse lá.

Sem resultados.

Abriu um mapa no Google, aproximou-se de Amarillo e procurou por hospitais. Havia três grandes e uma série de pequenas clínicas, quase todas nomeadas para uma prática médica particular. Nenhuma das médicas particulares era Holly Ferrel.

Dryden procurou sites dos três grandes hospitais e navegou até a página da equipe. O terceiro rendeu um resultado interessante: uma médica chamada Holly Reese, da qual a biografia estava sem foto. Todos os outros médicos e médicas daquele hospital incluíram uma foto de rosto na biografia.

Para fazer o serviço completo, Dryden navegou por todas as páginas do site do hospital que poderiam conter fotos das equipes, fotos promocionais de médicos ao lado das macas dos pacientes ou trabalhando nos laboratórios. Ele estava na penúltima página, a ponto de clicar no botão VOLTAR, quando a mão de Rachel se levantou e o impediu de tocar no mouse.

– O que foi? – perguntou ele.

O dedo dela foi até a tela. Em uma foto na parte inferior, uma equipe de paramédicos e alguns médicos do pronto-socorro estavam abrindo uma padiola em um heliponto na cobertura. O helicóptero estava visível no fundo, vermelho brilhante e preenchendo boa parte da imagem.

Rachel apontava para uma mulher de pé no corredor, virada de lado para a câmera. Como a abertura da lente da câmera havia se ajustado para lidar com o heliponto totalmente iluminado pelo sol, o corredor em primeiro plano estava bastante escuro. Teria sido fácil olhar exatamente para aquela foto e nem mesmo ver a mulher.

– É ela? – indagou Dryden.

Rachel se aproximou da tela, inclinando-se. Ela apertou os olhos.

– Tenho certeza – respondeu ela.

Dryden olhou para o rosto da mulher por mais um segundo, enquanto algumas implicações passavam por sua cabeça. Não era incomum para uma pessoa realocada manter o mesmo primeiro nome; o risco era mínimo, e isso facilitava a transição, psicologicamente.

Holly Ferrel.

Holly Reese.

Sobrenome diferente e sem foto na página da biografia.

Ela não estava em perigo, mas sim se escondendo do perigo.

Pelo menos ela acreditava estar se escondendo.

Dryden voltou para as *Páginas Amarelas* e procurou por Holly Reese em Amarillo.

Uma opção. Completa, com endereço.

Dryden encontrou o local no mapa do Google dez segundos depois, com o marcador indicando a visão por fotografia do satélite exatamente acima da casa.

Holly morava próximo ao centro, em uma rua de casas geminadas estreitas. Dryden abriu o Street View e olhou para o local pela visão da rua, bem de frente. Era o equivalente no Texas a uma casa de subúrbio do Brooklyn ou de Georgetown. Outras do mesmo tamanho alinhadas em ambos os lados da rua, muitas delas geminadas, algumas com pequenas vielas entre elas.

– Se ela ainda estiver viva, você acha que o pessoal de Gaul a está observando – disse Rachel. Não como uma pergunta.

Dryden consentiu com a cabeça.

– Eu assumiria que sim.

– Então como entraremos em contato com ela?

– Quero saber mais sobre ela antes de fazermos isso – disse Dryden. – Acredito quando você diz que ela é alguém que se importava com você, mas isso não significa que eu esteja pronto para nos apresentar a ela.

Ele observou o desenho da rua, enquanto seus pensamentos iam para o equipamento de espionagem que ele havia usado com tanta frequência em seu tempo em Ferret. Um bom microfone a laser seria útil; ele poderia ser apontado a uma das janelas de Holly desde o fim da rua e pegar alguma informação por meio da medição de vibrações no vidro. Era uma tecnologia de décadas atrás, muito confiável.

Também, muito difícil de ser encontrada. Você não conseguiria comprar uma na RadioShack ou na Best Buy.

Rachel colocou sua mão na tela novamente. Apontou para as casas estreitas dos dois lados da casa de Holly.

– Você acha que conseguiríamos entrar em uma delas? Talvez se ninguém estivesse em casa?

– Não sei. É possível. Muitas construções como essas são divididas em apartamentos. Se tivermos sorte, pode haver um vazio. – Ele se virou para ela. – No que você está pensando?

– Será que essas casas são muito largas?

Dryden balançou os ombros.

– Oito ou nove metros.

Rachel se virou e olhou em diagonal até o outro lado da biblioteca, para o garoto lendo sozinho.

– Qual é a distância até ele?

Dryden considerou a distância.

– Dezoito metros, talvez um pouco mais.

Rachel olhou para a frente novamente e fechou seus olhos. Ela fez uma expressão de alguém tentando ouvir uma voz quase imperceptível em uma chamada de telefone ruim. Então falou como se estivesse lendo de uma página.

– Bom, agora também morreu, já está mais que arrumado, se havia um turrão no mar, era bem o Billy. – Exato – prosseguiu o Silver –, turrão e atento. Mas, note bem, sou um homem flexível... sou um tipo de cavalheiro, dirás tu, mas desta vez a coisa é séria. O dever é o dever, malta. Eu cá voto na morte.

Ela parecia a ponto de continuar, e então abriu mão. Ela abriu os olhos e encontrou os olhos de Dryden.

– Ilha do Tesouro – disse Dryden.

Ele olhou para a distância por mais um momento, e então olhou para as casas na tela de novo. Rachel não precisaria estar na casa diretamente ao lado da de Holly para entrar em sua cabeça. Ela poderia fazer isso em até duas ou três casas de distância. Talvez até mesmo do outro lado da rua.

– Interessante – disse ele.

Rachel conseguiu sorrir.

Dryden abriu a página de uma imobiliária, entrou em Amarillo, selecionou a aba de aluguel e abriu um mapa. Em trinta segundos, estava olhando para a casa de Holly.

Havia três apartamentos disponíveis dentro do alcance necessário. O melhor era um no segundo andar, duas casas ao lado da de Holly. Isso colocaria a residência inteira da médica em uma zona entre nove e dezoito metros de Rachel.

– Quando podemos chegar lá? – perguntou Rachel.

Dryden olhou para o relógio no canto da tela. Ele calculou.

– Meia-noite no horário local, mais ou menos.

26

Ele se manteve a oito quilômetros por hora acima do limite de velocidade. Pararam duas vezes para abastecer e uma vez em uma loja de ferramentas para comprar uma lixa metálica. Dryden gastou dez minutos usando a ferramenta em uma das chaves que estava pendurada no chaveiro de Dena Sobel.

Eles pegaram a rodovia I-40 para Amarillo à meia-noite e meia. Dryden encontrou um estacionamento tranquilo a um quarteirão e meio da casa de Holly. A noite estava fria e cheia de cheiros de comida de restaurante e escapamentos de veículos.

■

Não olhe ao redor procurando por pessoas nos observando – disse Dryden. – Somos duas pessoas voltando para casa com as compras. Nada além disso.

Agora estavam na rua de Holly, a noventa metros do lugar que queriam. Dryden tinha as sacolas das compras de Dena em Modesto. A calçada estava deserta e em sua maior parte, escura. Sem sons da noite exceto pelo zumbido da cidade ao fundo e o ronco de diesel de um ônibus manobrando a alguns quarteirões dali.

A entrada do edifício estava fechada, como era de se esperar. Dryden já havia modificado a chave em sua mão. Uma gazua, para usar o termo adequado. Ele havia entalhado a lâmina da chave em cinco dentes de tamanhos iguais, como pequenas barbatanas de tubarões. Com habilidade, uma pessoa poderia usar uma dessas para abrir boa parte das portas no mundo. Dryden as havia usado em uma dúzia de países ou mais nas vezes em que a entrada silenciosa em uma construção era crucial. Nos anos seguintes, quando não mais servia ao exército, nunca usara outra fechadura que não a de cilindro em sua própria porta. Elas eram imunes a gazuas. Elas também eram raras pra caramba.

A casa alvo, duas antes da de Holly, tinha uma fechadura padrão. Dryden a abriu o mais rápido que conseguiu como se ele tivesse a chave correta. A porta do apartamento, no segundo andar, não foi mais difícil.

A unidade estava vazia, sem móveis. Mantiveram as luzes apagadas e trancaram a porta depois de entrar. O interior era como a maioria dos apartamentos, o ar cheirava à produto de limpeza para carpete.

No momento em que estavam dentro, com a porta trancada, Rachel foi até a parede do lado leste – o mais próximo que ela podia chegar da casa de Holly – e fechou os olhos. Ela ficou lá, se inclinando com os dedos no gesso da parede, sem dizer nada por mais de um minuto.

A visão de Dryden começou a se ajustar à escuridão. A única luz vinha do poste na rua, através das persianas fechadas da janela e do LED azul do painel do fogão.

– Você deve estar ouvindo umas cinquenta pessoas daqui – disse Dryden.

Rachel balançou a cabeça.

– É como tentar encontrar uma voz na multidão.

– Está tarde. Talvez ela esteja dormindo.

– Eu acho que não. Posso ouvir o pensamento das pessoas mesmo quando estão dormindo. Agora mesmo estou captando um monte de gente no andar abaixo de nós, e algumas pessoas que estão bem mais longe, naquela direção. Mas, no meio, há um grande espaço vazio onde não há ninguém. Acho que é a casa de Holly. Parece que está vazia.

Rachel continuou escutando, esperando.

– Médicos trabalham em horários estranhos – disse Dryden. – Não se preocupe tanto, ainda.

Rachel balançou a cabeça novamente.

– Você está escutando mais alguma coisa? – perguntou Dryden. – Alguém que Gaul possa ter enviado?

Por um longo momento Rachel não respondeu. Dryden viu as feições do rosto dela ficarem mais severas, por conta da concentração.

– Não que eu saiba – disse ela. – Até mesmo os pensamentos das pessoas ruins são muito normais boa parte do tempo.

Ela esperou mais um minuto, então abriu os olhos e se virou de costas para a parede.

Dryden foi até a janela da sala de estar, que dava para a rua. Ele deixou as cortinas fechadas, mas olhou por uma pequena abertura à esquerda, em um ângulo exato pelo qual era possível ver a entrada da casa de Holly. Um único jornal estava nos degraus, embalado em um plástico.

Dryden retornou para a porta, onde ele havia deixado as compras e abriu a sacola com as gazes e antisséptico.

– Vamos dar uma olhada no seu braço – disse ele.

■

Era 2h15. Rachel estava dormindo a uma hora, encolhida no chão próxima a uma parede. Ela não havia feito nenhum barulho ou movimento repentino; ao menos aquele efeito da droga já havia passado.

No entanto, Dryden pensou que podia saber quando ela estava sonhando: de tempos em tempos o frio em suas têmporas parecia se intensificar, dobrando ou triplicando de força. Ele havia se acostumado a esse sentimento estável de fundo – ele estava lá até mesmo quando Rachel estava dormindo – mas essas variações eram algo novo. Algum artifício do sonho, ele chutou – atividade incontrolável, como movimentos rápidos de olhos ou tremedeiras noturnas.

Ele observou as cortinas buscando a claridade de faróis e escutou buscando por veículos estacionando ou por passos na calçada. Cada vez que isso acontecia, ele olhava pela janela. Até então, nenhuma chegada à casa de Holly Ferrel. O jornal ainda estava lá, como antes.

Ele se familiarizou com o apartamento; não demorou muito. Tinha cinco ambientes: a cozinha, a sala de estar, um banheiro e dois quartos. O segundo quarto tinha uma porta de correr para uma pequena varanda no fundo do edifício. Na luz sombria do lado de fora Dryden viu uma pequena viela que cruzava de leste a oeste, paralela à rua da frente. No lado mais distante da viela havia mais algumas casas, mas em sua maioria, apenas pequenos edifícios indescritíveis que poderiam ser qualquer coisa. Imobiliárias. Agências de turismo. Cafeterias. Havia vielas largas entre eles, que levavam até a próxima rua.

Ele agora estava sentado, suas costas na parede ao lado da janela da sala de estar. Nessa posição, podia observar a entrada da casa de Holly apenas virando a cabeça.

Esfregou os olhos. Não havia dormido em mais de quarenta e oito horas. Colocou suas mãos para o lado e abriu os olhos. Fechá-los só o faria se sentir mais cansado.

Ele ouviu os sons do edifício. O sistema de ar-condicionado zumbindo. O enfadonho som de caixas de som em algum lugar no andar de cima. Risada – amigos bêbados, homens e mulheres.

A vida sendo vivida.

– Você alguma vez pensa em tentar novamente?

Ele se virou.

Rachel estava deitada com a cabeça sobre braço bom, com os olhos abertos. Obervando-o.

– Quero dizer, tentar ter uma família novamente – disse ela.

– Não sei. Acho que não. Pelo menos não pensei nisso ainda.

Ele não disse praticamente nada a ela sobre Trish e Erin – pelo menos não em palavras.

– Me desculpe – retratou-se Rachel. – Não há como impedir que eu escute isso na sua cabeça, mas posso me calar, se você quiser.

Ele balançou a cabeça.

– Não se preocupe.

A música do andar de cima terminou e outra começou. Dryden reconhecia o ritmo do baixo – "Undercover of the Night", dos Rolling Stones.

– Você deveria ser o pai de alguém de novo – disse Rachel. – Você seria bom nisso. Você é bom nisso.

Ela se levantou e cruzou a sala até a janela, sentou-se e apoiou a cabeça no ombro dele. Um minuto depois estava dormindo novamente.

■

Era 3h40. A festa no andar de cima havia acabado. Não existia mais som além da respiração de Rachel.

Na visão periférica de Dryden, uma luz fraca enquadrava as cortinas da janela. Um veículo diminuiu a velocidade e parou ali perto.

Dryden se virou e colocou seus olhos no vão da persiana.

Um sedã escuro. Bem na frente da casa de Holly.

Dois homens saíram rapidamente; o motorista ficou no volante. Os dois do lado de fora observaram a rua para cima e para baixo.

– Rachel – disse Dryden.

Ele a cutucou gentilmente com o ombro.

Ela acordou, desorientada. Olhou em volta, no escuro. Então entendeu. Levantou a cabeça como se estivesse escutando, mesmo que não com seus ouvidos.

– Dois homens na frente da casa dela – cochichou Dryden. – Outro dentro de um carro. Você consegue ouvi-los?

Ela afirmou com a cabeça.

– Mais alguém no carro? – perguntou Dryden.

Rachel afirmou com a cabeça.

Dryden ainda estava observando-os. Os dois homens terminaram de examinar a rua. Subiram até a entrada, destravaram a porta de Holly e entraram. Dryden podia quase ver a atenção de Rachel para segui-los, inclinando a cabeça em pequenos graus.

– Os pensamentos deles são como uma lista – disse ela. – Cozinha, segura. Frente, segura. Corredor, seguro.

– Parece uma varredura de segurança – disse Dryden. – Garantindo que o lugar está vazio antes que o dono entre.

Holly tinha guarda-costas trabalhando para ela. Interessante.

Rachel continuou escutando. Dryden imaginou os dois homens examinando o lugar, cômodo por cômodo, procedendo metodicamente, subindo pelos andares.

Eles voltaram cinco minutos depois e ficaram a postos na entrada. Um deles pegou o jornal e o colocou para dentro. O sedã foi embora, e por um período nada aconteceu.

Às 4h05, no relógio do fogão, o sedã voltou. Um dos homens na entrada desceu os degraus para chegar até ele. Abriu a porta traseira do veículo e uma mulher saiu de dentro dele. Quarenta anos de idade, mais ou menos. Pequena, com feições delicadas. Ainda que a luz não fosse excelente, Dryden podia ver que ela era a mulher da foto da página do hospital.

Rachel já estava concentrada nela.

Dryden observou o segurança escoltar Holly até a porta da frente. Ela entrou sozinha, e o homem voltou à sua posição.

Dryden pensou no que Rachel dissera na outra noite: como era traiçoeiro pegar informação útil da mente de uma pessoa. Com qual frequência os pensamentos eram organizados em frases coerentes? Com qual frequência eles eram apenas fragmentos de conversas recentes, imagens aleatórias?

Por cinco minutos, Rachel não disse nada. Algumas vezes ela fechava os olhos e parecia se concentrar mais.

– Ela está escrevendo um e-mail – comentou Rachel. – De coisas médicas de alguém chamada Laney. Não sei o que metade das palavras significa. Acho que algumas delas são nomes de medicamentos.

Dryden sentiu a fria sensação em suas têmporas novamente. Sem dúvida um resultado do foco intenso de Rachel. Ele não disse nada sobre aquilo – até mesmo pensava pouco sobre aquilo. Toda sua atenção se voltou para imaginar o que a próxima hora poderia informá-los.

– Enviado – disse Rachel.

Ela ficou quieta por mais um minuto. Sua concentração parecia quase colocá-la em transe. As pálpebras ficaram semiabertas.

E então se abriram completamente. Ela se assustou como se alguém a tivesse cutucado.

Dryden não perguntou. Esperou.

Rachel se levantou. Ela foi para a parede do lado leste como se estivesse sendo puxada até lá por qualquer coisa que estivesse na cabeça de Holly Ferrel.

– Mas o que raios? – sussurrou Rachel.

Dryden também ficou de pé. Ele estava a ponto de ir para longe da parede quando escutou um barulho: madeira rangendo.

Madeira do piso.

Alguém estava do lado de fora da porta do apartamento.

27

Rachel também escutou aquilo. Sua concentração nos pensamentos de Holly se rompeu, então virou-se rapidamente e olhou para a porta e para Dryden.

Ele se curvou e pegou a SIG SAUER onde a havia deixado no chão. Moveu-se para longe da parede, ficando em uma posição diagonal em relação à porta, a três metros dela. Rachel foi para o seu lado.

Os olhos de Dryden se concentraram na soleira. A luz difusa da escada, apenas visível pelo vão, foi interrompida em dois lugares.

Sombras de pés. Havia alguém de pé ali. Não seguia para os andares superiores nem descia até a saída. Apenas de pé, ali, tentando ser silencioso.

Por menos de um segundo Dryden considerou as possibilidades. Então deixou todas as perguntas de lado. Não havia tempo.

Ele pensou, *Rachel, vá para o quarto dos fundos. Abra a porta de correr. Vou estar logo atrás.*

Ela não hesitou, virou-se e sumiu na escuridão do corredor. Dryden a seguiu, andando de costas, mantendo seus olhos e a SIG apontados para a porta.

Ele escutou a porta de correr abrir conforme entrou no quarto. Atrás dele, os sapatos de Rachel tocaram a superfície metálica da varanda – era mais como uma saída de emergência sem a escada.

Dryden alcançou a porta de correr e passou por ela. Além do quarto e do final do corredor, ele ainda podia ver a porta da frente do apartamento. Podia ver a sombra dupla no vão.

A fechadura chacoalhou. Rachel estremeceu.

Dryden balançou a cabeça e analisou o espaço atrás da fileira de casas, a distribuição que ele havia estudado anteriormente. Considerou os edifícios do lado oposto e as vielas ramificadas que levavam para longe. Uma viela estava mais escura que as outras: uma passagem estreita entre uma casa de quatro andares e um edifício de tijolo de dois andares. Dryden gostou do visual como uma rota de escape. Gostara dela na primeira vez que a viu, horas antes, e por força do hábito a havia considerado repetidamente desde então.

A doze metros de distância do fundo do apartamento, a fechadura chacoalhou mais uma vez.

Dryden passou uma perna por cima do parapeito e fixou seu pé no limite da varanda, apontando-o para dentro entre os balaústres. Seguiu com a outra perna, então fez um gesto para que Rachel fizesse o mesmo. Segurou o braço bom dela com a mão livre enquanto ela se impulsionou por cima do parapeito.

Alguma coisa – um ombro ou um pé – bateu com força na porta da frente do apartamento.

Dryden olhou para baixo: asfalto vazio e plano abaixo da varanda.

Enfiou a SIG na cintura pelas costas e pegou o pulso de Rachel.

– Você sabe o que estou fazendo? – ele sussurrou.

Ela balançou a cabeça, nervosa, porém pronta.

Dryden a levantou da varanda pelo pulso, enquanto sua outra mão segurava o parapeito. Agachou rapidamente, seu traseiro próximo aos tornozelos, seu braço se estendendo o mais para baixo que podia, até que os pés de Rachel estivessem a não mais que vinte centímetros do asfalto. Ele a deixou ir e a ouviu aterrissar levemente; ela perdeu o equilíbrio, mas em seguida recuperou-se e deu um passo para trás, livrando o caminho. Ele se levantou, empurrou-se com os pés para longe da varanda, balançou-se e pulou até o chão.

Rachel já estava se movimentando, seguindo em direção ao canal estreito que Dryden havia visualizado. Ele sacou a SIG e a alcançou, quase correndo. Deram a volta no quarteirão do edifício de tijolos, entrando na viela ao lado, e escutaram a porta do apartamento estourar longe, ao fundo. Olhou por cima dos ombros em direção ao som e no mesmo instante ele ouviu outro bem mais próximo: o movimento do tambor de uma espingarda, a três metros deles na viela totalmente escura.

A voz de uma mulher:

– Não se mexa. Se mexer sua arma em direção a mim, eu atiro em você.

A voz dela não tinha nem um toque de blefe.

Dryden se manteve imóvel.

Rachel estava de pé em frente a ele. Qualquer tiro de espingarda que o atingisse, acertaria-a também, caso a arma estivesse carregada com munição pesada.

– Jogue os cartuchos no chão – disse a mulher. – Depois, jogue o cilindro. E, por fim, a arma.

Ao lado, entre as fileiras de edifícios, solas de coturnos bateram com força no concreto. Alguém tinha acabado de pular da varanda do apartamento.

– Faça isso – ordenou a mulher.

Dryden largou os cartuchos. Depois o cilindro. Na escuridão, ao lado dele, ouviu a respiração de Rachel escapar. Como esperança. Ele deixou a SIG cair no asfalto.

Passos chegavam em direção à viela. Pararam fora do campo de visão, o recém-chegado ficando fora da linha de fogo da espingarda.

Alguma coisa metálica tiniu atrás de Dryden.

– Vire-se em direção a mim – disse a mulher com a espingarda.

Dryden se virou. Na luz fraca, ele viu o brilho de algemas. A mulher as atirou; ele as pegou no ar.

– Algeme-se. Pelas costas.

Dryden ainda não podia ver o rosto da mulher. Na luz que vinha da viela mais larga, só via Rachel. Além do medo nos olhos da garota, ele viu confusão; o motivo, ele não podia dizer.

– Pelas costas – disse a mulher novamente. – Algeme-se.

Dryden colocou as algemas com as mãos nas costas e as fechou ao redor de seus pulsos. Um segundo depois uma lanterna apareceu, provavelmente anexada ao tambor do revólver. O feixe dela balançava pelas costas de Dryden.

– Ele está seguro – disse a mulher.

O recém-chegado ficou visível na frente da viela. Outra mulher. Dryden somente a sentiu pelo movimento do feixe de luz da lanterna.

Rachel estava se virando para a frente e para trás, guiando seu olhar de uma mulher à outra.

– Não consigo ouvir os pensamentos de vocês – disse Rachel. – De nenhuma de vocês.

– É claro que não, querida – disse a recém-chegada.

Ela agarrou Dryden pela camiseta e o puxou para frente desequilibrando-o, fazendo-o tropeçar e atirando-o no chão com força, batendo primeiro o peito no concreto. Ela montou nas costas dele, e ele ouviu alguma coisa plástica fazer um clique de abertura – soou como um pequeno recipiente.

– O que você está fazendo com ele? – A voz de Rachel foi saturada pelo pânico.

– Relaxe – disse a mulher.

Rachel não relaxou. Ela gritou:

– O QUE VOCÊ ESTÁ FAZENDO?

A última palavra foi interrompida e abafada; a outra mulher tinha tapado a boca de Rachel com a mão.

Um instante depois, Dryden sentiu uma agulha penetrar seu pescoço. Ouviu um pistão escorregar. Sentiu a invasão de um calor abaixo de sua pele.

– PARE! – gritou Rachel, empurrando a mão da mulher. – O QUE VOCÊ ESTÁ FAZENDO COM ELE?

A segunda mulher já estava saindo de cima dele, ficando de pé e ajudando a primeira a conter Rachel no escuro. Dryden percebeu tudo retrocedendo, como se distanciando em uma neblina. Um lugar onde todos os sons eram ocos e sem fonte. Ele sentiu o calor se espalhar para cima em seu pescoço, propagando-se por seu couro cabeludo. Sentiu o asfalto abaixo dele se abrir em algum tipo de escuridão. Os gritos abafados de Rachel o seguiram para dentro dela.

28

De tempos em tempos ele se sentia quase acordado. Como um sono mais leve, em que podia escutar e sentir.

Ele estava dentro de algum tipo de recipiente. Sentia o tecido como um papelão macio contra sua bochecha. Alguém o estava carregando, dizendo *apóie-se em suas pernas, devagar, devagar.*

■

Alguma coisa estava gemendo. Um zumbido constante. Parecia motores de aviões. Pequenos. Um momento depois havia movimento, o recipiente parecia escorregar enquanto seu corpo queria se manter imóvel. *Inércia*, ele pensou, e a palavra pareceu engraçada para ele, ainda que não pudesse entender o porquê. Escorregou alguns centímetros no papelão até que seus pés bateram no fim do recipiente. Segundos depois, o mundo parecia se arremessar e balançar dando enjoo, e alguma coisa bateu abaixo do piso, como engrenagens de aterrissagem, ele supôs. E em seguida, desmaiou novamente.

– Ele ficará bem. Ele está saindo do efeito. Dê mais trinta minutos.

– Você tem certeza?

– Tenho certeza, querida.

Ele sentia a garganta como se tivesse comido fiapos. A cabeça latejava demais. Ele passou a língua pelos lábios. Estava áspera.

– Beba isso.

A voz de Rachel.

Abriu seus olhos e viu uma caixa de suco a centímetros de seu rosto, um pequeno canudinho rosa dobrável enfiado na caixa e apontado para ele. Rachel o empurrou para frente e ele fechou a boca ao redor do canudinho. Ele bebeu. Um xarope de milho com muita frutose e sabor artificial. Da mesma forma que faziam quando ele era criança. Ele sugou toda a caixa, viu as laterais se comprimirem, soltou o canudo e rolou até ficar de barriga para cima.

Dryden ainda se sentia algemado, mas fora do recipiente. Estava deitado em um sofá em algum lugar. Um quarto de estudos. Sem janelas. Claro, com luz pálida passando pela porta, mas, no ângulo em que estava, ele não podia ver o ambiente seguinte.

– Onde nós estamos? – perguntou Dryden.

– Em casa – disse Rachel.

– Na sua casa?

Ela balançou a cabeça, com os olhos empolgados de um jeito que ele nunca tinha visto antes.

Além da dor de cabeça, Dryden sentia o familiar pulsar frio de suas têmporas. Ele o sentiu como na noite anterior – uma intensidade dupla ou tripla com a qual ele estava acostumado nos últimos dias.

Pensou na mulher esperando na viela escura, na rota de fuga que ele havia considerado algumas horas antes.

– Elas também podem ouvir meus pensamentos – disse ele.

Rachel balançou a cabeça novamente.

– Elas vieram de Fort Detrick, como eu. Disseram que três de nós conseguiram fugir de lá, há mais ou menos cinco anos, e estamos nos escondendo desde então. Elas me contaram muito sobre isso, e contei a elas sobre os últimos dias. Elas acreditaram em mim, mas ainda querem falar com você. Só querem saber se, de fato, podem confiar em você, e então vão tirar as algemas. Tudo bem?

Dryden fechou os olhos com força. Comprimindo-os repetidamente. Era a melhor opção já que ele não podia esfregá-los.

– Deixe-as entrar – disse ele.

– Obrigada. – Ela se levantou para sair.

– Espere – pediu Dryden.

Rachel parou e se virou para ele.

– Holly Ferrel – disse Dryden. – Você ouviu alguma coisa nos pensamentos dela no final. Exatamente antes de termos que correr.

A felicidade se esvaiu do olhar de Rachel.

– O que foi? – perguntou Dryden.

– Ela estava pensando sobre uma ligação que tinha que fazer. Uma ligação importante. Estava ensaiando a primeira parte, como as pessoas fazem.

– O que ela estava dizendo?

– Aqui é Holly Ferrel. Preciso falar com Martin Gaul.

Dryden a encarou. Depois olhou para o nada, tentando entender o que aquilo podia significar.

■

Um minuto depois, duas mulheres entraram na sala. Dryden as viu em detalhes pela primeira vez. Ambas tinham por volta de 30 anos, magras, de estatura e peso medianos. O homem se sentou no sofá e as olhou. Uma era muito loira, a outra tinha o cabelo castanho-claro. Ambas tinham aparências estranhamente comuns – eram, pelo menos, muito menos interessantes do que poderiam ser. Dryden teve a impressão de elas se esforçarem para serem comuns.

Havia um segundo sofá no pequeno cômodo. As duas mulheres se sentaram, de frente para o homem.

– Eu sou Audrey – disse a loira. – Ela é Sandra.

A hostilidade que elas mostraram na viela já não estava mais lá, pois pareciam simpáticas, quase arrependidas. O que era aceitável – seria estúpido se arrepender de coisas que pareciam necessárias naquele momento.

Sandra balançou a cabeça para aquele pensamento.

– Apenas não sabíamos quem vocês eram – disse ela. – Estamos monitorando a área ao redor da casa de Holly Ferrel, e quando vocês dois apareceram, foi bem difícil não notar.

– Não conseguimos ouvir os pensamentos de Rachel – disse Audrey –, tanto quanto ela não pode ouvir os nossos. Víamos que ela estava com você, e que você parecia a estar ajudando, mesmo que não tivéssemos certeza do porquê. Então decidimos tirá-la logo de lá e descobrir os detalhes depois.

– Nossas perguntas não vão demorar – disse Sandra. – Responda às nossas e responderemos às suas. A maioria delas, pelo menos, por agora. Justo?

Dryden balançou a cabeça.

■

Demorou meia hora. Ele contou a mesma história que, com certeza, ouviram de Rachel. Tudo desde a orla da praia até a casa do subúrbio. Então perguntaram para ele sobre seu passado. Sua carreira. Ele não viu nenhuma razão para esconder alguma coisa.

Quando terminaram, Sandra pegou uma chave em seu bolso e removeu as algemas. Dryden mexeu os ombros em círculos, aliviando as cãibras.

– É provável que esteja morrendo de fome – disse Sandra. – Te contaremos a nossa parte durante o almoço. Enquanto cozinhamos, Rachel quer te mostrar o lugar.

■

Dryden havia chutado que a residência era uma casa, até onde ele tinha pensado nisso. No momento em que pisou além daquele cômodo, viu que estava errado.

Havia uma ampla sala de estar com uma parede de janelas. Além das janelas estava Chicago, vista de uma altura que parecia do octagésimo andar. A vista era para o sul, passando por topos de arranha-céus desde uma posição próxima ao limite norte do centro da cidade. Era o início da tarde, e a cidade brilhava na luz do sol e abaixo de um lindo céu azul.

– Estamos no Hancock Center – explicou Rachel. – Esse apartamento ocupa todo o octagésimo terceiro andar.

Dryden olhou para ela e, então, para Audrey e Sandra, ainda de pé dentro do outro cômodo.

– Esse lugar é um esconderijo? – perguntou ele.

– Você ficaria surpreso do quão eficiente – disse Sandra. – Pessoas ricas moldaram a lei para que ela servisse às suas necessidades privadas. De alguma forma, é mais fácil anonimamente ser dono de um lugar como esse do que de um rancho nos subúrbios.

– Há outra razão para morar aqui – disse Audrey –, mas se você tiver sorte não terá que descobrir qual.

Rachel deu um puxão no braço de Dryden, ansiosa para mostrar o lugar para ele. Ele se virou para segui-la...

– Espere – disse Sandra.

Dryden se virou de volta.

Sandra estava segurando a SIG SAUER para que ele a pegasse. O tambor havia sido recarregado.

– Tudo que você fez pela Rachel – disse ela –, não podemos te dizer o que isso significa para nós. O mínimo que podemos fazer é confiar em você.

Dryden pegou a pistola, analisou a trava e a colocou na cintura.

■

O tamanho do apartamento era surreal. A sala de estar se abria para a cozinha e para a sala de jantar, mesclando-se em um amplo espaço que se estendia até o canto sudeste do andar.

O restante da planta formava uma rosquinha gigante e retangular, centralizada no núcleo do edifício. Entre os outros cômodos estava a biblioteca que ocupava boa parte da parcela norte, e três dormitórios completando o lado leste. Os dormitórios eram mais ou menos do mesmo tamanho, o que significava que cada um era gigante. O quarto no canto sudeste era o de Rachel. Ela levou Dryden até lá. Ele ficou supreso por um segundo pelo estado casual em que estava – parecia que ele tinha sido usado regularmente até agora.

– O apartamento inteiro estava assim quando chegamos aqui nesta manhã – disse Rachel. – Canecas no balcão, deixadas lá por dois meses. Audrey e Sandra estavam com medo de ficar aqui enquanto Gaul me mantinha prisioneira. Ele poderia descobrir esse lugar me interrogando.

Ela foi para a cama, cujos lençóis estavam bagunçados. Um dinossauro do tipo tricerátopo azul de pelúcia ficava ao lado dela, coberto pelo edredom.

– Continuo pensando que alguma dessas coisas pode me ajudar a relembrar – disse Rachel.

Ela pegou o dinossauro e o abraçou contra seu peito.

– Sandra me disse que ele tem um nome – comentou ela. – Posso quase senti-lo querendo voltar para mim.

Ela encarou aquela coisinha, e por um momento algo apareceu em seus olhos. Alguma frágil esperança. Então os ombros cederam. Ela sentou o dinossauro de volta na cama.

– Dê tempo ao tempo – disse Dryden.

Rachel balançou a cabeça, mas pareceu incomodada com alguma coisa.

– O que foi? – questionou Dryden.

Rachel soltou o ar suavemente.

– Você vai ver.

■

– Quando eu tinha vinte e dois – disse Sandra –, fui para a prisão. Não vou dizer o motivo.

Os quatro estavam sentados na mesa de jantar, próximo ao canto sudoeste da residência. Do lado de fora, o dia havia ficado nublado. Pontos irregulares de névoa passavam pelos topos das torres. Todas as vezes que a névoa cobria o Hancock, a cidade sumia em um esbranquiçado por um curto momento.

– Por conta de problemas anteriores, minha sentença foi de dezesseis anos. Eu poderia conseguir a condicional em doze, se tivesse sorte. Eu já estava lá havia um mês quando um homem me visitou. Não na sala com divisórias de vidro e telefones. Diretamente na minha cela, no meio da noite. O chefe da segurança entrou e ficou de pé com ele, e eu estava com uma cara de puta da vida, mas não disse nada. O visitante disse que eu poderia deixar a prisão naquela noite, se eu quisesse. Eu poderia ir embora com ele, naquele exato momento, e viver em um lugar muito melhor, e eu só teria que servir por dois anos lá. Então eu estaria livre para ir embora. Esse lugar era um tipo de república, ele disse, onde o exército fazia testes médicos. Como o FDA,[7] mas na sua versão militar. O combinado era simples: eu levaria três injeções de uma nova droga – um droga de interferência no RNA, como ele a chamou – nas primeiras duas semanas. Depois disso, nada. Eu poderia somente relaxar, viver lá, assistir à televisão, fazer qualquer coisa que eu quisesse. Eles me monitorariam para ver se a droga surtiria algum efeito, mas independente do que ela fizesse, eu

7 Refere-se a Food and Drug Administration, o órgão dos Estados Unidos responsável pelo controle de alimentos, como a Anvisa no Brasil. (N.T.)

estaria livre depois de dois anos. Livre para começar minha vida novamente e não a arruinar desta vez. Eu teria apenas 24 anos quando saísse. Ou poderia ficar na prisão até depois dos trinta. No primeiro mês se fiquei lá, eu já tinha sido assediada duas vezes. Iria continuar acontecendo. Sem dúvidas. "Pense sobre o assunto", disse o homem, mas vou ser sincera: não tive mesmo que pensar. Achei que se o teste médico me matasse, poderia ser melhor do que mais doze anos naquele lugar.

– Minha experiência foi mais ou menos a mesma – disse Audrey. – Meu processo de decisão *foi* assim também.

Elas alternaram a vez contando a história, indo e voltando. O lugar onde terminaram, um laboratório de vivência em Fort Detrick, realmente parecia com um dormitório de estudantes – os dormitórios que elas haviam visto em filmes pelo menos. Nenhuma delas já tinha colocado o pé dentro de um de verdade. A única diferença era que não podiam ir embora. Dez mulheres viviam lá, todas se davam bem o suficiente. A atmosfera era relativamente tranquila. Com certeza absoluta não era como a prisão.

A primeira injeção foi dada no primeiro dia. Nada demais – não pior do que a antitetânica. Os médicos disseram que poderiam ter febres ou calafrios, mas não tiveram. Nem mesmo depois das três doses. Não havia efeitos, nenhum deles, e pelos dois meses seguintes tudo permaneceu assim. Uma das garotas da república tinha ido muito bem em ciências no ensino médio e se lembrava de haver lido algo sobre um grupo de controle. Algumas vezes, em um experimento, um grupo de cobaias receberia uma certa droga, por exemplo, e outro *pensaria* estar recebendo a mesma droga, mas em vez disso recebiam pílulas de açúcar ou injeções de alguma solução neutra. Talvez aquilo estivesse acontecendo ali. Talvez elas fossem apenas o controle. Aquele era um pensamento bom, e durou até meados do terceiro mês.

Quando o efeito começou, veio lentamente. A princípio, pequenas crises. Mesmo quando ficavam mais fortes, era difícil notar, porque não funcionava entre as próprias mulheres. Parecia dar certo somente em pessoas de fora, como os médicos, ou o pessoal que passava de carro pelo prédio a uma certa distância. Por uma semana ou mais, cada mulher na república manteve o fenômeno para si, com medo de o estar imaginando. Com medo de estar ficando louca.

Então a coisa mais estranha aconteceu: um dos técnicos, durante exames físicos rotineiros – eles aconteciam duas vezes por semana – perguntou a uma das garotas algo que ele nunca havia questionado antes.

Você está ouvindo coisas na sua cabeça que não parecem familiares? Pensamentos que não parecem ser seus?

Os olhos da garota se abriram. *Sim*, disse ela. *Sim, o que raios é isso?* Outras garotas escutaram. Elas se juntaram e falaram sobre aquilo, aliviadas em saber que não estavam sozinhas. No meio disso tudo, o técnico pegou um telefone e discou, e esse foi o fim da vida nos dormitórios.

Dentro de uma hora, as dez estavam em um edifício diferente – não tanto como um dormitório, de fato, parecia mais com uma prisão. Cada uma tinha sua própria cela com barras. Pesquisadores diferentes iam observá-las. A maior parte era homens mais velhos, alguns com uniformes militares. Só conversavam entre si, falando das mulheres como se não estivessem ali, em suas jaulas. Como se as mulheres não pudessem escutá-los. O que era estranho mesmo, já que as mulheres podiam fazer muito mais do que escutá-los.

– Eles sabiam que não sairíamos daquele lugar – disse Sandra. – Não em dois anos. Nunca. Eles também não se importavam que pudéssemos escutar isso em seus pensamentos. Não importava o que soubéssemos. Eles nos tinham.

– Por um momento pensamos que nos usariam para espiar as pessoas – disse Audrey. – Nos colocariam em quartos de hotel vizinhos aos de convidados importante, VIPs de outros países, algo desse tipo, para descobrir o que eles estavam pensando. Soa plausível, certo? Pelo resto de nossa vida seríamos apenas dispositivos de escuta sofisticados.

Ela olhou para longe, para o brilho intenso da luz do sol nas torres mais próximas. Os andares mais altos brilhavam molhados onde as nuvens os haviam tocado.

– No fim das contas, não iríamos nem ser isso – disse ela.

Dryden olhou para elas, para uma e depois para a outra.

– O que eles queriam que vocês fossem?

– Ratos brancos – disse Sandra. – Nós iríamos ficar trancadas pelo resto de nossa vida para que eles pudessem nos observar e ver o que aconteceria a longo prazo. Ver os efeitos mudando com o tempo, fortalecendo-se ou ficando mais fracos, qualquer coisa desse tipo. Ver se todas teríamos câncer dentro de três anos, ou sete, ou dez. Ver se teríamos Alzheimer aos trinta.

– Eles *fizeram* de nós dispositivos humanos de escuta – contou Audrey –, mas iriam escolher essas pessoas com cuidado. Pessoas que eram simplesmente certas para o trabalho.

– Então era isso para nós – comentou Sandra. – Exceto por nossas idades, nada naquele edifício iria mudar pelo resto de nossa vida. E então algo aconteceu. Um exame físico em uma das mulheres, o nome dela era Rebecca Grant, resultou em algo que ninguém estava procurando. Rebecca estava grávida. Ela havia engravidado antes de ir para a prisão.

Ambas, Sandra e Audrey, olharam para Rachel.

Mesmo que ela já tivesse ouvido a história, a resposta emocional da garota era evidente. Dryden viu a garganta dela apertar.

– Rachel nasceu em 1º de maio de 2001 – disse Audrey. – Eles permitiram à Rebecca que ela a criasse, lá mesmo no laboratório, com o resto de nós. Os pesquisadores estavam muito interessados em como ela cresceria, se teria as mesmas capacidades de sua mãe. Mesmo que Rachel tivesse sido *concebida* antes que Rebecca fizesse o tratamento de RNA, a droga ainda assim poderia ter afetado o feto em desenvolvimento. Você já sabe que funcionou nela, mas conforme foi descoberto, ela não funcionou exatamente da mesma forma que em todas as outras pessoas. Rachel era diferente de sua mãe. Diferente de todas nós, de uma forma muito importante.

– Que era o quê? – perguntou Dryden.

Rachel se virou para ele.

– Elas não me contaram – disse ela.

29

Por alguns segundos o ambiente ficou quieto. Então Audrey falou para Dryden; era claro que Rachel já tinha escutado essa parte.

– Há coisas que nós não sabemos como explicar para a Rachel agora. Coisas que seriam muito difíceis para ela escutar. Não somente o que a faz ser diferente. Outras coisas também. Sobre o que aconteceu com a mãe dela. Sobre como ficamos livres. Sobre Holly Ferrel.

– Nós *vamos* contar para você – disse Sandra –, e para ela também. Tudo que estamos dizendo é que queremos que Rachel se lembre por ela mesma primeiro. – Os olhos dela foram para a garota. – Querida, se tentássemos te contar agora… não temos certeza de que você acreditaria. Você com certeza não vai *querer* acreditar em nós. Pode imaginar que não são histórias felizes.

– Você manteve um diário nos últimos anos – disse Audrey. – Discutimos sobre mostrá-lo a você, deixar você descobrir tudo desta forma. Mas realmente achamos que suas próprias memórias fariam isso ser mais fácil para você… que, quando você se lembrar das coisas pelas quais passou, também irá se lembrar de ter se recuperado delas. Isso é o melhor que podemos fazer. Já pensamos muito sobre isso.

– Gaul sabe onde Holly Ferrel mora – disse Rachel. – Se ela estiver em perigo, não quero esperar por seja lá quanto tempo...

– Holly *está* em perigo – disse Sandra. – Em risco de morte, mas não em risco iminente. Sei que isso não faz sentido para você agora, mas posso te dizer com propriedade. Por agora, com certeza nessa semana, ninguém vai machucá-la.

– Mas *como* você sabe? – perguntou Rachel.

– Eu sei. Eu prometo.

Rachel pareceu tão frustrada quanto Dryden já havia visto. Ele não podia culpá-la. Sua própria frustração estava fervendo.

– Como Gaul chegou até mim? – perguntou Rachel. – Há dois meses.

– Está ligado com o restante da história – disse Audrey. – De certa forma, tudo é uma história só; as coisas que não estamos contando. – Seus olhos se viraram para Rachel e seu olhar suavizou. – Você não quer ouvir sobre isso agora, querida.

Contra sua vontade, Dryden pensou, *talvez você simplesmente não queira contar isso agora.*

– Me desculpem – disse ele.

– Não é sua culpa – disse Audrey. Ela adicionou: – Você também não está totalmente errado.

– E a torre de celular no deserto? – questionou Dryden. – Independentemente a que se refira... o que quer que faça tantas pessoas terem medo dela.

– Não é realmente das torres que elas têm medo – disse Audrey. – Ou daquilo para o que as torres estão sendo usadas agora. É outra coisa... e elas estão certas por ter medo dela. – Seu olhar foi e voltou entre Dryden e Rachel. – As respostas chegarão em breve, prometo. Confiem em nós, tudo bem? Quando souberem o restante, vocês provavelmente desejarão não terem descoberto.

A escuridão chegou à baía de Santa Mônica. Gaul, em seu pátio, observou-a a quase dois quilômetros de distância e a cento e cinquenta metros de altura. Para o oeste, o Point Dume Headlands brilhava desinteressante à luz da lua. Para o leste, a trinta e dois quilômetros na neblina da noite, estava LAX, o aeroporto internacional de Los Angeles, e o brilho laranja da cidade além dele.

Gaul se deixou cair em uma cadeira ao lado da piscina. Na luz azul em ondas na superfície dela, ele olhou para o documento encadernado em suas mãos. Nos meses seguintes à primeira vez que ele o leu, o bloco de texto na capa incorporava o próprio estresse.

INSTITUTO DE PESQUISA DE GUERRA BIOLÓGICA DA MARINHA DOS ESTADOS UNIDOS (USABRI)

INICIATIVA DE ARMAS VIVAS - COHORT 23.3

RELATÓRIO DE INVESTIGAÇÃO DE ACIDENTE - "SNAPDRAGON"

Gaul fechou os olhos e se soltou na almofada do assento da cadeira. O telefone tocou no seu bolso. O toque de Lowry. Gaul o tirou do bolso e respondeu sem abrir os olhos.

– A opção de Chicago está a todo vapor, senhor – disse Lowry.

Gaul confirmou entendimento, desligou e colocou o telefone no chão.

Dois meses antes, nos dias após a captura de Rachel, análises químicas de sua pele e cabelo haviam acusado um perfil poluente consistente com Chicago. Não foi lá que o pessoal de Gaul a capturara, mas pareceu ser lá onde ela havia passado boa parte dos últimos tempos. Parecia ser sua casa.

Ela provavelmente não se lembraria de como voltar para lá por alguns dias, mas, em nome da prudência, a opção de Chicago estava acontecendo agora.

O fato era que esse ato não era de prudência. Era de desespero. Era tão ridículo quanto inteligente. Recorrer a isso apenas aumentava o sentimento de que ele estava afundando.

■

– Então, você vai dormir na sala de estar? – Perguntou Rachel.

Dryden balançou a cabeça. Ele estava de pé na porta do quarto da menina e ela, de pé olhando para ele, segurando debaixo do braço o tricerátopo do qual o nome ela não conseguia se lembrar.

– Sei que eu estou segura aqui – disse Rachel. – Só queria que você estivesse mais próximo.

– Lado ruim de ser dona de um andar inteiro em um arranha-céu – disse Dryden.

Rachel sorriu. Dryden havia visto poucos preciosos sorrisos dela durante as longas horas desde o almoço. Até mesmo esse desapareceu depois de um ou dois segundos. Ela olhou para baixo, para seus pés.

– Assustador – disse ela. – Tudo isso. Eu queria tanto me lembrar. E agora... Ainda quero, mas de um jeito diferente. Como algo ruim que só quero deixar para trás. – Ela olhou para ele. – Mas coisas ruins podem demorar para sempre para serem deixadas para trás, não é?

– Sim.

Ela balançou a cabeça. Então deu um passo adiante e o abraçou com força. Ele a segurou por um bom tempo, então desejou uma boa noite e fechou a porta.

■

Gaul passou pelas folhas do relatório, finalmente chegando na seção em que sempre parava. Aquela entitulada RACHEL GRANT. Seus dedos passavam pela página, vagarosamente, palavra por palavra, como se elas pudessem cortá-lo.

■

Audrey esperou até que Dryden tivesse saído do corredor leste e chegado à sala de estar. Ela saiu de seu quarto e foi ao quarto de Sandra, entrando de fininho e fechando a porta atrás dela.

Na escuridão, a silhueta de Sandra estava de pé em frente à janela, contra a luz difusa da iluminação do píer no lago Michigan. Audrey foi até ela.

– Dói não se conectar a ela – disse Sandra.

– Não será assim por muito tempo. Mais alguns dias.

– Como você acha que será? Quando ela começar a lembrar de tudo?

Audrey engoliu uma risada. O som foi severo e frio, mas não sem diversão.

– Interessante. Para dizer o mínimo.

■

Gaul virou as páginas devagar, passando pela seção sobre Rachel. Rachel e tudo que ela havia feito em sua curta vida. Fotos coloridas preenchiam algumas das páginas. Gaul tinha um estômago forte para imagens desse tipo, mas essas testavam seus limites. Ainda assim, ele olhou fixamente para cada uma delas. Ele se sentiu obrigado a fazer aquilo – para se lembrar de qual era o custo daquilo.

Por fim, fechou o relatório. Ele o apoiou nos tijolos ao lado do telefone. Como sempre, suas mãos estavam tremendo.

PARTE TRÊS

LUCERO

"Deixem-nos em paz. O que durará?
Todas as coisas são tiradas de nós, e se tornam porções e parcelas de um passado terrível."
— Alfred, Lord Tennyson

30

No meio da noite, Dryden acordou. Por um momento teve certeza de que algo o despertara, um som ou um flash de luz, mas, conforme os segundos passaram, a impressão foi embora.

Levantou-se do sofá, pegou a SIG SAUER na mesa e deu um giro completo rápido e silencioso na sala de estar, sala de jantar e cozinha. Quatro e quinze da manhã e tudo estava bem.

Ele foi para as janelas ao sul. Ali estava a cidade, na calmaria: as ruas vazias como nunca, todas as torres envelhecidas, as luzes de baliza das coberturas piscando em lenta cadência.

A única coisa na vista que parecia acordada era uma intensa luz branca em um mastro de rádio no topo do arranha-céu mais alto – a Willis Tower, como era chamada nos dias atuais. Contra a cortina de fundo da cidade, esse único ponto de luz, a coisa mais alta na linha do horizonte, apunhalava a escuridão em um frenesi veloz e intermitente. Era como se o controle dela estivesse falhando. Algo sobre essa luz chamava a atenção de Dryden, como um rosto na multidão que ele não podia nomear. Quanto mais observava, mais fora de contexto a coisa parecia; ela era facilmente três vezes mais clara que qualquer outra luz em Chicago.

Dryden se virou e olhou para a parede e para o sofá atrás dele, banhados pelo brilho da cidade. A luz piscante era clara o suficiente para se sobressair àquele brilho, lançando as formas geométricas das molduras das janelas pela sala a cada pulso.

A luz o havia acordado.

Ele a encarou mais uma vez. A lógica disse que ele estava com obsessão por conta de algo sem importância; ele havia acordado desorientado, e seu julgamento estava desequilibrado. Ainda olhava com atenção, quando percebeu uma coisa estranha: letras e palavras estavam se formando em sua mente, espontaneamente. Ele as imaginou como se as estivesse anotando em um bloco de notas, a visão que ele sempre usava quando decifrava código Morse...

O entendimento o tocou como um balde de água fria.

– Mas que merda? – As palavras saíram como um sussurro involuntário.

A luz no topo do mastro do rádio estava transmitindo uma mensagem. Não em código Morse, mas uma variante criptografada que Dryden e seus próprios homens haviam desenvolvido para eles mesmos em Ferret. Em situações em que a transmissão de sinal era arriscada, usavam o infravermelho de equipamentos de mão para sinalizar esse código entre si. Como uma camada extra de precaução, eles nunca documentaram oficialmente a existência do código.

Apenas alguém de sua unidade poderia tê-lo fornecido para quem quer que tivesse programado a luz.

Agora, conforme Dryden começou a processar conscientemente a mensagem, todos os outros pensamentos foram ficando de lado. As palavras se materializaram, uma a cada porção de segundos.

A - EVIDÊNCIA - FOI - VISTA - SAIA - DE - PERTO - DELAS - E - VENHA - ATÉ - AS - PESSOAS - DE - GAUL - NO - ESCRITÓRIO - DE - SEGURANÇA - DA - WILLIS - TOWER - OU - LIGUE - PARA - ELES -

062-585-0184 - SEU - PESSOAL - NÃO - VAI - TE - MATAR - POR - FAVOR - FAÇA - ISSO - HÁ - MAIS - VIDAS - EM - RISCO - OLÁ - SAM - AQUI - É - O - COLE - HARRIS - GOLDENROD - EU - ESTOU - AJUDANDO - A - EQUIPE - DO - GAUL - A - ENTRAR - EM - CONTATO - COM - VOCÊ - A - GAROTA - NÃO - SABE - QUEM - ELA - REALMENTE - É - ELA - TEM - UMA - HABILIDADE - MAIOR - QUE - A - LEITURA - DE - MENTES - ELA - USOU - ISSO - PARA - MATAR - PESSOAS - INOCENTES - AS - DUAS - MULHERES - A - FIZERAM - FAZER - ISSO - EU - VI - A - EVIDÊNCIA - SAIA - DE - PERTO - DELAS - E - VENHA - ATÉ - O - PESSOAL - DO - GAUL - NO - ESCRITÓRIO - DE - SEGURANÇA - DA - WILLIS - TOWER - OU - LIGUE - PARA - ELES

Dryden continuou olhando fixamente enquanto a mensagem se repetia novamente. Ele sentiu sua mente tentando entender aquilo... e tentando não entender.

A negação queria se declarar. Ele queria deixar isso acontecer. Precisava acreditar que era uma armadilha, ou um truque, alguém que enganara Cole Harris simplesmente. Cole era um homem inteligente, mas qualquer coisa era possível. Gaul também era inteligente.

A mensagem circulou de novo. Dryden colocou sua mão no painel da janela para se apoiar com firmeza. Ele fechou os olhos. Pelas suas pálpebras ele ainda podia ver a luz piscando.

A - GAROTA - NÃO - SABE - QUEM - ELA - REALMENTE - É

Em sua cabeça, Dryden viu Audrey e Sandra na mesa de jantar.

Tudo que estamos dizendo é que queremos que Rachel se lembre por ela mesma primeiro. Querida, se tentássemos te contar agora... não temos certeza de que você acreditaria. Você com certeza não vai querer acreditar em nós.

ELA - TEM - UMA - HABILIDADE - MAIOR - QUE - A - LEITURA - DE - MENTES

Rachel era diferente de sua mãe. Diferente de todas nós, de uma forma muito importante.

ELA - USOU - ISSO - PARA - MATAR - PESSOAS - INOCENTES - AS - DUAS - MULHERES - A - FIZERAM - FAZER - ISSO

O que raios isso significava? Como Rachel poderia ter sido coagida a assassinar pessoas?

EU - VI - A - EVIDÊNCIA

Dryden abriu os olhos e se empurrou para longe do vidro.

Chega de tentar entender o que ele não poderia saber. A vida o ensinou, em lições difíceis, a agir com o que ele *sabia*.

Ele não podia simplesmente sair dali sem Rachel.

Ele sabia disso.

Opções irracionais giraram por seus pensamentos. *Tire-a deste lugar. Consiga um pouco de drogas – de qualquer tipo usadas para esses interrogatórios durante o sono – e a mantenha em doses baixas para sempre. Mantenha o bloqueio de memória no lugar.* Talvez a mensagem em código fosse mentira, talvez não, mas com o suficiente da droga, ele e Rachel nunca teriam que descobrir. Ela entenderia. Com certeza, ela insistiria.

Cooperar com Gaul não era uma opção. Independente do que fizesse com Dryden, ele mataria Rachel assim que a visse.

Apenas uma ação fazia sentido.

O peso balanceado da SIG era tranquilizante em sua mão. Ele saiu de perto das janelas, cruzou a sala de jantar e entrou no corredor em direção ao lado leste do apartamento.

■

Rachel desejou que o tricerátopo revelasse seu nome. Ele devolveu o olhar dela com seus olhos plásticos brilhando na meia--luz e se rendeu ao nada.

– Está bem – disse ela.

Ela rolou na cama ficando de barriga para cima e observou a luz difusa do brilho da cidade na parede. O sono estava sendo bem irregular nos últimos tempos, ela mais ficava acordada do que dormia. Ela sentia falta dos pensamentos de Sam. Quatro vezes durante a noite, havia levantado e chegado até a metade do caminho, segurando o travesseiro e o lençol, com a intenção de dominar o segundo sofá na sala de estar. Tudo que a parou foi a vergonha. Não era que Sam pensaria mal dela – nada o faria pensar assim – mas ela mesma se subestimaria. Se não pudesse enfrentar seus próprios medos, como seria capaz de lidar com o que estava por vir, por exemplo, as coisas que Audrey e Sandra não podiam contar para ela?

Ela agarrou o tricerátopo novamente, apertou-o com força contra ela e fechou os olhos. Não precisava olhar para ele; a maior parte de suas memórias provavelmente envolvia ela o abraçando. Ela se sentia bem com o tecido suave em seus braços. Ela o sentia... familiar.

Qual era o nome dele?

Uma palavra nadou até a superfície da consciência dela, apareceu por baixo das ondas e sumiu novamente. Tão perto que a boca dela quase deixou escapar – mas ela já havia ido embora, de volta para o fundo.

Droga.

O nome do dinossauro era a primeira peça do dominó; disso ela tinha certeza. Este exato detalhe do seu passado destrancaria todo o restante. Estourá-lo como uma bolha, para que pudesse lidar com o que saísse de lá. Poderia acontecer a qualquer minuto.

Qualquer segundo. Ela abraçou o tricerátopo na altura do peito o mais forte que conseguiu.

Movimento abaixo das ondas de novo. Aí vem ele. Seus lábios iam formar uma palavra.

Ele começava com...

Sua concentração foi interrompida de maneira repentina, como um fio. Ela se sentou rapidamente, deixando o dinossauro cair longe, esquecido.

Sam estava no corredor.

Seus pensamentos chegaram até ela como uma voz que vem de longe, sumindo e aparecendo nas rajadas de vento. Ela não podia entender as palavras – não ainda –, mas a natureza de seus pensamentos era nítida: hiperalerta e cheia de tensão.

■

O corredor sem janelas no lado leste, passando por três quartos, era o lugar mais escuro do apartamento. Os olhos de Dryden ainda estavam ajustados à claridade da linha do horizonte; ele esperou para que os detalhes do corredor ficassem visíveis. A porta de Rachel apareceu seis metros à frente. Em algum lugar mais adiante na escuridão estava a porta de Audrey e depois a de Sandra.

Ele podia sentir o pulso frio em suas têmporas, aumentando conforme ele se movia em direção ao quarto de Rachel. Supôs que sentia isso um pouco também pelas outras duas, mesmo que as três estivessem dormindo.

Se estivessem dormindo.

Dryden havia liderado invasões com discrição a meia dúzia de lugares intimidadores: navios de carga nos quais os tripulantes conheciam cada centímetro do lugar enquanto ele e seus homens não; complexos de cavernas que pareciam formigueiros gigantes.

Esse lugar era pior. Além de suas habilidades próprias, Audrey e Sandra certamente possuíam mais poderes convencionais à sua disposição. A julgar pela organização defensiva do apartamento – a porta de entrada na frente do elevador era de metal com mais de dois centímetros de espessura – seria inocente acreditar que essas não eram medidas defensivas também.

Ele poderia entrar rapidamente em ambos os quartos e matá-las naquele momento. A primeira delas teria somente o aviso mais breve, e a segunda teria só o tempo entre os tiros e a chegada dele em sua porta, cinco segundos no máximo. Ele poderia fazer isso.

Exceto que ele não poderia. Matar alguém por conta de uma mensagem piscante exigiria uma certeza que ele não tinha. Tirar Rachel dali, no entanto, não exigiria isso.

Ele foi até a porta dela, abriu-a o mais rápido e o mais silenciosamente possível e a encontrou sentada e acordada, esperando por ele, parecendo estar acordada há um tempo. Ele entrou, e fechou a porta em silêncio atrás de si e cruzou o dormitório até ela. Sem dúvida ela havia notado o medo dele desde o corredor, mas, agora, ela pegou os detalhes por trás de seus pensamentos, entendê-los deixou-a apavorada.

– Não – sussurrou ela. – Não, isso não pode estar certo. – Ela estava balançando a cabeça, ainda muito agitada para chorar. – Nem pense em coisas assim.

Ele colocou a mão no ombro dela.

Vamos resolver isso depois – sussurrou ele. – Agora, nós só vamos sair daqui. Vamos.

Ela pareceu não o escutar. Ela ainda estava processando todas as coisas que ele não estava dizendo. A voz dela finalmente saiu conforme a ideia mais pesada apareceu.

– Você não tem certeza que eu sou real? – perguntou ela. – Você acha que eu sou alguém ruim?

Ele ajoelhou na frente dela e olhou em seus olhos.

– Você é a garota que salvou minha vida – disse ele. – Sabia disso, não é? Eu era um zumbi antes de você aparecer. Você mudou isso. Como uma garota poderia fazer isso se ela não fosse real? Você confia em mim?

Ela balançou a cabeça de maneira acelerada.

– Confie em mim nisso – disse ele. – Essa é você, quem você é agora, e vamos encontrar uma forma de manter isso assim. Mas temos que sair desse lugar primeiro. Certo?

Ela balançou a cabeça novamente, pegou a mão dele e colocou seus pés no chão.

Ambos haviam apenas dado alguns passos quando Dryden sentiu o calafrio em suas têmporas se intensificar.

Uma das mulheres ou as duas haviam se movido para mais perto desse quarto.

31

Dryden parou de repente. Rachel trombou nele e quase perdeu o equilíbrio. Ele a segurou com uma mão; com a outra levantou a SIG SAUER apontando-a para a porta fechada do quarto.

Dentro de segundos a sensação fria aumentou. Ele imaginou Audrey e Sandra no corredor, não muito longe. Rachel colocou a mão no braço dele que segurava a arma, sem puxá-lo para baixo, mas implorando para que ele reconsiderasse.

– E se não for verdade? – perguntou ela. – Vamos falar com elas. Talvez possamos entender.

Então a voz de Audrey chegou a ele, vinda do outro lado da porta.

– Não é verdade, Sam. Pense nisso. Há alguma coisa que Gaul não faria para chegar até nós?

– Sabemos que você está confuso – disse Sandra. – Qualquer um no seu lugar também estaria. É por isso que Gaul está fazendo isso; o truque é feito para te forçar a ter dúvida.

– Pense nisso dessa forma – continuou Audrey. – Temos todas as armas do mundo aqui; tenho certeza que você sabe disso. Se fôssemos más, já não teríamos te matado bem antes disso?

Dryden refletiu sobre aquilo. Os argumentos não eram muito fortes. É claro que elas poderiam tê-lo matado, mas até agora não tinham razão para isso. Ele não havia sido uma ameaça, e como leitoras de mentes, teriam muitos avisos se ele *virasse*, em algum momento, uma ameaça. Elas sempre teriam a opção de matá-lo antes que ele pudesse tomar uma atitude contra elas.

Ele começou a falar da objeção e então parou – elas já haviam escutado em alto e bom som.

– Sam... – disse Sandra. Sua voz era suave, simpática. Aquele tom, mais do que quaisquer palavras que ela dissesse para ele, corroeu as bordas da cautela. Ele manteve a pistola fixa na porta; vai saber o que poderiam estar apontando no outro lado.

A sementinha de uma ideia veio até ele.

Antes que ela pudesse crescer e formar palavras, antes que as duas mulheres pudessem capturá-la e reagir, Dryden se atirou para frente, colocou seu ombro no guarda-roupa de Rachel e o empurrou. O móvel caiu no chão, escorregando, e ele aproveitou a vantagem do movimento, empurrando-o pelo carpete até que pousasse com o ruído de um baque contra a porta.

Agora elas nunca entrariam rápido o suficiente para atingi-lo, e obviamente não poderiam arriscar atirar pela parede com a Rachel ali dentro.

– Se vocês estão falando a verdade – disse Dryden –, provem. Nos dê o diário de Rachel. Passe-o por debaixo da porta. Se eu estiver errado, vou pedir desculpas cem vezes.

Ao lado dele, Rachel ficou tensa, esperando pela resposta.

Ela chegou: o som do pistão de uma espingarda.

A garota reagiu como se tivesse sido perfurada. Ela se sentou com peso, passando um braço ao redor da perna de Dryden para se apoiar. Com a mão livre, ele segurou a mão de Rachel com força.

Ele esperou que o ódio por aquelas mulheres fosse transmitido através da porta.

– Isso é temporário, Rachel – disse Sandra. Todos os traços de simpatia daquela voz haviam ido embora. – Quando você se lembrar de quem realmente é, você vai rir disso.

Rachel repentinamente ficou de pé, de uma só vez. Surpreendendo Dryden, ela pegou a SIG da mão dele, apontou-a para a altura do peito na porta e começou a atirar. Ela fez uma linha de três tiros através da porta e da parede ao lado dela antes que Dryden pudesse pegá-la de volta. Ele ouviu alguém cair de bunda no corredor, xingando, e a espingarda fazendo barulho contra o piso. Um segundo depois, a sensação gelada em suas têmporas diminuiu e se tornou apenas algo perceptível; as mulheres haviam recuado alguma distância no corredor.

– Por que você não atira de volta? – gritou Rachel para elas. – Vocês podem até *me* acertar!

Dryden colocou um braço ao redor dos ombros dela.

– Está tudo bem – disse ele.

Ela se virou e pressionou seu rosto na camiseta dele, seu corpo tremia muito.

– Nossa, elas não esperavam por isso – disse ele.

Ela ouviu o sorriso na voz dele e olhou para cima, conseguindo sorrir também, junto às lágrimas.

– O que nós vamos fazer? – perguntou ela.

Dryden olhou para o quarto à sua volta. Duas paredes sólidas, e duas feitas de janelas – com nada do outro lado além de uma queda de três campos de futebol. Havia o banheiro da suíte, mas ele não oferecia opções melhores que as do quarto. Soluções malucas iam e vinham na sua cabeça: atirar em uma janela, fazer rapel com o lençol de cama da Rachel até o apartamento abaixo e atirar no vidro para entrarem nele. Não importava que as chances de sobreviverem fossem uma em mil. O que interessava era que Audrey e Sandra leriam o plano dele e teriam uma abertura, uma chance para entrar depressa no quarto.

– E eu? – perguntou Rachel. – Elas não podem ler os *meus* planos.

– Você tem um plano?

Ela hesitou, oscilando sua expressão entre pensativa e horrorizada.

– Sim – disse ela.

■

Audrey sentiu o pensamento de Dryden se dilatar de estresse, por conta do que Rachel acabara de sugerir. Ele confiava nela, preocupava-se com ela mais do que consigo – mas a ideia de seguir cegamente um plano dela o alvoroçou, como se pedissem a um piloto para ceder os controles ao passageiro.

Então, a lógica dele entrou em ação, fortes linhas guias bifurcando a discórdia de suas emoções. Lógica de soldados. Rápida e clara. Audrey já havia lido esse tipo de pensamento antes em homens e mulheres preparados para o combate. Dryden tomou sua decisão tão rapidamente que ela quase não conseguia seguir os passos. O homem não viu nada além de futilidades em seus próprios planos, já que podiam ser ouvidos pelas mulheres. Portanto, qualquer plano de Rachel era melhor.

Ele falou para ela fazer seja lá o que fosse, e então retornou toda sua atenção para a porta.

Nenhum outro conhecimento sairia daquele quarto.

Na escuridão ao lado de Audrey, a respiração de Sandra acelerou.

– Você está de brincadeira comigo?

Audrey ouviu medo na voz dela e também o sentiu. Nos anos desde a fuga do confinamento, ela nunca enfrentara um inimigo cujos pensamentos estivessem escondidos dela. Não podia pensar na última vez em que havia sido reduzida a um momento de chute como esse, e se deu conta, cansada, de que ela nem sabia como fazer isso. Suas mãos seguraram com mais força a espingarda pesada.

Ela se virou para Sandra e tentou ser firme.

– Alguém no andar de cima ou no de baixo vai chamar a segurança por conta dos tiros. Eles estarão no hall a qualquer minuto, então nós não vamos sair pelo elevador.

– Vou pegar os paraquedas – disse Sandra.

– Traga o equipamento de Tandem[8] para mim.

Sandra entendeu. Ela correu pelo corredor escuro.

■

Rachel cruzou o dormitório até o banheiro. Ela parou na porta e olhou para Sam, de pé, de costas para ela e com a arma fixa na porta com a barricada. Desejou poder contar a ele o que significava o fato de ele confiar totalmente nela – confiar que ela não faria algo estúpido.

Ela esperou não estar a ponto de fazer algo estúpido.

Em silêncio, tirou o telefone sem fio do gancho, na sua mesa de estudos, entrou no banheiro e fechou a porta. No silêncio, reprimiu seus próprios pensamentos e se focou nos de Sam. A mensagem da luz piscante na Willis Tower, visível para ele mesmo agora enquanto ela pulsava nas paredes do quarto dela, passavam sem interrupções no fundo da mente dele.

VENHA - ATÉ - AS - PESSOAS - DE - GAUL - NO - ESCRITÓRIO - DE - SEGURANÇA - DA - WILLIS - TOWER - OU - LIGUE - PARA - ELES - 062-585-0184 - SEU PESSOAL - NÃO - VAI - TE - MATAR

A mensagem era para Sam e para mais ninguém. Já a Rachel, eles matariam. Sem dúvida nenhuma.

Ela olhou fixamente para seu reflexo acima da pia.

– Quem quer você seja – sussurrou –, você não vai voltar.

8 Termo do paraquedismo para o salto duplo. (N.T.)

Ela apertou o botão verde, e o teclado do telefone se acendeu. Essa era a única solução. Assim oferecia pelo menos alguma chance de Sam sobreviver, e a garantia de que Audrey e Sandra morreriam.

Rachel discou o número. Um homem respondeu no primeiro toque. Ela colocou o telefone no balcão com a linha aberta e passou pela porta para se sentar no revestimento gelado de pedra.

32

Dryden esperou que algo acontecesse, seja lá o que fosse acontecer. Não havia razão para imaginar o que Rachel estava fazendo – na verdade, havia todas as razões para não fazer isso.

A porta do banheiro abriu, e ela saiu, depois de ficar lá dentro por talvez três minutos. Ela se aproximou e por um momento não falou nada.

– Não vou perguntar – disse Dryden.

– Não vai demorar muito.

O tom de voz dela deu calafrios a Dryden como uma brisa noturna em um cemitério.

■

Gaul terminou de colocar a camisa conforme entrou em sua sala. As telas de teleconferência já estavam funcionando, mostrando a ele a sala do computador em seu escritório em Santa Mônica. Lá, os técnicos estavam ocupados demais para se sentar; lançavam-se como abelhas de uma estação de trabalho à outra, configurando-as para as informações que chegavam. As Mirandas tinham suas tarefas e estavam passando as informações de Chicago, com o software extraindo imagens das câmeras das ruas para preencher os buracos – os cânions de metal entre as torres, onde os satélites não podiam enxergar.

A imagem-mestra tinha oito quilômetros de extensão, renderizando a cidade como uma teia de aranha termal contra o vão gelado do lago Michigan. Gaul podia ver ambos os helicópteros AH-6 que estavam a postos nas coberturas. O primeiro havia acabado de levantar voo, e o segundo, levantaria voo a qualquer momento.

Lowry caminhou pela sala do computador seguindo a parede do lado sul, próximo ao grande e resistente plástico que estava esticado no lugar da velha janela. Pelo fone, ele dava instruções a ambos os helicópteros e pilotos.

– A linha mais alta de janelas é o centésimo andar – disse Lowry. – Conte para baixo desde lá até o octagésimo terceiro. Vocês estão livres para usar quaisquer armas em qualquer ponto de calor do andar inteiro.

■

– Obrigada – disse Rachel.

Ela pegou a mão de Dryden, que sentiu a tremedeira da menina no momento antes de ela apertar com mais força.

– Pelo quê?

– Você me ama – disse ela. – É tudo no que você consegue pensar, quando você pensa em mim. Mesmo agora, você está pensando em como tudo ficará bem se você me tirar daqui, mesmo se você morrer. Você simplesmente... me ama. Obrigada.

Contra todos os instintos, Dryden tirou sua atenção da porta do dormitório e virou-se para encontrar os olhos dela. Ele viu medo neles, mas junto de algo pior: desistência.

– Querida, o que foi? – perguntou ele. – O que você fez?

– Me desculpe. – Ela colocou seus braços ao redor dele e se segurou.

Por cima do ombro dela, Dryden viu as luzes de uma aeronave coroando a linha do horizonte a menos de dois quilômetros ao sul, chegando com velocidade. O ritmo da lâmina aparecia familiar a ele, como um velho toque de celular. Era um AH-6 ou modelo próximo; Dryden podia imaginar os atiradores de elite amarrados acima dos esquis tão facilmente quanto se o helicóptero estivesse exatamente do lado de fora das janelas. O que aconteceria em quarenta segundos.

Através da porta aberta do banheiro, ele viu o telefone sem fio, com a tela brilhando em verde, e entendeu.

■

Os dedos de Audrey pararam no último fecho da roupa do paraquedas Tandem. Ela travou os olhos com os de Sandra, que também havia ficado paralisada, pegando o mesmo pensamento de Dryden.

– Ela não poderia – disse Sandra.

– Ela fez isso – disse Audrey. – Preste atenção na porta. – Ela agarrou a espingarda, jogou-a para Sandra e saiu correndo.

Passando pelo dormitório de Rachel, virou na esquina do corredor e cruzou até as janelas da face sul, parando com as palmas das mãos nos vidros.

O helicóptero já estava ao norte do rio, seguindo a linha da Michigan Avenue. Atrás dele, um segundo helicóptero levantava da cobertura do RMC Plaza.

Um leve tinir anunciou a chegada do elevador, sem dúvidas cheio de seguranças e policiais. Além de bloquear a saída, eles eram insignificantes, pois não poderiam abrir a porta.

Com os helicópteros, no entanto, elas precisariam lidar. Audrey correu para o closet mais próximo, abriu-o e empurrou as prateleiras internas com força, balançando-as para dentro para revelar um espaço além dos fundos do armário.

■

Dryden nunca havia se sentido tão imobilizado. Por dez segundos, uma eternidade sob aquelas condições, ele simplesmente segurou Rachel e não tinha a menor ideia do que fazer. Manteve a arma apontada para a porta, e seus olhos nos helicópteros que chegavam – algozes de uma execução.

– Sinto muito – Rachel sussurrou novamente.

Dryden recuperou a compostura e virou o rosto da garota para ele.

– Você não pode fazer isso – disse ele. – Não pode desistir, pois assim estaria desistindo por nós dois, você entende?

– Se fugirmos – disse Rachel –, e eu virar a outra parte de mim... você poderá desejar ter tido esse momento. No qual você não teria me salvado.

– De jeito nenhum.

Ele manteve seu olhar por mais um longo momento, esperando ver alguma solução ali. Ela respirou fundo e balançou a cabeça, parecendo mais forte, mesmo que por pouco.

– Vamos sair daqui – disse Dryden.

O helicóptero líder estava a vinte segundos de distância.

No corredor, uma das duas mulheres ainda estava em guarda – Dryden havia escutado a outra correndo para verificar os helicópteros. Quem quer que estivesse no corredor, entraria nesse quarto nos segundos finais antes que as duas aeronaves atingissem o alcance dos atiradores de elite. Ela não teria escolha naquele momento, se tivesse intenção de manter Rachel viva.

Aquele movimento poderia acontecer a qualquer instante.

Os olhos de Dryden captaram uma longa divisão vertical na porta do dormitório, por conta do impacto do armário. Ele seguiu a ranhura da madeira do chão da porta até o topo.

Não pense. Faça. Agora.

Ele virou seus olhos para as janelas ao sul. Visualizou a si mesmo atirando no vidro e mergulhando no ar.

Rachel deu um puxão como se estivesse reagindo ao pensamento. Por reflexo, ela o abraçou para impedi-lo de fazer isso.

Dryden a empurrou e manteve sua mente focada no plano de sair pela janela, virou-se e, em vez disso, correu em direção à porta rachada. Havia o espaço exato para pegar velocidade. Ele pulou o guarda-roupa, levantou sua perna e se impulsionou para a frente para explorar a aceleração de seu corpo. Seus pés tocaram a porta e a quebraram como uma película de gelo pela qual ele passou. O movimento foi muito estranho. Ele ignorou o equilíbrio – ignorou tudo, menos a SIG e a direção para a qual ela teria que estar apontada.

O corredor estava um breu. Ele atirou, mesmo enquanto caía, e no instante em que o fez, viu Sandra a três metros de distância segurando a espingarda – uma G-36. Ela não a estava apontando e parecia profundamente confusa. A distração, grosseira como havia sido, devia ter funcionado – ela havia captado a imagem dele pulando pela janela, a mesma que Rachel captou.

Dryden aterrissou de quatro, mirando no escuro para onde o rosto de Sandra havia estado, e atirou três vezes o mais rápido que conseguiu.

Foi morta em um piscar de luzes. Três tiros no escuro total, Sandra levando os tiros no pescoço, na bochecha e na testa. Caindo como uma marionete quebrada.

Dryden ouviu gritos, em algum lugar. Não era Rachel. Audrey. No lado sul do apartamento. Dryden buscou pela metralhadora pesada, tateou no escuro, e a tomou das mãos de Sandra. Mirou-a para o final do corredor ao sul onde havia luz suficiente, vinda da cidade, mostrando que não havia ninguém lá.

Rachel apareceu na porta. Dryden deu um passo em direção a ela e parou – alguma coisa de metal sacudiu seus pés. Ele percebeu que havia escutado o mesmo barulho quando Sandra caíra, mas não havia prestado atenção; estava focado em detalhes mais urgentes. Ele sentiu a lanterna acoplada da G-36 e a acendeu.

Sandra estava vestindo um paraquedas.

Ele apagou o feixe de luz e verificou a curva do corredor novamente. Ainda vazio. Audrey aparentemente sabia que não deveria se aproximar por aquela direção; ela não tinha que ler a mente dele para saber que agora ele tinha a metralhadora. Com uma leve satisfação, Dryden se deu conta de que a leitura de mente de Audrey lhe dava uma pequena vantagem técnica: momentaneamente ele sentia apenas Rachel auscultando seus pensamentos, e ele sentiria a mudança assim que Audrey chegasse perto dele o suficiente.

Ele se virou para o outro lado, na direção norte do corredor. A linha do horizonte brilhava ali também, pela janela da biblioteca. Era provável que Audrey circulasse o apartamento para atacar naquela direção, mas aquilo demoraria um minuto ou mais. O grito dela havia soado no lado sul apenas um segundo atrás.

As janelas do dormitório de Rachel começaram a zumbir conforme um dos helicópteros se aproximava. Dryden olhou rapidamente pela porta e viu a aeronave líder passar por cima da cobertura do edifício de mármore branco a um quarteirão dali.

– Pegue isso – disse Dryden, entregando a SIG para Rachel. Ela tinha dois tiros sobrando. Ele balançou a cabeça apontando para o lado norte do corredor. – Se você vir alguma coisa se mexendo ali, atire nela.

Ela balançou a cabeça e levantou a arma. Dryden engatinhou até Sandra, mantendo tanto a G-36 quanto seus olhos na curva ao sul. Em seguida, ele conseguiu remover a vestimenta do paraquedas do corpo de Sandra.

■

Dois monitores na sala do computador mostravam as imagens das câmeras nos capacetes dos atiradores de elite no Sparrow-Four-One, o primeiro helicóptero a levantar voo, que havia acabado de parar próximo à fachada sul da torre. Gaul via os pontos de vista passarem pelo edifício de vidro e metal.

A voz do piloto veio por uma caixa de som.

– Sem movimento no andar alvo.

Acima e abaixo do octagésimo terceiro, os ocupantes de quase todos os apartamentos estavam nas janelas, acordados pelos helicópteros que pairavam.

O piloto direcionou um holofote para o andar aparentemente deserto, varrendo a maior parte do trecho sul em alguns segundos. Ninguém lá.

– Sparrow-Four-One, faça uma pequena órbita ao redor do edifício – disse Lowry. – Eles estão aí em algum lugar. Os vizinhos ligaram para a polícia ao ouvir tiros. Sparrow-Four-Two, desembarque seus homens.

– Entendi, câmbio, desligo.

Em uma imagem menor da Miranda, o segundo helicóptero chegou ao local. Gaul o observou ficar em posição acima do canto sudeste da cobertura. O helicóptero não precisava de um espaço de aterrissagem propriamente dito; ele era desenhado para desembarcar homens em telhados de partes do mundo onde normas de edifícios não era exatamente cumpridas.

Na imagem do satélite, era impossível dizer exatamente quando o helicóptero pousou, mas de repente um time de quatro especialistas escoou do compartimento de passageiros e correu pela cobertura do prédio. Eles chegaram ao acesso à escada e pararam por um instante. Luzes fortes queimaram enquanto colocavam fogo em um cadeado, e então eles entraram.

▪

Dryden soltou o último fecho e tirou a vestimenta de Sandra por completo. Ao se levantar, manteve a metralhadora apontada para a curva do corredor. Ainda nenhum sinal de Audrey, em sua visão ou em sua cabeça.

Ele podia ouvir ambos os helicópteros agora. O primeiro estava circulando o edifício em sentido horário, chegando na face oeste. O segundo havia parado na cobertura a alguns instantes – suas turbinas enviavam vibrações pelo núcleo do edifício – e agora levantava voo novamente. O time que ele devia ter deixado no telhado estaria dentro do apartamento em menos de quatro minutos. Eles cortariam a laje desde o andar de cima se fosse preciso.

Eles estariam três minutos e meio atrasados.

Dryden vestiu a roupa do paraquedas com facilidade e a apertou para ajustá-la. Ele balançou a cabeça para Rachel; relutante, ela abaixou a pistola e entrou no dormitório. Dryden a seguiu.

– Tudo que você tem que fazer é se segurar – disse ele. – Você vai passar seus braços ao redor do meu pescoço e agarrar os seus pulsos com as mãos o mais forte que puder. Não foque em mais nada além de se segurar, certo?

Ela balançou a cabeça, já morta de medo.

Naquele momento, um frio intenso pressionou as têmporas de Dryden, como um toque de sincelos. Audrey. Agora próxima, chegando rápido. Determinada e imprudente.

Rachel entendeu. Ela jogou seus braços em volta dele, levantando os pés do chão. Dryden levantou a G-36, bateu no botão dela com o dedão, e mudou para fogo automático e destruiu as janelas do sul. Os painéis se desintegraram em uma cortina de estilhaços, caindo das molduras mesmo enquanto Dryden corria em direção a elas. Uma onda de vento veio como água, cobrindo o rosto dele com o cabelo de Rachel e espirrando vidro contra os dois. A dois passos da janela ele largou a arma, travou seus braços ao redor de Rachel e pulou.

33

A cidade. Lá fora, acima dela. Luzes e janelas e ruas rodando em um túnel de vento do grito do ar noturno. A torre preenchendo o mundo ao lado dele. Os helicópteros martelando a escuridão com seus rotores.

Os sentidos de Dryden se estabilizaram. Ele virou sua cabeça para corrigir a rotação de seu corpo e cravou seus olhos na torre para fazer os cálculos. Ele e Rachel haviam caído talvez por dez andares, com setenta ainda abaixo deles. Ele havia liberado um de seus braços, puxado a corda do paraquedas principal, e tinha o braço novamente em volta dela antes que sentisse a linha se tensionar e abrir o paraquedas principal.

Um segundo depois, as cordas da roupa deram um tranco em seus ombros pelas costas, e a precipitação do ar cessou. A noite se tornou silenciosa, exceto pelos helicópteros circulando a torre lá no alto.

Agora planando. O momento era enganosamente pacífico. Dryden olhou para o tecido do paraquedas e logo viu a influência do vento. Ele os estava empurrando em direção à torre.

– Você pode se segurar se eu te soltar? – perguntou ele.

Rachel balançou a cabeça, apoiando sua testa na lateral da mandíbula dele e apertando seus braços com mais força atrás do pescoço dele.

Dryden a soltou e pegou nas cordas do paraquedas, presas com tiras de velcro acima dos ombros. Ele puxou a corda da esquerda e sentiu o tecido responder, virando com força no sentido anti-horário, balançando-os como um pêndulo. Dentro de segundos eles estavam indo para o lado contrário do edifício e fazendo um voo planado rápido o suficiente para ganhar do vento.

Na tranquilidade relativa, Dryden considerou a situação. Demoraria noventa segundos ou mais para que chegassem à rua. Naquela altura, os helicópteros já teriam notado o paraquedas e avisado a quaisquer que fossem as unidades terrestres que Gaul havia despachado para capturá-los. Dryden mal tinha formado o pensamento e um trio de veículos apareceu ao sul, costurando o trânsito esparso na Michigan Avenue. Não era nem mesmo necessário chutar: aquelas unidades estariam estacionadas abaixo do Hancock muito antes que ele e Rachel aterrissassem.

Dryden buscou outras alternativas. A torre de mármore branco do outro lado da rua, ao sul, subia desde uma estrutura de base maior que a da torre – um edifício que ocupava o quarteirão inteiro e tinha talvez dez andares. A cobertura da base oferecia uma zona de pouso ampla e fácil e, mais importante do que isso, havia a vantagem tática do edifício em si. No labirinto do seu interior, ele e Rachel teriam pelo menos uma chance viável de escapar do pessoal de Gaul. O prédio com certeza se estendia por dois ou três andares abaixo da rua, com saídas em túneis de serviço nos quais nem os satélites nem os helicópteros poderiam rastreá-los.

O ângulo de voo do paraquedas já os estava levando na direção daquela cobertura; o paraquedas estava a um minuto da aterrissagem e esse seria o momento em que as unidades terrestres de Gaul chegariam, ou talvez antes. Isso poderia funcionar.

Naquele momento o tecido do paraquedas cintilou intensamente, e na rua abaixo dele o círculo de um holofote brilhou, com a sombra retangular do paraquedas fazendo um eclipse no centro. Um dos helicópteros os havia localizado.

Os sessenta segundos restantes para chegar ao alcance da cobertura repentinamente pareceram uma hora. Era tempo suficiente para o helicóptero fazer muito mais do que anunciá-los – ele poderia atacar.

Dryden já ouvia as turbinas mudando de tom e via o ângulo do holofote mudar: a aeronave estava descendo até eles.

Um minuto não seria suficiente. Dryden alcançou acima de sua cabeça, enrolou a mão nas três cordas do paraquedas e puxou com força. O efeito foi imediato. O tecido caiu parcialmente, descarregando ar, e ele e Rachel começaram uma queda duas vezes mais rápida que a velocidade normal, rodando ferozmente enquanto caíam.

Rodando – e não mais planando. Não mais em direção ao sul, mas à cobertura do edifício branco. Enquanto rodavam, ficaram mais uma vez à mercê do vento que os empurrava ao norte, direto para o Hancock mais uma vez.

Havia uma decisão a ser tomada: quanto tempo caindo desta forma até abrir o paraquedas por inteiro e tentar planar até a cobertura do prédio branco? Antes que Dryden pudesse tomar essa decisão, o vento soprou. A cada giro ele olhava o Hancock, e a cada olhada, eles se aproximavam. Cada vez mais. Iriam bater. Ele soltou as linhas e segurou Rachel o mais firme que conseguiu. O paraquedas inflou novamente e parou de rodar a apenas alguns metros da torre, mas ainda estavam se aproximando do edifício em uma velocidade aproximada de trinta quilômetros por hora. Dryden teve apenas o tempo de considerar que o impacto seria como se corresse a toda velocidade e batesse em uma parede. Ele se virou para absorver a colisão com seu próprio corpo e não com o de Rachel, e se tensionou.

Foi como ser atingido por um ônibus. Cada junta gritou. Rachel soltou do pescoço dele e por um instante a aceleração transformou seus trinta e seis quilos em duzentos e vinte e seu corpo foi empurrado para longe dos braços dele. Toda a dor sumiu da mente de Dryden por conta da adrenalina. Suas mãos gritaram por ela, sentiram uma de suas mangas – por um segundo horrível ele imaginou pegar apenas a camiseta enquanto a garota escorregava por ela – e então agarrou a cintura dela.

Eles estavam escorregando pela parede de vidro agora, os olhos dela abertos e intensos o encaravam.

Abaixo deles estava o abismo, correspondente a uns quarenta andares de queda.

Havia outra coisa abaixo, prestes a encontrá-los: uma parte saliente da famosa estrutura de apoio da torre: vigas laterais e diagonais que se cruzavam formando um "x". Uma das vigas achatadas criava uma protuberância de talvez cinquenta centímetros de profundidade, estava dez metros abaixo deles. Dez metros e chegando rápido. Dryden olhou para cima e viu a razão da velocidade: o paraquedas havia parcialmente se amassado contra o prédio, perdendo metade de sua resistência.

Seis metros até a estrutura agora.

Três.

Dryden puxou Rachel até sua altura e passou seus braços em volta dela, mais uma vez querendo que a colisão o atingisse primeiro, ainda que nesse caso não houvesse razão para achar que isso ajudaria.

Eles caíram na saliência das vigas e permaneceram lá.

Foi pior do que ele havia imaginado. Uma vez, em um treinamento de acidentes, Dryden havia caído do terceiro andar, no concreto. Esse impacto na estrutura foi tão duro quanto. Ambos bateram fortemente como uma massa emaranhada, mas o corpo dele amorteceu um pouco do impacto dela. Dryden percebeu que Rachel estava caindo de seus braços, então travou-os ao redor dela para impedir a queda.

Ela abriu os olhos, mas precisou de muitos segundos para focar nele, mesmo que seus rostos estivessem muito próximos. Ela se segurou consciente por um momento, e depois não mais.

O paraquedas morto caiu ao lado passando por eles, agitando-se sem uso contra a torre. Segundos depois, ele começou a estremecer violentamente com um vento que vinha de cima. Vento de rotor.

Dryden olhou para além de Rachel e viu o helicóptero, que desceu pairando dez metros para o lado, preenchendo todos os seus sentidos. O helicóptero girou para dar ao sniper no esqui de pouso esquerdo uma boa linha de visão. O homem estava perto o suficiente de Dryden para o encarar antes de levantar a arma.

Assumindo que Rachel seria o primeiro alvo, e não disposto a passar os últimos segundos de sua vida encharcado no sangue dela, Dryden a embalou e a virou para dentro. Ele virou suas costas para o helicóptero, servindo de escudo para ela. Isso não a salvaria, mas pelo menos teriam que atirar nele primeiro. Ele observou o rosto dela, absorvendo os detalhes uma última vez. Mesmo com os olhos fechados, ela era a coisinha mais linda que ele já vira. Então, deu um beijo no topo da cabeça dela. Refletidos no painel de vidro atrás dela estavam o helicóptero e o homem com a espingarda. A lente dela brilhava.

Em seguida, no alto, alguma coisa gritou na noite em uma trilha de vapor. E transformou o helicóptero em chamas, derrubando-o como uma marreta acertando um brinquedo de criança. Detritos choveram no edifício, iluminados pelo fogo fantasmagórico do helicóptero que agora caía.

■

– Que merda foi essa? – gritou Gaul.

O piloto do Sparrow-Four-Two estava gritando sobre um míssil, e, na imagem da Miranda, seu helicóptero se distanciou do edifício.

O piloto do Sparrow-Four-One não estava respondendo, provavelmente porque o Sparrow-Four-One havia se tornado uma bola inflamável de metal. Gaul assistiu ao helicóptero caindo na rua com um bafo brilhante de calor por todos os lados.

▪

Audrey se inclinou o máximo que pôde para fora da janela sem vidro, com o segundo FGM-148 Javelin[9] apoiado no seu ombro. O primeiro lançador estava fumegante no carpete ao lado dela.

O outro helicóptero já estava longe dali; pilotos eram do tipo sobreviventes. Ela colocou o segundo lançador no chão também, segurou na esquadria da janela e se inclinou para fora no vento. O paraquedas de Dryden estava pendurado na fachada do prédio lá embaixo.

Audrey recuou dez passos para dentro do banheiro, saiu correndo e pulou.

▪

Dryden tirou seus olhos dos destroços e focou a mente para a única coisa que importava agora: entrar no edifício. A janela ao lado dele mostrava um escritório escuro, visível quando ele fez um círculo com as mãos para focar e aproximar os olhos do vidro.

Ele não tinha armas e nada pesado para quebrar o painel. Sua busca por solução foi interrompida por uma agitação e um estalo de abertura de paraquedas, mas não o seu. Ele se virou para ver

9 Refere-se a um lançador de míssil antitanque portátil. (N.T.)

uma figura esbelta – só poderia ser Audrey – pendurada nas linhas de um segundo paraquedas. Ela havia aberto a menos de trinta metros acima dele e a dezoito metros da torre. Ela estava se aproximando, não lutando contra o vento, mas se aproveitando dele.

Dentro de segundos, ficou claro que o controle de Audrey sobre o paraquedas era de um mestre no assunto. Enquanto Dryden havia feito mais de duzentos pulos em sua vida e conseguia aterrissar em diversos lugares, os movimentos de Audrey falavam de um nível e habilidades especializadas, uma destreza acrobática que vinha de anos de treino focado.

Há outra razão para morar aqui, Audrey havia dito, *mas se você tiver sorte não terá que descobrir qual.*

Ele entendeu. Que outro tipo de residência oferecia uma rota de fuga tão dinâmica e inesperada? Todas as três – Audrey e Sandra, pelo menos – tinham provavelmente feito centenas de saltos de paraquedas ou mais, em todos os tipos de vento, até que o controle do paraquedas fosse como extensões de seus próprios corpos.

As coisas estavam a ponto de piorar.

Ele olhou para Rachel novamente e encontrou os olhos dela alvoroçados e abertos, fixos nele. Ela havia lido o perigo em sua mente.

– Não é tarde demais – sussurrou ela. – Você pode me deixar ir.

O olhar dela passou por ele por um momento, além de seus ombros, para a queda livre.

Dryden puxou o rosto dela contra o dele, bochecha com bochecha, e simplesmente a segurou. Ele sentiu as lágrimas dela molhando suas próprias têmporas, exatamente onde o calafrio sempre aparecia.

Um segundo depois, ouviu o paraquedas se agitar novamente. Ele olhou para cima. Audrey havia se colocado em queda livre; ela ficou assim até que estivesse quase lateral à posição deles e então puxou as cordas e balançou diretamente na direção dos dois. Seis metros assim e chegando com velocidade.

Dryden se aprontou. Ele já havia matado com as próprias mãos, mas nunca deitado em um apoio estreito, no quadragésimo andar, com uma criança nos braços.

Audrey colocou seus pés à frente nos segundos finais, vindo na direção de Dryden como uma flecha. Ele levantou seu braço para bloquear, sabendo que isso quase não teria efeito. A bota esquerda de Audrey veio em seu rosto, tocando o osso da bochecha com força o suficiente para fazer o mundo piscar em branco. Em seguida, ela estava acima dele, ajoelhando exatamente em Rachel, golpeando o rosto de Dryden com alguma ferramenta pesada de metal nas mãos. O sangue estava por toda a parte agora, em sua boca, em seus olhos.

Com o braço esquerdo, ele bloqueou um dos golpes da mulher e, sem olhar, pegou um dos pulsos. Com a outra mão, ele a acertou no rosto; com profunda satisfação, sentiu o nariz dela se desintegrar com um banho de sangue. Ela gritou. Em seguida, ela pegou a ferramenta com a outra mão e o golpeou fortemente atrás da orelha dele. Os músculos de Dryden falharam quase instantaneamente; ele sentiu como se estivesse enterrado em areia e tentando se mover. Era tudo o que podia fazer para se manter consciente.

Ele sentiu o peso de Rachel se mover para longe dele, e então não estava mais lá.

Ele piscou, levantou um braço e passou a mão limpando o sangue em seus olhos. Audrey havia se distanciado do edifício e estava pairando para longe. Ela segurava Rachel com um braço e com o outro prendia uma cinta envolvendo a garota e travando-a no lugar. Então ela tomou controle novamente, jogando o ar para fora do tecido e fez o que pareceu uma queda livre suicida em direção à rua.

Os três veículos terrestres de Gaul protegiam o último quarteirão da Michigan Avenue e deram a volta pela esquina, apenas para serem confrontados pela barricada em chamas do AH-6 abatido. Os veículos não tentaram procurar por sobreviventes nos destroços; em vez disso, tentaram dar a volta, mas o metal espalhado cobria todo o caminho, da base de um edifício até o outro, com poças de combustível queimando abaixo. Os veículos não podiam passar.

Audrey alcançou a rua em menos de vinte segundos, levantando o paraquedas depois da queda livre para um pouso tranquilo. Ela deixou a roupa de segurança do paraquedas no momento em que seus pés tocaram o chão e soltou o tecido à deriva na rua, como um fantasma. Enquanto Dryden assistia a tudo, ela colocou Rachel no asfalto, e então usou a ferramenta metálica para alavancar a tampa na boca de um bueiro. Ela desceu Rachel, seguiu-a descendo no bueiro e colocou a tampa de volta atrás dela. Obviamente, ela estaria preparada, pois deveria ter o sistema de túneis memorizado e um veículo estacionado em algum lugar, pronto para fugir.

Os veículos de Gaul não alcançaram o bueiro até pelo menos um minuto depois de Audrey haver entrado nele. Ela e Rachel haviam desaparecido.

34

O time que pousara na cobertura do edifício chegou primeiramente a Dryden. Entraram no escritório, quebraram a janela e o transportaram para dentro. Eles amarraram seus pulsos e tornozelos. Enquanto faziam isso, Dryden olhou para o armamento: Berettas nove milímetros no coldre da cintura e espingardas tranquilizadoras penduradas em seus ombros. Avaliando os últimos acontecimentos, ele lembrou que o atirador de elite no helicóptero estava apontando o mesmo tipo de espingarda.

Eles o levaram até um SUV e o jogaram na traseira. Ele não questinou, e os homens nada falaram. Ele esperou que os veículos voltassem para o sul pela Michigan Avenue e retornassem para a Willis Tower, mas eles não fizeram isso. Eles foram para o norte, finalmente virando para o oeste em uma rua chamada Division. Três minutos depois, entraram na rodovia I-94 em direção ao noroeste, saindo da cidade, rumo ao brilho de O'Hare no horizonte.

■

– Pisque S-O-S para mim.

O médico – o homem que pelo menos parecia ser um médico – estava se inclinando em direção a ele, observando cuidadosamente as suas respostas.

Dryden piscou S-O-S.

– Toque a ponta da sua língua no centro dos seus dentes frontais.

Dryden fez isso.

– Você está tendo qualquer problema de visão?

Dryden balançou a cabeça.

– As luzes estão causando alguma dor nos seus olhos?

Dryden balançou a cabeça novamente.

Ele estava sentado na cabine de um grande jato privado, que saía de seu hangar agora, com as turbinas fazendo barulho. O escuro da madrugada no gigante aeroporto rodava pela janela mais próxima.

Seus pulsos e tornozelos ainda estavam amarrados. Ele estava preso à cadeira, com uma cinta circulando seu torso no encosto do assento. Do outro lado do corredor, mais à frente e também atrás dele, os homens com as espingardas estavam sentados assistindo a tudo.

– Olhe diretamente nas luzes acima da minha cabeça e conte até três – orientou o médico.

Dryden obedeceu. Ele ficou vesgo por conta da claridade. Tudo parecia normal.

– Não há contusão provável – disse o médico, principalmente para ele mesmo.

Um dos homens armados pegou um telefone e discou. Ele esperou. Então ele disse:

– Nós estamos a um minuto de levantar voo, senhor. – Cinco segundos se passaram. – Entendido. Nós o deixaremos pronto para quando você chegar lá.

Lá acabou sendo a Andrews Air Force Base no limite externo de Washington, D.C. O jato tocou o chão e taxiou por um bom tempo, girando e desviando dos hangares pelo caminho e dos edifícios de manutenção. Dryden não podia identificar a estrutura perto da qual ele finalmente parou. Ela tinha apenas um andar, mas era ampla. Tinha paredes de concreto e não tinha janelas. Os homens desamarraram seus tornozelos, mas não os pulsos, e o guiaram para fora do avião e, para o início do nascer do sol. Adentraram no edifício para a única porta que ele podia ver; ela se abriu para um corredor estéril branco com portas em ambos os lados. Eles o guiaram pela primeira na esquerda, até um quarto do tamanho de uma quadra de basquete. Havia longas mesas metálicas aqui e ali, cadeiras retráteis bagunçadas ao redor de algumas delas. Havia camas de alumínio e lona empilhadas contra a parede. Os homens pegaram uma e travaram suas pernas nele. Eles sentaram Dryden e prenderam os tornozelos novamente.

– Durma se puder – disse um deles.

Dois ficaram para trás de guarda. Eles pegaram cadeiras de outras mesas e se sentaram ao lado da porta. Os outros saíram e fecharam a porta atrás deles.

Dryden fechou os olhos.

■

Passos no corredor. Dryden acordou a tempo de ver os dois homens se levantando de suas cadeiras. Um segundo depois a porta abriu e um homem na casa dos 50 anos entrou na sala. Porte atlético. Jaqueta preta por cima de uma camiseta e calças cáqui. Dryden teve a impressão de que o homem havia sido um soldado, mas largara a função há muito tempo e vinha exercendo outra atividade.

– Martin Gaul – disse Dryden.

O homem balançou a cabeça. Atrás dele, meia dúzia de homens entraram na sala. Alguns carregavam computadores: torres robustas, um teclado, uma grande tela plana. Eles começaram a trabalhar montando-os nas mesas de metal mais próximas.

O último a passar pela porta foi um homem que reagiu à visão do rosto machucado de Dryden.

– Jesus, Sam.

Cole Harris cruzou a sala até a cama e se ajoelhou ao lado dela. Ele parecia o mesmo, desde a última vez que Dryden o vira, há alguns meses. Um e noventa de altura, porte de um tronco de árvore, o mesmo corte de cabelo que ele tinha na época do treinamento básico.

– Esses babacas podiam pelo menos ter te limpado – disse Haris.

– Eles verificaram se eu tinha algma contusão. Legal da parte deles, eu acho.

– Me faça um favor? – pediu Harris.

– O quê?

– Conte tudo para esses homens. Cada detalhe dos últimos três dias. Tudo que você sabe.

– Eu gostaria de saber o que *você* sabe – retrucou Dryden.

– Você vai. Eles vão te contar.

Na mesa, os homens de Gaul tinham a tela ligada. Ela mostrava um fundo azul enquanto configuravam o computador.

Gaul veio até a cama.

– Por que você não tira isso dele? – questionou Harris, indicando as amarrações. – Não acho que ele vá para a porta ao lado para roubar a aeronave levando o presidente.

Gaul balançou a cabeça. Ele fez um gesto para um dos homens na porta.

■

Demorou uma hora para detalhar os três dias. Dryden omitiu o nome de Dena Sobel, junto a qualquer coisa que pudesse identificá-la, mas fora isso, contou tudo. Enquanto falou, Harris saiu da sala e voltou com toalhas de papel e uma garrafa de álcool. Ele deu batidinhas leves nos cortes e no inchaço e limpou o sangue coagulado.

Quando Dryden havia terminado, Gaul se sentou olhando para o nada por um bom tempo. Ele parecia estar ordenando seus pensamentos, preparando o que ele tinha para dizer.

– Por que os seus homens estavam armados com tranquilizadores em Chicago? – perguntou Dryden. – Até então você vem tentando matar Rachel.

– E você junto a ela – disse Gaul.

Se havia algum tom de desculpa na fala do homem, Dryden não notou.

– Deixe-me te explicar as coisas em ordem – falou Gaul. – É melhor para mim se você estiver acompanhando, e – ele olhou para Harris –, em todo caso, seu amigo insistiu nisso.

Harris balançou a cabeça.

– Aqui vão os pontos – começou Gaul. – Sou o chefe de uma empresa de segurança, a Belding-Milner. Nosso maior rival é uma compania chamada Western Dynamics, e no campo da genética R&D, eles têm estado à nossa frente por anos. Dois meses atrás, Rachel ficou sob minha custódia; ela era uma sobra da pesquisa militar original, de anos atrás, na qual ambas as companhias basearam seus trabalhos. Rachel era um objeto de estudo valioso. Não apenas pelo que ela era; também importava o que ela sabia. Ela e suas duas amigas, imagino que você as tenha conhecido, vinham observando nossas companhias por anos, acompanhando nosso progresso. Fácil o suficiente para leitoras de mente fazerem isso, e elas tinham uma boa razão também: poderíamos desenvolver coisas para usar contra elas, por exemplo. Em todo caso, quando meu pessoal interrogou Rachel, ela não tinha razão para esconder o que sabia sobre nossa rival. Ela não se importava que nós aprendêssemos sobre aquilo e nos contou tudo, incluindo uma coisa nova que estavam desenvolvendo. Não só os locais de antenas e os testes atuais sendo feitos com eles. Algo mais.

– Algo do qual todo mundo tem medo – disse Dryden.

Gaul balançou a cabeça.

– Você vai entender o porquê, quando eu chegar lá. Você também vai saber porque as amigas de Rachel não queriam contar a ela sobre isso. Tudo está ligado ao próprio passado dela. As pessoas por trás disso, a coisa da qual todos têm medo, estão, na verdade, com medo de usar isso enquanto Rachel estiver viva. Eles acham que ela seria capaz de afetar isso de alguma forma, e eu acredito que eles provavelmente estejam certos. É por isso que o Governo me deu a ordem para matá-la. Eu não estava contente com isso, mas não era minha escolha.

– Apenas seguindo ordens – ironizou Dryden. – Boa defesa.

Harris riu entredentes. Gaul não esboçou nenhuma reação.

– Eu faço o que eu faço – disse Gaul. – Depois que você e Rachel escaparam para El Sedero, eu trouxe o chefe da Homeland Security para a operação, porque eu precisava dessa ajuda. Eu esperava que ele enxergasse a situação do meu jeito. E ele viu. Por um tempo.

– O que você quer dizer com isso? – perguntou Dryden.

Harris falou.

– O chefe da Homeland é um homem chamado Dennis Marsh. No fim das contas, ele teve um pouco de consciência e uns parafusos na cabeça. Acompanhou a merda toda, organizou a caçada por você, Sam, mas também olhou no seu passado. Ele entrou em contato comigo e com outros do nosso time. Contatou Holly Ferrel também. O cara estava em cima do muro com o que estava acontecendo com você e com Rachel. Como se ele somente precisasse de um bom empurrão para fazer a coisa certa. Talvez algum apoio também. Nós o compelimos. Todos nós, incluindo Holly e o próprio Marsh, entramos em contato com Gaul e falamos para ele que o jogo iria mudar. Isso foi anteontem à noite.

Dryden pensou sobre aquilo. Era a noite em que ele e Rachel haviam esperado no apartamento vazio ao lado da casa de Holly. A noite em que Rachel havia escutado Holly ensaiando a ligação para Martin Gaul.

– Qual o papel de Holly em tudo isso? – perguntou Dryden.

– Você poderá perguntar a ela em breve – respondeu Gaul.

Dryden pegou alguma coisa na voz dele. Petulância, soou como aquele pequeno fragmento de infância aos quais algumas pessoas se prendiam para sempre.

– Estamos preparados para falar publicamente de cada centímetro dessa bagunça – disse Harris a Dryden, mas o tom forte em sua voz pareceu ser direcionado a Gaul. – Não somos estúpidos; não esperamos prevenir o desenrolar dessa tecnologia, mas com certeza queremos pará-la antes que ela esmague nossos amigos.

O olhar infantil continuou nos olhos de Gaul por mais um tempo, e então ele o mandou embora e olhou para Dryden.

– Então, é isso. A mudança do jogo é que você não morra, e nem Rachel, ou então eu ganharei uma atenção mundial que prefiro evitar. Certo. Posso fazer a limonada com os limões.

Gaul voltou para a mesa onde os técnicos haviam montado o computador. Na tela, o plano de fundo do Windows estava cheio de atalhos. Ele clicou em um; em seguida, um programa de visualização de slides preencheu a tela. A primeira imagem era um fundo simples e branco com um texto em preto. Lia-se FT. DETRICK - 8 DE JUNHO DE 2008.

Por um momento, Gaul não se mexeu para avançar para a próxima imagem.

– Há muito que você deve saber sobre Rachel – disse Gaul –, se você for fazer o que seus amigos têm em mente. Então aqui vamos nós.

Gaul ficou de pé ali, pensando por mais um momento. Finalmente, disse:

– Ela é um nocaute. O que você assume disso está exatamente correto. A pesquisa vem de muito antes de Rachel nascer. Começou com os gibões no laboratório de guerra biológica em Detrick, em 1990. Eles fizeram testes de privação sensorial nesses animais, mantendo-os em clausuras que eram perfeitamente à prova de som, à prova de luz, de tudo. Os trabalhadores do laboratório notaram que alguns deles – cerca de cinco por cento – de alguma forma responderam à agitação de outros gibões nos laboratórios próximos. Eles reagiram mesmo enquanto presos nessas caixas sensoriais, o que, para começar, já tornava impossível que eles *notassem* a agitação externa. – Gaul andou afastando-se do computador. – Bem, você já sabe como eles notavam a movimentação. Em Detrick, eles não souberam por outros seis anos – não até que o sequenciamento de genomas ficasse barato o suficiente para ser aplicado em massa. Eles descobriram que os gibões especiais, os que podiam reagir de dentro das câmaras sensoriais, naturalmente não tinham um gene chamado NP20. Esse gene suprime um complexo de genes muito mais antigo: aquele que permitia aos animais ancestrais ler as ondas alfa um dos outros.

– A mesma coisa que uma máquina de EEG lê – disse Dryden.

Gaul balançou a cabeça.

– Se o gibão nasce sem o NP20 ou se ele tem esse gene nocauteado com uma droga, então aqueles outros genes não são mais suprimidos. Eles se tornam genes ativos e começam a alterar padrões sinápticos no cérebro, criando estruturas que agem como receptores e transmissores naturais. Eles permitem que os primatas leiam as atividades cerebrais uns dos outros. Aqueles mesmos genes, os que programam a leitura de mentes nos gibões, existem em todos os primatas mais desenvolvidos também. Chimpanzés. Gorilas. Seres humanos. Nós também temos o NP20 de bloqueio, mas onde os gibões têm *apenas* o NP20, nós temos três genes extras que fazem o mesmo trabalho dele. Como dispositivos de segurança redundantes em uma bomba. Nossa evolução parece ter feito questão de nos manter fora das mentes alheias.

– Mas por quê? – indagou Dryden. – Por que nós evoluiríamos *contra* algo desse tipo?

– Só podemos chutar – disse Gaul –, mas acredito que nossos chutes sejam muito bons. A leitura de ondas alfa provavelmente se iniciou há dezenas de milhões de anos, entre os ancestrais dos primatas modernos. Talvez fosse um tipo de alarme para predadores, uma forma de espalhar um aviso pelo grupo sem arriscar fazer barulho. Fácil ver benefícios nisso. O chute, no entanto, é que mais tarde a leitura de mentes carregou consigo o lado negativo, quando esses animais começaram a ficar mais espertos. Acelere e chegue nos gibões, com hierarquias sociais e memórias de longo prazo, rivalidades e emoções complexas, e talvez escutar os pensamentos dos outros não seja uma grande ideia. Em humanos, capazes de coisas como guardar mágoas para o resto da vida, isso poderia ser um desastre. – O rosto de Gaul demonstrou uma espécie de fadiga. – Rachel é um belo exemplo.

– Do que você está falando? – perguntou Dryden.

– Você primeiro precisa saber o que faz Rachel diferente. Porque ela é diferente de Audrey e Sandra, ou de qualquer outra pessoa que eles já tiveram em Detrick. Rachel pode fazer muito mais do que apenas ler mentes. – Gaul estava olhando para suas mãos. Em seguida, levantou os olhos e encontrou o olhar de Dryden. – Você pode até já saber das outras habilidades dela, sem se dar conta. Considerando o que você nos contou alguns minutos atrás, você as viu em ação.

35

Tanto Gaul quanto Harris estavam observando Dryden agora, esperando por sua resposta. Ele não tinha uma. Ele não tinha ideia do que Gaul estava falando.

– Você disse que alguém deixou vocês saírem de Fresno – disse Gaul. – Você e Rachel estavam no porta-malas. Um oficial da polícia quis revistar o carro, então, sem razão óbvia, ele simplesmente desistiu e deixou a motorista passar.

– Achei que aquilo foi estranho – comentou Dryden. – O que aquilo teve a ver com Rachel?

– Tudo – disse Gaul.

Harris se inclinou para a frente e falou suavemente:

– Ela não apenas *lê* mentes, Sam. Ela pode influenciá-las também. Agora ela não se lembra que pode fazer isso, mas ela pode.

– A leitura de mentes é passiva – disse Gaul. – Como ver e escutar. Simplesmente acontece. Mas a outra parte, influenciar as mentes das pessoas, é diferente. Necessita de concentração e foco, além de rotinas mentais complicadas. O mesmo que jogar xadrez ou balancear planilhas. Rachel passou anos melhorando essa habilidade, mas no momento ela não pode se lembrar de nada disso.

– Baseados nas observações de Rachel em cativeiro, em El Sedero – disse Harris –, esses homens perceberam que ela pode exercer uma pequena quantidade de controle mesmo agora, mas só subconscientemente. O efeito seria pequeno, mas somente aconteceria se ela estivesse emocionalmente estressada. Ela nem mesmo perceberia isso.

Dryden pensou na parada em Fresno: Dena tentando falar e passar pelo guarda, cavando um buraco mais fundo a cada segundo; Rachel ao lado dele no escuro, apertando sua mão, com seu corpo tremendo.

Então o policial simplesmente os deixou passar.

Eu não entendo, dissera Dena... *Ele estava olhando diretamente para mim e então... ele simplesmente mudou de ideia.*

– Jesus – disse Dryden.

– O que você viu não foi quase nada – disse Gaul. – Quando ela tem controle real sobre isso, você não pode imaginar o que ela é capaz de fazer. Há uma distinção que preciso explicar aqui. Aquelas prisioneiras em Detrick, há doze anos, incluindo a mãe de Rachel, receberam a primeira versão da droga de nocaute. Era algo primitivo; administrada para adultos, tudo que ela fez foi lhes dar capacidade para ouvir pensamentos. Isso é tudo e é o máximo que Audrey e Sandra podem fazer. Doze anos depois, agora, a Western Dynamics melhorou consideravelmente a versão dessa droga. Eles a deram para os próprios agentes, e ela permite que eles leiam mentes e exerçam certo controle sobre as pessoas. Coisas simples, como colocar uma voz na cabeça de alguém, ou forçar certos estados emocionais, como culpa ou nojo, intensificados a um nível que você nunca sentiria em uma vida normal. Emoções positivas também, como euforia, sensações eróticas, esse tipo de coisas. Tudo se resume a artifícios para fazer as pessoas seguirem ordens. O efeito é poderoso se usado de forma correta, e aquelas antenas, como a que você achou em Utah, são usadas para amplificar o efeito sobre toda uma área, num raio de quarenta ou cinquenta quilômetros da torre.

Dryden pensou na picape quase batendo nele e em Rachel, ao sul de Cold Spring. No homem com a MP-5.

– O rapaz no deserto... – disse ele, já notando Harris balançar a cabeça.

– Participante involuntário – disse Harris. – Ele provavelmente já tinha suportado meses de condicionamento por uma das pessoas da Western Dynamics quando te atacou.

Dryden se lembrou de ter visto pena nos olhos do homem. Pena por ele, talvez, mas aquilo era compreensível de algum jeito.

– Os controladores da Western Dynamics são poderosos – disse Gaul –, mas nunca serão como Rachel. As habilidades dela são formidáveis.

– Mas você disse que Rachel ingeriu apenas a primeira versão da droga – afirmou Dryden. – Ela a ingeriu quando sua mãe a ingeriu.

– Exato. Rachel absorveu a droga como um feto de dois meses de desenvolvimento. O que faz toda a diferença.

Dryden começou a entender. Vendo-o captar a ideia, Gaul balançou a cabeça.

– Faz diferença – disse Gaul. – É melhor você acreditar que faz diferença. Adultos já são formados. Há um limite para o que a droga consegue mudar neles. Mas Rachel tinha todo o seu desenvolvimento por vir. Todos os circuitos do cérebro ainda estavam por se formar.

Gaul olhou novamente para a apresentação de slides no computador. A imagem do texto ainda estava lá. FT. DETRICK - 8 DE JUNHO DE 2008. Ele não fizera nenhum movimento para clicar em qualquer coisa até então.

– Você sabe que Rachel nasceu e cresceu aprisionada em Detrick – disse Gaul. – O pessoal de lá notou sua habilidade de ler pensamentos, como nas outras prisioneiras. Esses sintomas se apresentaram por volta dos dezoito meses. Em retrospectiva, sabemos que outras habilidades se mostraram quando ela tinha cerca de 4 anos, mesmo que ninguém em Detrick soubesse disso naquele momento. Eles não souberam nada até que ela fez 7 anos e então eles descobriram várias coisas rapidamente. Mas muitos dos detalhes que estou te dando agora, descobrimos depois: há dois meses, quando conseguimos interrogá-la. Algumas dessas coisas, honestamente acho que ela *queria* nos contar. Ela não estava exatamente querendo se mostrar. A maioria tinha a intenção de nos intimidar, eu acho. Prisioneiros fazem isso, às vezes, não fazem?

Dryden não disse nada.

– De qualquer forma – disse Gaul –, Rachel descreveu suas habilidades em detalhes. Ela tinha sua própria palavra para isso: *bloqueio*. Anteriormente, em Detrick, ela demonstrara isso para a mãe ao fazer um técnico do laboratório coçar a cabeça, do outro lado da sala. De acordo com Rachel, sua mãe teve um ataque. Agarrou a menininha e quase arrancou os cabelos dela, e disse que ela nunca deveria mostrar aos médicos o que podia fazer. Rebecca sabia que se alguém descobrisse, ela nunca mais veria Rachel. A criança seria levada para outro lugar para testes separados, teria se tornado o projeto de alguma outra equipe. Provavelmente ainda lá, em algum lugar em Detrick, mas, para a mãe de Rachel, isso seria a milhões de quilômetros de distância.

Um celular tocou próximo deles. Ele pertencia a um dos homens de Gaul. O homem o tirou do bolso e respondeu, falou baixinho por alguns segundos e desligou. Ele balançou a cabeça para Gaul.

– Pousaram há cinco minutos. Estão a caminho agora.

Gaul confirmou acenando e então se virou de volta para Dryden.

– Rachel escutou sua mãe. Ela nunca contou aos pesquisadores o que podia fazer. Mas ela praticou. Era fácil fazer isso sem muitos riscos. O que você tem que entender é que, quando Rachel bloqueia alguém, aquela pessoa não tem ideia do que está acontecendo. Se ela lhe ordenar que tire seus óculos e limpe-os, você achará que foi uma decisão sua realizar essa ação. Se ela fizer com que você pegue um copo de água do filtro, a mesma coisa. Ela não faz seus membros te desobedecerem. Ela faz você *querer* executar seja lá o que ela queira te forçar a fazer. – Gaul ficou um pouco quieto, e então disse: – Atualmente, ela pode conseguir muito mais do que sugerir que você limpe seus óculos.

– Como o quê? – perguntou Dryden.

– Ela pode se sentar em um quarto de hotel na parte baixa de Manhattan, bloquear um gerente a dois quarteirões de distância e fazer com que ele transfira dez milhões de dólares para uma conta do outro lado do mundo. Então ela pode fazer com que ele beba vodca até desmaiar e, quando ele acordar, o dinheiro já terá pulado de uma conta à outra uma dúzia de vezes e será impossível rastreá-lo.

Dryden fechou os olhos e tentou apreciar o poder de uma habilidade dessas. A sutileza disso.

– Bloquear é completamente diferente da habilidade de curto alcance de ler pensamentos – disse Gaul. – É importante entender isso. É um fenômeno completamente separado, decorrente de diferentes genes e desenvolvimentos. Por exemplo, o alcance é bem maior. Rachel pode te bloquear a um quilômetro e meio de distância. E você não vai perceber isso, pois não sentirá o calafrio nas têmporas. Quando ela te bloqueia, ela pode ver e escutar com os seus sentidos *e* ler seus pensamentos… e ela pode fazer que você faça qualquer coisa que ela quiser. Qualquer coisa.

Refletindo sobre aquilo, Dryden percebeu que alguns pontos começaram a se conectar. Não todos eles, mas alguns, então disse:

– Audrey e Sandra não queriam falar para Rachel sobre a coisa assustadora, porque…

– Porque Rachel é a coisa assustadora – disse Gaul. – Pelo menos, nesse sentido. Ela é o primeiro exemplo vivo disso.

– O primeiro? – perguntou Dryden.

Gaul balançou a cabeça.

– A Western Dynamics tem sua própria geração de agentes cujo desenvolvimento é baseado em Rachel. Cobaias tratadas no útero. Eles dosaram o primeiro grupo cerca de cinco anos atrás. Aquelas cobaias têm por volta de 4 anos agora, e todas parecem ter as habilidades de Rachel. Testes prematuros, usando as antenas, podem começar a qualquer momento. Eles podem não ser usados para fazer muito logo de cara, mas dentro de alguns anos… – A boca de Gaul pareceu secar. Ele lambeu os lábios. – Em alguns anos, acho que nós vamos nos encontrar em um mundo muito diferente.

Dryden sentiu como se a sala de repente tivesse ficado cinco graus mais gelada. A pele em seus braços pareceu apertar. Antes que ele pudesse dizer qualquer coisa, um motor pesado se aproximou e parou do lado de fora do edifício. Dois dos homens de Gaul saíram da sala, e Dryden os escutou falando com alguém no final do corredor. Em seguida, passos – solas duras com passos leves. Quando a porta se abriu novamente, Holly Ferrel entrou na sala.

36

Gaul a apresentou a Dryden. Ele a havia visto de longe, do lado de fora de sua casa em Amarillo; de perto ela parecia alguém que vinha há um tempo dormindo poucas horas por noite. A pele abaixo de seus olhos era escura, e pálida no resto do rosto. Quando cumprimentou Dryden, o aperto de mão pareceu quase sem força. Ele havia estado correto sobre ela: tinha por volta de 40 anos.

– Você foi uma das pesquisadoras que trabalhou em Rachel? – perguntou Dryden.

Ela falou sem olhar nos olhos dele.

– Inicialmente, eu não era parte do projeto. Eu trabalhava na NCI-Frederick, uma filial do Instituto Nacional de Câncer, em Detrick. Eu já estava trabalhando lá há mais ou menos um ano quando me sondaram para que eu me envolvesse em... outra coisa. Me disseram que certas permissões de pesquisas minhas que estavam pendentes em Frederick poderiam ser aprovadas rapidamente se eu ajudasse com... – Ela parou e balançou a cabeça. – Isso é tudo mentira. É verdade, mas é mentira. Eu sabia com o que estava concordando. Tive medo de recusar e uma parte de mim realmente queria se envolver. Era coisa de tecnologia de ponta. Era fascinante. Então me envolvi.

Ela parou por aí. Seu olhar continuou direcionado ao chão.

Gaul falou.

– Vou te contar como Rachel e as outras duas conseguiram escapar de Detrick, senhor Dryden. É a última parte da história. Mas você deve entender algo sobre Audrey e Sandra, e sobre a mãe de Rachel. Você sabe que todas essas cobaias vieram da prisão, criminosas com sentenças longas. No caso de Rebecca Grant, os crimes eram relacionados a drogas. Principalmente por posse e por algum tráfico. Ela não era a melhor em tomar decisões, mas não era um monstro. Audrey e Sandra eram. Ambas haviam sido sentenciadas por assassinato. Ambas eram quase, com certeza, sociopatas. – Ele compôs seus pensamentos e então disse: – Na verdade, houve *duas* tentativas de fuga de Detrick. Uma falhou e a outra foi bem-sucedida, mas a primeira tentativa era... a versão boa. Era a que Rachel e sua mãe preferiam. Tenha em mente que Rachel tinha 7 anos quando tudo isso aconteceu.

Dryden esperou para que ele continuasse.

Gaul se virou para Holly.

– Você pode mostrar para ele?

Holly balançou a cabeça. Ela colocou a mão no bolso e tirou um quadrado espesso de papéis dobrados. Quando os abriu, Dryden viu que eram três folhas. A primeira estava preenchida com escritos. A letra parecia ser de uma criança: bagunçada e ao mesmo tempo muito cuidadosa. Holly a separou das outras folhas e a passou para Dryden.

– O que é isso? – perguntou ele.

Holly teve dificuldade em responder.

– Você verá – respondeu Gaul.

Dryden virou a folha e leu.

Holly, sou eu, Rachel. Eu tenho medo de te perguntar isso quando você tá com a gente porque sei que as pessoas aqui estão sempre observando, e minha mãe diz que talvez existam máquinas gravando os sons desse lugar, de dia e de noite. Esse é o único jeito que sei de te enviar essa mensagem e te pedir ajuda. Minha mãe acha que se você contar para um repórter de um jornal ou da televisão o que tá acontecendo aqui, todas as coisas que você sabe, então eles iam deixar a gente ir. Minha mãe diz que eles prendem a gente aqui e é ilegal. Holly, por favor, fala com um repórter para tirar a gente daqui. Eu sei que você é sincera quando é legal comigo, e que você se importa.

Por favor, ajuda a gente.

Dryden terminou de ler e olhou para cima.

– Rachel te deu essa carta escondido? – perguntou ele. Isso seria difícil de acreditar, dado o nível de segurança que deveria existir em um laboratório como aquele.

Holly balançou a cabeça.

– Não exatamente. Eu estava em meu escritório em NCI-Frederick, a algumas centenas de metros de onde Rachel e as outras eram mantidas. Era tarde da noite. Eu estava olhando para o trabalho do laboratório e então simplesmente o coloquei de lado, e peguei uma caneta e comecei a escrever essa mensagem para mim mesma. Não senti como se estivesse sendo forçada a fazer aquilo. Eu simplesmente... queria. Era como se eu tivesse tido uma ideia para algum tipo de conto. Do tipo que é feito em diários e cartas de pessoas... o que eles chamam de ficção epistolária? Foi isso que pareceu. Apenas alguma corrente de consciência na qual eu nunca havia pensado, usando Rachel e sua mãe como base para ela, e eu estava escrevendo conforme isso chegava até mim. Com a letra feia e os erros ortográficos, e tudo, como se aquilo fosse parte da história.

Dryden olhou para as palavras dela novamente. Ele imaginou Rachel em uma caverna, com 7 anos, cada milímetro de sua esperança presa a essas palavras no caderno de Holly.

– Eu não tive ideia do que pensar sobre aquilo – disse Holly. – Eu olhei fixamente para aquilo por cinco minutos e então coloquei o papel de lado. Eu tinha trabalho a fazer. – Ela puxou a segunda folha. – Meia hora depois, eu peguei a caneta novamente e escrevi isso daqui.

> *Você não tá inventando isso. Minha mãe diz que tem uma forma de te mostrar que isso é de verdade. Seu chefe nesse prédio tem esse e-mail, EGraham@detrickusabrimil e precisa de duas senhas pra abrir, a primeira é leanne424miami e a segunda é murphyodeia-o-veterinario87. Se você estivesse inventando isso na sua cabeça, você não ia saber as senhas do e-mail dele, e a gente só sabe por que a gente ouve na cabeça dele quando ele digita. Abre o e-mail dele com as senhas e você vai saber que é de verdade. Sou eu mesma, que estou te pedindo pra ajudar. Holly, por favor ajude a gente a sair daqui.*

Dryden olhou para cima, para Holly novamente.

– Imagino que as senhas funcionaram – disse ele.

Ela balançou a cabeça, parecendo se sentir miserável.

– Você realmente considerou falar com a mídia? – perguntou Dryden.

– Sim.

– Mas você não falou.

– Eu estava com medo – disse Holly. – Tive anos para me acostumar a elas ouvindo meus pensamentos, estranho como fosse, mas isso era diferente. Ser, de fato, controlada. Isso mexeu demais comigo. – Ela respirou fundo. – E eu não queria fazer aquilo. Essa é a resposta sincera. Eu tinha medo. Você sabe o que poderia ter acontecido comigo, por ir à imprensa contra os militares em algo desse tipo. Pensei em Bradley Manning. Pensei nas pessoas das quais nós provavelmente nunca ouvimos falar. Talvez eu pudesse ter acabado com a coisa toda, mas... Eu simplesmente não queria tentar. Foi isso, no fim das contas.

Ela soou como se fosse chorar. Então disse:

– O que você teria feito, se você fosse eu? Honestamente.

Dryden refletiu sobre aquilo. Ele lhe deu a única resposta que pôde.

– Eu não sei.

– Sentei-me ali por dez minutos ficando cada vez mais nervosa – disse Holly –, e então fui até o meu superior na NCI-Frederick. Ele era alguém que eu confiava, e... não sei. Eu queria o conselho de alguém. Eu não queria estar sozinha com tudo isso. Era tudo no que eu podia pensar.

– Merda – sussurrou Dryden.

– Eu voltaria atrás – disse Holly. – Eu daria qualquer coisa para voltar atrás.

– O seu superior passou a informação para os superiores dele, eu imagino – disse Dryden.

Outro balanço de cabeça firme.

– O que aconteceu depois? – perguntou Dryden.

Gaul foi até o computador.

– Isso – disse ele, e então clicou no botão PLAY da apresentação de slides.

Holly se virou de costas. Ela pegou uma cadeira, deu alguns passos com ela e se sentou, fechando as mãos com força em seu colo.

Dryden assistiu ao monitor.

Uma imagem granulada apareceu. Ela parecia ter sido tirada de uma câmera de segurança dentro do bloco de celas de uma prisão. De um ponto de vista alto, próximo ao teto, olhando para baixo, para uma fileira de celas. Dryden podia ver mulheres em macacões pretos atrás das grades. Nove dessas celas tinham uma única ocupante em cada. A décima prendia Rachel, com 7 anos de idade, e sua mãe.

– Essas são imagens capturadas de dentro da unidade onde elas eram mantidas – disse Gaul. – Edifício 16 em Detrick.

Dryden observou a fileira de celas novamente e encontrou Audrey e Sandra. Ambas tinham uma cor de cabelo diferente das que ele havia visto em Chicago.

Finalmente, ele processou o canto inferior esquerdo da tela, e o carimbo de texto digital: DETRICK 16 - 2008 06 08 23:30:52.07.

Um instante depois a apresentação pulou para a próxima imagem. Um outro ângulo da mesma cena, com o carimbo de alguns segundos depois.

Na terceira imagem, ainda segundos depois, tudo mudou. As mulheres estavam subitamente alertas em suas celas. Algumas estavam de pé. Rachel, no colo de sua mãe desde as duas primeiras imagens, agora se segurava a ela com força.

Na quarta imagem, um time de cinco homens em uniformes de seguranças acabara de entrar na sala, movendo-se em direção à cela de Rebecca e Rachel. Todas em suas celas estavam de pé e gritando, com as bocas contorcidas. Rachel tinha seu rosto enfiado no ombro de Rebecca.

Gaul começou a narrar a progressão, privando sua voz de emoções. Dryden parou de olhar para a apresentação de slides e apenas escutou.

– O time de segurança é jovem e inexperiente. Diferente de guardas de prisões comuns, eles nunca de fato encontraram resistência. Carregam só espingardas com chumbinho, que não são letais a distância, mas são devastadoras de perto. Entram na cela com sua atenção em Rachel e sua mãe. Eles quase não prestam a atenção nas prisioneiras das salas adjacentes. Onze horas, trinta e um minutos e nove segundos: o guarda mais à esquerda perde sua arma para a prisioneira sete através das grades. Nos quatro segundos seguintes a situação desmorona por completo; no fim daquele instante, dois homens estão mortos e outro está atirando. Um homem ainda está pegando Rachel. Onze horas, trinta e um minutos e quinze segundos: Rachel está sendo retirada dos braços de Rebecca à força, enquanto a arma do oficial está se levantando até o rosto da mulher. Rachel está olhando diretamente para os olhos de sua mãe aos dezesseis segundos, quando a arma atira na testa de Rebecca a menos de dez centímetros de distância.

Em sua cadeira, Holly parecia quase ter diminuído de tamanho. Suas mãos seguraram seus antebraços, e todo o seu corpo permaneceu encolhido, como se estivesse sentada em algum lugar muito frio.

– O atirador é atingido fatalmente no instante seguinte – disse Gaul. – O restante desiste. Rachel fica com o corpo de sua mãe enquanto outras prisioneiras usam as espingardas caídas para comprometer os cadeados das outras celas. O que acontece em seguida é crucial.

Dryden olhou para a tela novamente. Três homens da segurança estavam no chão. Rebecca caiu bruscamente adiante, seu rosto misericordiosamente fora da visão da câmera. Tanto Audrey quanto Sandra haviam entrado na cela naquela altura e estavam segurando Rachel, virando-a de costas para o corpo de Rebecca.

– Elas duas sentaram com a garota por mais de três minutos – disse Gaul –, enquanto as outras prisioneiras sobreviventes, quatro delas no total, terminavam de se libertar e juntavam as armas. Essas quatro trocaram tiros com os times de segurança nos corredores, homens que agora estão atirando com balas de verdade e durante três minutos, aquelas mulheres são mortas uma a uma. às onze horas, trinta e quatro minutos e vinte e oito segundos, as únicas prisioneiras vivas são Audrey, Sandra e Rachel. As duas mulheres não se mexem em direção às espingardas remanescentes, mesmo que algumas tivessem munição. Elas continuam sentadas com Rachel, acalmando-a e falando o tempo todo em seu ouvido. Elas fazem isso mesmo enquanto o time de segurança vai chegando no corredor.

A apresentação de slides terminou. A tela voltou a apresentar a imagem branca com texto preto onde havia começado. E ficou lá.

– O que acontece depois é mais tarde reportado como a explosão de um encanamento de gás na base – disse Gaul. – Talvez você se lembre de ver o acontecido nos noticiários. Sessenta e sete mortos, queimados a ponto de ser preciso reconhecê-los através dos dentes. Mas não há explosão. Ninguém está queimado. O que acontece, ao invés disso, sem aviso prévio, é que o homem liderando a segurança de repente se vira e começa a atirar em seu próprio pessoal. Eles morrem confusos, e ele atira a última bala em sua própria cabeça. Segundos depois, outro oficial aparece para sofrer o mesmo surto inexplicável. Como o primeiro homem, ele atira em seu próprio pessoal até que tenha somente um tiro e então o usa em si mesmo. A essa altura, o caos é absoluto. Ninguém está pensando sobre as prisioneiras na sala de contenção. O foco de todos está em fugir dali. A violência se espalha para fora do edifício no minuto seguinte. Imagens de mais de cem câmeras na base vão depois mostrar como isso se desenrolou. Como o efeito somente tocava um homem por vez, pulando de um para o outro em um intervalo de dois ou três segundos. Passando como uma onda do Edifício 16 até o portão mais próximo na saída do campus de Fort Detrick, a duzentos e cinquenta metros de distância. Todas as sentinelas em seu caminho são mortas. Todos os funcionários do portão externo são mortos. Esse tempo todo, câmeras no bloco de celas mostram Audrey e Sandra ainda sentadas lá com Rachel. Com os braços ao redor dela. Falando em seu ouvido. Narrando cada passo para ela. A análise de leitura labial mostraria mais tarde que elas disseram a palavra *atire* dezenas de vezes.

Gaul estava olhando fixamente para o texto no monitor. Então ele se virou para Dryden.

– Quando tudo acabou, quatro minutos depois – disse Gaul –, não havia ninguém para impedir que as três pegassem um veículo e simplesmente dirigissem para longe dali. As imagens mostram Rachel catatônica enquanto Sandra a carrega para fora do edifício. Com o cérebro travado, imagino, pelo que ela tinha visto na cela, e pelo que as duas mulheres a fizeram fazer. Quando abriram o portão para sair, Rachel fez provavelmente a única coisa que foi por sua própria vontade. Ela fez Holly escrever uma terceira mensagem, escondida em seu escritório como todas as outras pessoas na base.

Dryden se virou para Holly. A última folha do caderno era visível, amassada e dobrada em uma mão. Ela a soltou e a entregou a ele sem olhar para cima. Dryden viu o que ela dizia mesmo antes de alisar a folha.

Culpa sua.

37

Dryden pensou na conversa no almoço do dia anterior, no apartamento em Chicago. Rachel perguntando às mulheres sobre Holly, preocupada com sua segurança.

Sandra havia tentado acalmar o medo da garota. *Por agora, com certeza nessa semana, ninguém vai machucá-la.*

Dryden entendeu.

Com certeza nessa semana.

O tempo que demoraria para que a memória de Rachel voltasse.

Porque Rachel era a ameaça à vida de Holly.

A ideia fez as bordas da visão de Dryden escurecerem.

– Nos dias seguintes – disse Gaul –, uma série de pessoas envolvidas diretamente com a pesquisa, em D.C. e perto de lá, cometeram suicídio, ou pelo menos foi o que pareceu. Elas eram exatamente as pessoas que os militares precisavam que estivessem com vida, para aconselhá-los sobre o que raios estava acontecendo. Do ponto de vista de Audrey e de Sandra, era taticamente brilhante: tire do jogo os jogadores-chave o mais rápido possível, deixe o Governo quebrar a cabeça tentando juntar as peças do quebra-cabeça. Seriam necessários meses até que os militares e companhias como a minha e a Western Dynamics criassem meios de se proteger contra a ameaça que Rachel significava.

O computador ainda estava ligado. Gaul alcançou a parte de baixo do monitor e desligou a tela.

– Você nunca pode de fato impedi-las de te espionar – disse ele –, mas você pode manter seu pessoal seguro, na maior parte do tempo. Você precisa da estrutura organizacional correta; nenhuma pessoa pode saber demais, especialmente sobre arquivos confidenciais, para o caso de seus pensamentos serem comprometidos. E seus locais de pesquisa precisam ser remotos, como ilhas longe da costa, ou pequenos complexos no meio do ártico. Lugares nos quais alguém como Rachel não poderia chegar perto sem ser notada. Você precisa ser paranoico, na verdade. E nesse sentido, Holly estava muito à frente de nós.

Dryden olhou para ela, sentada ali, com os braços ao redor de si mesma.

– Holly saiu de D.C. uma hora depois dos ataques em Detrick – contou Gaul. – Ela se sentiu irracional ao fazer isso naquele momento, mas provavelmente foi o que salvou sua vida.

– Uma amiga minha tinha uma casa de praia em Florida Keys – disse Holly. – Eu sumi do planeta por mais de seis meses, apenas tentando colocar minha cabeça no lugar. Ninguém com quem eu trabalhava em Detrick sabia onde eu estava. Imagino que se eles soubessem, Rachel e as outras duas teriam me encontrado. Naquela época, elas não teriam tido nenhuma razão real para me matar. Elas já tinham causado danos o suficiente. Mas eu acho... – Ela balançou a cabeça. Seja lá o que tinha a dizer, doía.

– Entendo que Rachel me odiou – disse ela –, mas não acho que, lá atrás, ela quisesse me matar. Ela *poderia* ter feito isso, quando enviou a terceira mensagem. Ela poderia ter enfiado a caneta na minha garganta. Acho que o ódio real chegou mais tarde, depois de meses ou anos. Audrey e Sandra garantiram isso; elas trabalharam em refrescar o que quer que Rachel tinha sentido inicialmente. Você vê a razão? Elas sempre precisariam de Rachel por conta do que ela poderia fazer. Elas precisavam da menina como uma arma, o que significava que precisariam que ela fosse fria, sem remorso. As duas alcançaram isso mantendo o foco de Rachel em mim. Na ideia de me encontrar e me matar. Tudo que sabemos faz sentido com essa ideia.

– Uma vez que os militares haviam organizado grupos especiais para caçar Rachel e as outras, e para proteger as pessoas em risco por conta delas, Holly foi realocada para Amarillo com seu novo nome – disse Gaul.

Dryden olhou para a pele escura abaixo dos olhos de Holly. As reentrâncias abaixo dos ossos da bochecha. Um rosto formado por meia década vivendo com medo.

Ele imaginou Rachel de pé na porta de seu quarto com seu dinossauro de pelúcia. Uma garotinha assustada que só queria que sua vida fizesse sentido. Ela a viu naquela estrutura, naquele momento final, seus olhos olhando para além dele em direção ao abismo.

Não é tarde demais. Você pode me deixar ir.

Ele tentou reconciliar aquela garota com o espectro que vagou pelos pesadelos de Holly Ferrel e, de uma só vez, sentiu como se quisesse vomitar. Olhou ao redor, mas não viu uma porta para um banheiro. Ele engoliu aquela sensação.

– Como você pegou Rachel? – perguntou Dryden a Gaul.

– Há dois meses.

Pela primeira vez, um toque de vergonha apareceu na expressão de Gaul. Então ele pareceu deixá-la de lado, como se tivesse um modo de exorcizar aquele tipo de sentimentos.

– Usei Holly como isca – disse ele. – Sem que ela soubesse. Um contato meu no exército descobriu onde Holly havia sido realocada e vi a chance de me beneficiar daquela informação, para assumir o controle sob Rachel.

Holly não disse nada e olhou para o outro lado. Ficou claro que ela já sabia disso.

– Havia certas bases de dados do governo que acreditávamos que Rachel e as outras duas haviam comprometido em algum momento – disse Gaul. – Nós permitimos que a localização de Holly vazasse em algumas delas, como se fosse um acidente, para que Rachel a encontrasse. – Ele mexeu as sobrancelhas. – Ela a encontrou.

Dryden considerou a logística da armadilha. Não fazia sentido. Como Holly poderia ter sido mantida a salvo se Rachel poderia matá-la de qualquer lugar em um raio de quase dois quilômetros de distância? Como Gaul e seu pessoal encontrariam a localização exata de Rachel dentro daquele raio, para capturá-la?

Holly pareceu reconhecer a confusão na expressão dele.

– Eles não se preocupariam se eu fosse assassinada – disse ela –, e sabiam que as chances de capturar Rachel eram pequenas, mesmo se ela chegasse até mim. Eles arriscaram a minha vida por uma pequena chance de capturá-la.

O pequeno fantasma de vergonha passou pelos olhos de Gaul novamente, mesmo que apenas por um instante.

– Funcionou – disse ele. – Tínhamos câmeras escondidas na casa de Holly, no carro e no trabalho dela. Se nós a víssemos se matar, saberíamos com certeza que Rachel estava a menos de dois quilômetros naquele momento. Tínhamos meia dúzia de drones sobrevoando Amarillo por semanas, e as Mirandas focadas na cidade vinte e quatro horas por dia, sete dias por semana. No final, apenas tivemos sorte. Um dos drones identificou Rachel em um parque da cidade, a dois quarteirões de onde Holly morava. Os drones estavam armados com ogivas não fragmentadoras e de pouca força. Miramos para um lugar a cinco metros de onde Rachel estava de pé. A onda da explosão quebrou três costelas dela e causou uma contusão. Ela ainda estava inconsciente quando o meu pessoal a pegou e a dominou com narcóticos.

– As outras duas não estavam com ela? – perguntou Dryden.

Gaul negou com a cabeça.

– Se elas estavam em Amarillo, não estavam por perto quando o míssil atingiu o chão. Não era ideal.

– Não, realmente não era ideal – disse Holly. – Tenho andado com seguranças particulares armados nos últimos dois meses, imaginando a cada minuto se aquelas duas mulheres estavam me observando. Você sabia que elas podem calcular suas distâncias exatas, para que você não sinta o calafrio nas têmporas? Sim, elas são experientes.

Dryden considerou contar que elas a *estavam* observando. Fazia sentido que fizessem aquilo depois da captura de Rachel. Audrey e Sandra estariam desesperadas para descobrir para onde a garota havia sido levada. Ao monitorar Holly, elas poderiam descobrir o nome dos militares que haviam mudado sua identidade e a escondido em Amarillo. Aquelas mesmas pessoas teriam participado de alguma forma da armadilha preparada para Rachel – ou saberiam quem tinha participado. As ligações poderiam levar até El Sedero algum dia.

Dryden guardou tudo para si mesmo. Holly já estava agitada demais.

– Você realmente está a bordo desse plano de tentar salvar a vida de Rachel? – perguntou Dryden.

Holly balançou a cabeça.

– Nada disso é culpa dela. Ela é uma criança e não escolheu nada disso.

– Ela é perigosa – disse Gaul. – Não só para você. Para muitas pessoas.

– É possível lidar com essa questão – disse Holly.

Gaul pareceu já estar esgotado de tudo que se referisse a Holly.

Dryden olhou de um para o outro.

– O que você quer dizer? – perguntou ele. – Como se pode lidar com isso?

– Da mesma forma que isso começou – disse Holly. – Manipulação genética. Tivemos doze anos de progresso com a droga desde que ela foi usada em Rachel e sabemos como revertê-la agora.

38

Dryden olhou fixo para Holly, e ela se manteve no olhar dele, sem piscar.

– Levaria meses – disse ela –, mas funcionaria. Se ela pudesse ser capturada com vida novamente, e drogada como ela foi em El Sedero, isso poderia ser feito.

– Você não sabe com certeza se funcionaria – disse Gaul. – Só porque funcionou nos testes em animais, não significa...

– Funcionaria – retrucou Holly. – Depois ela seria uma criança bem problemática que precisaria de terapia por anos... mas não seria mais perigosa do que qualquer outra pessoa. Ela poderia ter uma chance de uma vida relativamente normal e ter alguma felicidade, depois de tudo isso.

Gaul estava balançando a cabeça, olhando para o outro lado.

– Então, qual é o plano? – perguntou Dryden. – Assumindo que exista um.

– Existe um – disse Harris.

– Conte-me.

Um olhar foi trocado entre Harris e Gaul.

– O quê? – perguntou Dryden.

– Outra armadilha com isca – disse Gaul. – Usando você e Holly dessa vez. Você pode optar por não participar, se quiser. E se for o caso, está livre para ir embora. A caçada pelo suspeito com seu rosto, o homem com a bomba, será resolvida de qualquer forma; inventaremos um nome para ele e anunciaremos que o matamos. Você pode ir para casa livre e limpo.

– Você já sabe que eu vou ficar – afirmou Dryden. – Como o plano funciona?

– Você não vê? – perguntou Harris, de maneira suave. – Você não pode saber dele. Se vocês dois são as iscas, não podem ter detalhes em suas cabeças. Ou Rachel os terá também.

Dryden travou seus dedos atrás do pescoço e fechou os olhos. Mais uma vez lhe veio Rachel no quarto em Chicago.

– Posso te falar o seguinte – disse Gaul. – Você dois estarão em uma casa. Em uma fazenda no leste do Kansas, a um quilômetro de uma rua movimentada, onde há restaurantes e lojas vinte e quatro horas.

Dryden entendeu o sentido.

– Você quer que Rachel esteja confiante que pode chegar a dois quilômetros de nós e ainda estar escondida na multidão.

Gaul balançou a cabeça.

– Mas estou contando que ela chegue mais perto, no final. Muito mais perto.

– O que te faz dizer isso? – perguntou Dryden.

Holly respondeu antes que Gaul pudesse.

– Nos interrogatórios em El Sedero, Rachel deixou muito claras as intenções dela em relação a mim. Ela não tinha interesse em me fazer cometer suicídio. Lembre-se de como o bloqueio funciona: eu de fato iria *querer* me matar. Isso não é bom para ela. – A voz de Holly quase sumiu na fala seguinte. – Rachel quer me matar. Me matar *de verdade*. Ela quer estar olhando no fundo dos meus olhos.

Um silêncio caiu sobre a sala gigante.

– Não sou inocente, você sabe – disse Holly. – Eu sei para o que me voluntariei.

Ela ficou em silêncio novamente.

– Essas são as instruções – disse Gaul. – Nós colocamos vocês dois na casa da fazenda e vocês ficam lá. O empregador de Holly em Amarillo receberá o endereço e uma explicação falsa para sua partida. Rachel pegará essa informação facilmente uma vez que ela… seja ela mesma novamente, assim que sua memória voltar. Depois disso, esperamos.

– Rachel verá além dessa organização como se ela fosse um vidro – disse Dryden. – Ela vai saber que a casa na fazenda é uma armadilha.

– Sim – disse Gaul. – Ela descobriria de qualquer forma. Quando ela estiver próxima o suficiente de vocês dois, ela escutará seus pensamentos. Será impossível para vocês esconderem a razão pela qual estarão lá.

– Então, por que raios ela cairia nisso? – perguntou Dryden.

– Talvez ela não caia – disse Gaul –, mas espero que sim. Dessa vez *saberá* que é uma armadilha. Ela procurará pelas pegadinhas. Drones, por exemplo, é possível localizá-los com o equipamento correto, que ela e Audrey provavelmente podem conseguir. Mas não haverá drones. Saber que é uma armadilha pode dar confiança à Rachel. Ela pode pensar que pode ser mais esperta do que nós.

– Ela pode ter certeza disso – disse Dryden.

Gaul simplesmente balançou a cabeça.

– E a Audrey simplesmente vai deixá-la se arriscar? – perguntou Dryden.

– Você acredita mesmo que Audrey mande nela? – disse Gaul. – Que ela e Sandra estavam dando as ordens depois de todos esses anos? Aqui estão três pessoas: duas delas podem escutar pensamentos de alguém do outro lado da sala; a terceira pode fazer qualquer pessoa, em quase dois quilômetros, executar qualquer coisa que ela possa imaginar. Com o tempo, quem você acha que emergiria como alfa?

Dryden pensou sobre aquilo. Era algo que ia de encontro com seu próprio entendimento de Rachel e ele nem sequer havia considerado aquilo.

– Não assuma que você realmente a conhece – disse Gaul. – Nós sabemos o que a verdadeira Rachel quer com Holly. Nem tente chutar como ela se sentirá a respeito de você.

A verdadeira Rachel.

Vendo o efeito daquela noção em Dryden, Holly se levantou de sua cadeira.

– Eu sou como você – disse ela. – Sei o que ela teria sido, se nenhuma dessas coisas tivesse acontecido. Acredito que ela possa ser daquela forma novamente.

– Então, vamos – disse Dryden.

39

Marcus Till saiu com seu velho carro Hatch, parou e olhou para trás, para o trailer que ele havia chamado de lar por toda sua vida adulta. O lugar não era grande coisa para se olhar, mas era dele. Ele o observou e se perguntou se o veria novamente, então saiu na rua de mão dupla e foi em direção ao leste sem olhar para trás.

Tinha 40 anos e vivera todo aquele tempo exatamente ali, próximo ao rio em Clover, Wyoming, a dezesseis quilômetros da parcela de água parada do rio de Red City. Em grande parte dos primeiros anos de sua vida, tivera dificuldades para ficar longe do perigo, ou seja, das brigas, sempre resultantes da bebida ou de má educação – é claro que um levava ao outro. Por volta dos 30 anos deixou tudo isso para trás; você só pode acordar em um número limitado de celas da prisão até começar a pensar. Ele trabalhara para seu tio na marcenaria, fazendo móveis customizados e mobília para mestres de obras em Cheyenne. Alguma coisa daquele trabalho havia chamado a atenção de Marcus em algum momento. Ele gostava de se dedicar durante o dia e ter algo novo para apresentar no fim dele, uma mesa ou talvez um armário para livros. Ele gostava de ficar sozinho na loja por horas, acender essa ou aquela luz e ver como a recém-terminada peça de mobiliário brilhava em diferentes ângulos. Ele havia esperado que todo o restante de sua vida fosse assim, seguindo esse caminho limpo e simples no qual ele havia entrado. Ele não seria rico, mas também jamais acordaria na prisão novamente, e isso era bom para ele. Tudo esteve bem para ele, de verdade, até quando há menos de um ano o Fantasma entrou em sua cabeça. Todos esses meses estragados depois – meses de negação e resistência, e de finalmente desistência como um cachorro maltratado com seu focinho para baixo – aqui estava ele, seguindo ordens. O que mais ele podia fazer?

As ordens que recebera naquele dia eram estranhas. Elas eram sempre esquisitas – e de tempos em tempos eram tão horríveis quanto qualquer coisa que Marcus pudesse imaginar – mas essas eram especialmente incomuns. Até hoje, os comandos do Fantasma sempre envolveram coisas para fazer na cidade, em uma distância aproximada de alguns quilômetros. Agora, repentinamente, a voz havia dado a ordem para que ele entrasse em seu carro, fosse para a estrada e dirigisse em direção ao Kansas. As instruções haviam especificado um motel em particular, em uma cidade específica, onde ele tinha que fazer o check-in e esperar por mais instruções.

O que aquelas ordens seriam, ele não podia imaginar. Elas não eram nada boas – ele sabia disso. Ainda assim, ele as seguiria. Deus sabe que sim, ele as seguiria.

40

Pouco antes da meia-noite, Dryden colocou de lado o livro que estava lendo e saiu na varanda da fazenda. A brisa vinda dos campos era quente e úmida. Ele foi até os degraus e olhou para a noite. Na frente da casa, a terra caía em uma longa ladeira até a estrada, cento e oitenta metros ao sul. A entrada de automóveis dividia as terras ao meio, os campos em ambos os lados estavam lavrados e cobertos com grama baixa. O mesmo acontecia com as terras ao redor do lugar: uma zona vasta de visibilidade ampla se estendendo por pelo menos cento e oitenta metros em cada direção, sem sequer uma única árvore crescendo nela. Sem dúvida essa geometria havia sido parte das razões pelas quais Gaul havia escolhido esse lugar.

A casa em si tinha provavelmente cem anos, décadas e décadas ali, no meio do nada, enquanto Topeka aparecia ao norte para encontrá-la. Ela não estava muito longe – a rua movimentada sobre a qual Gaul havia falado estava diretamente ao sul, corria na direção leste-oeste cruzando o horizonte próximo como uma cicatriz de neon e de estacionamentos de iluminação de sódio. Rachel poderia estar lá agora mesmo; Dryden e Holly já estavam na casa da fazenda há dez dias.

Na escuridão à esquerda de Dryden, o balanço da varanda rangia com o vento. O balanço era uma construção com uma grande viga, talvez tão velha quanto a casa. Ele ficou de pé por mais um tempo, ouvindo o barulho e observando os campos, e então voltou para dentro.

Holly estava em seu quarto, adormecida. Por questões de segurança, eles intercalavam suas rotinas para que nunca ambos estivessem dormindo ao mesmo tempo. Gaul lhes havia dado pouquíssimas instruções quando se despediram dele, mas entre elas estavam "Fiquem próximos" e "Fiquem atentos". Ele havia dado a cada um deles um celular, com seu número na agenda. *Ao primeiro sinal de qualquer coisa acontecendo, vocês devem me ligar,* ele havia dito. Foi isso.

Dryden foi para a cozinha. A grande despensa tinha um estoque de comidas não perecíveis que facilmente duraria por dois meses. Na garagem anexa estavam três freezers horizontais gigantes, também entupidos. Também havia dois veículos na garagem: um Ford Escape e um Chevy Malibu. Ambas as chaves foram deixadas na ignição, mesmo que Gaul não tivesse dito nada sobre sair do local. Dryden havia dado partida em ambos os veículos para ter certeza de que funcionavam e percebeu que estavam com o tanque cheio de gasolina.

O notebook de Holly estava no balcão, ligado na tomada e carregando. Gaul não se opôs a que ela o trouxesse, ou mesmo a que ela o usasse para se manter em contato com amigos e colegas de trabalho; era uma forma de manter alguma aparência de normalidade, só para constar.

Mais cedo naquela noite, Holly havia usado o notebook para ver seu e-mail. Depois disso, ela o fechara e fora até o balanço da varanda, e através da porta vaivém Dryden pensou tê-la escutado chorar. Ela havia ficado lá fora por mais de uma hora e ido para a cama depois de entrar na casa.

Dryden deixou o notebook de lado e começou a fazer um sanduíche. Pegou uma peça de queijo da geladeira, uma faca afiada de um porta-facas no balcão e cortou duas fatias. Segurou a faca por mais um momento, observando a ponta. Como seria se Rachel o bloqueasse agora? Como seria se de repente, de forma inexplicável, tivesse vontade de enfiar a faca na garganta? Querer tanto isso a ponto de colocar a faca abaixo de seu pomo-de-adão e enfiá-la. Ele a colocou na pia e voltou ao sanduíche.

▪

Holly acordou quatro horas depois. Dryden foi para seu quarto e se deitou. A janela com tela estava aberta, e ele se deitou ouvindo os sons dos grilos, cigarras e dos ventos abrindo caminho pela grama. Começou a cair no sono, e nesse vago espaço Rachel lhe veio à cabeça. Eles estavam sentados na casa escura no subúrbio novamente e ela estava apoiada nele, quente, disforme e frágil. Ele tentou não se mover. Tentou segurar o momento o máximo que conseguiu.

▪

– Aquela é Arcturu – disse Holly.

Duas noites mais tarde. Eles estavam sentados um ao lado do outro nos degraus da varanda, olhando para as estrelas. Mesmo com o subúrbio da cidade tão próximo, o céu da noite era um breu.

– Você não pode notar, mas Arcturu é uma estrela gigante – disse Holly. – Se você colocar nosso sol perto dela, ela pareceria uma cereja ao lado de uma bola de praia.

– Você estudou astronomia? – perguntou Dryden.

Holly balançou a cabeça.

– Conheci alguém que queria estudar. Ela me contou muito sobre esses pequenos fatos.

Ela ficou quieta por um longo período.

– Como Rachel era quando você estava com ela? – perguntou Holly.

Ele considerou a resposta por algum tempo.

– Como um lembrete de que vale a pena estar vivo.

Holly levantou seus pés e os colocou um degrau abaixo do que ela estava sentada. Ela abraçou seus joelhos.

– É uma coisa e tanto estar verdadeiramente arrependida por algo. Arrependida com cada parte de seu corpo. Você acha que ela algum dia poderia me perdoar?

Dryden sentiu clemência na voz dela. Ele queria dizer a ela que era possível. Mas imaginou aquele último momento entre Rachel e sua mãe, e não disse nada.

O vento ficou mais forte. Holly estremeceu e puxou seus joelhos para mais perto. Dryden a olhou. As madeixas dela caíam sobre as têmporas. Os olhos estavam quase fechados. Alguma coisa na vulnerabilidade dela chamou a atenção dele.

Ela olhou para cima e encontrou os olhos dele. Por alguns segundos, Holly pareceu quase ter medo dele, medo de como ele olhava para ela. Ela fora pega de surpresa, pelo menos. Então ela respirou fundo e seus olhos mudaram. Não com medo – com intensidade. E ainda clementes.

Um segundo depois eles estavam se beijando, as mãos nas costas um do outro, apertando, agarrando. Os joelhos dela saíram do caminho, seu corpo se virou, esmagando-se contra o dele com o máximo de força que ela podia. Sua boca cheia de entusiasmo, e sua respiração se acelerava para se igualar à dele. Então, eles estavam se movendo. Empurrando-se além dos degraus, alastrando-se no velho deque de madeira da varanda, enquanto as mãos iam para os botões da camisa, hesitando, puxando. Ele encontrou os ganchos de seu sutiã e o abriu. Ela distanciou sua boca da dele por apenas tempo suficiente para falar.

– Faz muito tempo que eu não faço isso. Se eu parecer…

Dryden balançou a cabeça.

– O mesmo vale para mim. Você nem queira saber.

Beijando-se novamente. Camisas foram tiradas. Pele contra pele sem nada no caminho. Jesus, como ele havia esperado para fazer isso com alguém novamente?

– É uma ótima ideia.

– Isso não é realmente ficar alerta.

– Mas é ficar realmente perto um do outro.

Ela engoliu uma risada e puxou-o para si novamente. Beijou-o. Suas mãos traçaram o contorno do tronco dele. As laterais. Movendo-se para baixo...

Dryden abriu os olhos. Ele distanciou seu rosto em quinze centímetros. Todo seu entusiasmo retrocedeu como água quente no encanamento de uma banheira. Seus pensamentos se focaram.

Holly reagiu.

– O que foi?

– Doze dias, e não houve nenhum tipo de faísca entre a gente. Nada.

Ela pareceu confusa.

– Parece que há uma agora.

– Você não faz meu tipo – confessou Dryden.

– Bem... certo, obrigada. Caramba...

– Pense no que estou dizendo – disse Dryden.

Por mais meio segundo ela ficou perplexa. Então a ficha caiu.

– Merda – sussurrou ela.

Dryden balançou a cabeça.

– Não somos nós. É ela. Ela está aqui.

■

Dryden tirou o celular do bolso ao mesmo tempo que eles vestiam suas roupas. Ele abriu a agenda de contatos e apertou no número de Gaul. Enquanto tocava, ele se virou e observou as terras gramadas ao sul da casa. Holly já estava fazendo a mesma coisa.

No entanto, era inútil. Na quase completa falta de luz do luar, o terreno estava na escuridão.

O telefone tocou pela segunda vez. E então pela terceira.

Sentindo o atraso, Holly se virou e olhou para ele.

Quatro toques.

Cinco.

– E se ela já chegou a Gaul? – perguntou Holly. Seus olhos estavam abertos às implicações. – E se ele está morto e não há mais um plano? Não há ajuda vindo?

Seis toques.

Sete.

Dryden se virou e foi até a porta da frente, mantendo o telefone em seu ouvido. Holly o seguiu até dentro da casa.

Oito toques.

Dryden desligou e colocou o telefone no bolso; Gaul poderia retornar a ligação tão facilmente quanto poderia atendê-la.

Eles ficaram de pé no meio da sala de estar, com todas as luzes internas apagadas, a noite visível através das janelas de cada cômodo.

– Ela me bloqueou e bloqueou você – disse Holly. – Certo? O jeito como você olhou para mim nos degraus... você sentiu isso primeiro e eu não. E depois eu também.

Dryden balançou a cabeça.

– Ela pode bloquear só uma pessoa por vez, mas... acho que algo como isso, você simplesmente dá um empurrãozinho e as pessoas provavelmente vão continuar indo.

– Funcionou.

– Sim.

Ela foi para a porta e olhou para fora de novo.

– Ela queria nos distrair por muito tempo. Tempo o suficiente para que ela cruzasse o espaço aberto até a casa.

Holly se virou e olhou para ele.

Ela quer olhar no fundo dos meus olhos no final.

Dryden balançou a cabeça, entendendo o comentário dela.

De qualquer forma, alguma coisa sobre aquela situação não fazia sentido. Rachel os havia bloqueado apenas por tempo o suficiente para virá-los um de frente ao outro, mas ela não os estava bloqueando agora. Por que não? Se ela os queria previamente ocupados enquanto se aproximasse da casa da fazenda, ela poderia apenas *continuar* bloqueando-os, alternando de um para o outro, e fazendo-os sentar no chão indefesos. Essa seria uma ação mais garantida. Então por que Rachel não havia feito isso? Dryden não tinha resposta para aquilo. O que o deixou no limite.

Ele pegou seu telefone mais uma vez. Olhou fixamente para a tela vazia.

– O que raios nós vamos fazer? – perguntou Holly.

■

A trezentos e setenta quilômetros acima do sul de Great Plains, a Miranda 26 preparava seus instrumentos no interior ao norte de Topeka, Kansas. Sua plataforma de lentes fez ajustes microscópicos, mantendo sua imagem no alvo que lhe havia sido ordenado sempre que este estivesse ao alcance. O alvo era uma casa centralizada em um amplo quadrado de superfície com vegetação uniforme, uma grama com 97,441 por cento de chance de ser uma *Bouteloua gracilis*, dada a região e a época do ano. Havia dois humanos dentro dela, na imagem de alvo, e naquele exato momento entrando no quadrado de grama pelo canto sul e se movendo ao norte em direção à casa, com velocidade de caminhada, duas formas sugeriam uma adulta e uma adolescente, ambas mulheres se aproximando. A Miranda 26 retransmitiu a imagem para o link seguro designado 0814-13151, como tinha sido instruída doze dias, quatro horas e vinte e sete minutos antes. Desde aquele momento, não havia existido contato com o operador humano.

41

Três minutos desde que Dryden havia tentado ligar para Gaul. Sem resposta. Holly também havia tentado, com o mesmo resultado. Então ela ligou para o telefone de Dryden para garantir que as duas porcarias pelo menos funcionavam. Ela conseguiu fazer tocar imediatamente.

Eles se moveram de janela a janela, ficando em lados opostos da casa, observando as terras escuras, buscando por qualquer aproximação.

– Isso é estúpido – disse Dryden. Ele saiu da cozinha e encontrou Holly na sala de estar. – Mesmo se nós a virmos, e daí? No que isso ajudaria?

– O que nós *deveríamos* fazer?

Dryden se virou e olhou para trás em direção à cozinha – então foi até a porta que levava à garagem.

– E se nós simplesmente dermos o fora? – perguntou ele. – Entrarmos em um desses carros, deixarmos as lanternas desligadas, e corrermos cruzando os campos? – Ele olhou através da porta, em direção à varanda e ao sul do campo. – Se elas estiverem vindo do limite da cidade, vamos querer ir ao norte. Poderíamos estar fora do alcance dela em menos de um minuto.

– A menos que ela escute o motor e nos bloqueie novamente.

– Se ficarmos aqui, vai acontecer de qualquer forma.

Holly fechou os olhos com força, pensando.

– Mesmo se Gaul estiver morto, não sabemos se o plano foi cancelado. Nem podemos garantir que ele *esteja* morto. Se o plano continua de pé e sairmos, vamos estragá-lo. Pode ser que não tenhamos outra chance.

Dryden começou a responder, mas parou. Do lado de fora, no escuro além da varanda, a sessenta metros da casa: movimento. Duas silhuetas. Ele não precisou de detalhes para reconhecer os tamanhos e formatos.

Holly se virou e seguiu o olhar dele. Dryden escutou a respiração dela ficar fraca.

A mão dela encontrou a dele e a segurou. Ele apertou de volta.

As silhuetas vieram em direção a eles, ainda mergulhadas na escuridão além do brilho da casa. Conforme Dryden observava, alguma coisa no movimento delas lhe chamava a atenção, mas ele não podia dizer exatamente o quê. Ele não teve a chance. Um segundo depois a noite piscou em branco, cegando, e então uma explosão de som bateu sobre a casa, soprando nos vidros das janelas no lado sul. Holly gritou e jogou seus braços ao redor de Dryden. Um segundo flash seguiu por cima do ombro de Holly. Dryden viu as duas silhuetas se virarem para correr. Um momento depois os clarões estavam vindo um atrás do outro como pulsos intermitentes em um show de luzes, e o céu soava como o interior de um tambor de metralhadora.

– O QUE É ISSO? – gritou Holly.

– O plano – disse Dryden.

Nos momentos de luz, ele viu Rachel e Audrey ainda correndo para longe. Correndo para o sul, de volta para o lugar de onde elas vieram. Elas deram sessenta passos e não foram mais longe. Flâmulas brancas e espessas de pó estavam chovendo no campo, como se um gigante estivesse polvilhando farinha ao vento. Onde a coisa tocava no chão ela se levantava em todas as direções. Rachel e Audrey estavam exatamente no meio disso. No último dos flashes, Dryden viu ambas se inclinarem e caírem.

Escuridão. Silêncio.

Os ouvidos de Dryden estavam afiados, prestando atenção. Quase não ouviu o toque do celular em seu bolso. Ele o pegou; o número de Gaul estava na tela. Ele atendeu.

– Onde raios você estava? – perguntou Dryden.

– Me desculpe – disse Gaul. – Eu queria que vocês dois entrassem em pânico, caso Rachel estivesse lendo vocês. Melhor mantê-la confiante.

Havia barulho ao fundo da voz de Gaul. Soava como turbinas de helicóptero aquecendo.

– Vá para o sofá e rasgue a almofada do meio – disse Gaul. – Há duas máscaras de gás debaixo dela.

Dryden se virou e cruzou a sala até o sofá. A almofada saiu como se estivesse presa por menos de uma dúzia de pontos de costura. Ele alcançou o espaço abaixo dela e pegou as máscaras.

– Estou dezesseis quilômetros ao sul – disse Gaul. – Vou estar aí em três ou quatro minutos. Rachel e Audrey devem permanecer inconscientes por muito mais tempo que isso, mas como uma precaução eu quero que Holly saia agora mesmo. Faça-a pegar qualquer um dos veículos e simplesmente ir para qualquer lugar, em qualquer direção. Melhor que ela não diga para onde está indo. Mais uma vez, como precaução.

– Certo – concordou Dryden.

– Te vejo quando chegar – disse Gaul, desligando.

O gás já estava entrando na casa pelas janelas abertas. Aglomerados fumacentos, girando e se infiltrando. Holly já tinha colocado a máscara; no último instante de ar puro, Dryden colocou sua máscara e a prendeu a seu rosto.

Ele balançou a cabeça apontando a porta da frente.

– Cápsulas de morteiro de gás. – Sua voz soou filtrada e mecanizada. – Os lançadores podem ser operados remotamente. O alcance do tiro pode ser de muitos quilômetros.

Eles saíram e ficaram de pé nos degraus da varanda. Contra a cortina de luzes no limite da cidade, a nuvem de gás pairava como uma névoa acima do campo.

Dryden transmitiu a última instrução de Gaul. Holly olhou fixamente para dentro da nuvem por mais um momento, considerando tudo.

– Vou ficar com ela – disse Dryden. – Vou garantir que ela fique bem. Vá.

Holly balançou a cabeça apontando o gás.

– Toda essa quantidade de gás poderia matar alguém? Especialmente uma criança?

– Acho que não – disse ele, confiante, ainda que não tivesse certeza alguma. Ele estava se perguntando a mesma coisa desde a primeira detonação.

– Vá – disse ele novamente. – Vou te ligar quando for seguro voltar.

Holly hesitou por mais alguns segundos e, então, balançou a cabeça. Passou por ele, de volta para a casa. Trinta segundos depois ele ouviu um dos veículos dar partida. A porta da garagem se abriu, e o Malibu saiu no meio da neblina. No final do caminho, virou à direita; Dryden observou suas lanternas traseiras desaparecerem no oeste. Então, desceu os degraus e olhou para o campo.

■

Gaul fez outra ligação, enquanto prendia os cintos dentro do helicóptero. Ele conectou o telefone ao fone de ouvido e por cima dos rotores escutou sua chamada começar.

Um homem respondeu.

– Aqui é Hager.

– Tudo certo – disse Gaul. – Rachel está neutralizada no local e Dryden está com ela. Enviei Holly para longe, mas posso chamá-la de volta quando for a hora. Ela e Dryden estão completamente no escuro.

Gaul imaginou Hager no seu lado da linha. O pequeno complexo em Canadian Rockies. Era difícil controlar sua inveja ao pensar no lugar – como imaginando o troféu do seu inimigo no pedestal. Isso fazia essa cooperação desconfortável ainda mais difícil.

No entanto, era preciso fazer o que fosse necessário. Custasse o que fosse para fazer a limonada.

– Entendido – disse Hager. – O ativo de controle estará no ar em cinco minutos; espere por ele posicionado acima da área-alvo em trinta minutos. Nós entramos ao vivo assim que estivermos ao alcance.

Gaul havia visto um exemplo ativo de controle antes, aparafusado em sua torre de celular na área de teste em Cold Spring, Utah. O que estava entrando em jogo naquela noite não estava preso a uma torre; estava amarrado abaixo do espaço de carga de um C-5 Galaxy.

Nós não podemos garantir que ataremos todas as pontas soltas com as quais você se preocupa, Hager havia lhe dito, dias antes. *Marsh, Harris, outros amigos de Dryden. Não é culpa minha se eles forem contra você publicamente.*

Porém, eles iriam? Depois do que aconteceu na casa da fazenda na hora seguinte, pessoas como Dennis Marsh realmente teriam coragem de se levantar e espalhar aquilo?

Nós vamos descobrir, pensou Gaul.

■

Um pouco além de mil e seiscentos quilômetros de distância, em seu escritório em Washington, D.C., Dennis Marsh olhava para seu computador, com a boca seca.

Na tela, o programa de interceptação de chamadas mostrou

TRANSFERÊNCIA DE LINHA INICIADA – LIGAÇÃO ATIVA AGORA – 0 MINUTOS, 24 SEGUNDOS.

Aos vinte e cinco segundos ele escutou Gaul dizer:

– Entendido. Nós falaremos depois.

A ligação acabou com um clique.

Passou pela cabeça de Marsh imaginar a sua própria expressão naquele momento. Não exatamente de surpresa. Talvez a de um homem mordido por uma cobra que estivesse segurando.

Ele alcançou seu telefone; já sabia os números que Sam Dryden e Holly Ferrel tinham com eles. Abriu a tela de discagem e então parou.

Gaul lhes havia dado aqueles telefones. Não havia dúvida de que o pessoal de Gaul poderia monitorar o tráfego na linha.

Merda.

Como avisar Dryden e Holly sem dar a dica para mais ninguém?

Marsh se inclinou para frente na cadeira e fechou seus olhos com força.

Pense. Pense.

■

No campo, o gás estava mais forte do que havia estado na varanda, mas ele sumiria em questão de minutos; o vento estava moderado, mas se movendo de maneira estável, empurrando vagarosamente para o leste toda a massa da nuvem.

Dryden estava a trinta metros da casa agora. Observando. O gás já estava visivelmente ficando mais escasso.

Além do barulho do toque do celular que ainda latejava seus ouvidos, ele escutou o helicóptero chegando. Ainda longe no sul, nem sequer visível.

Ele acompanhou sua velocidade.

A quarenta e cinco metros da casa. A nuvem estava indo embora a cada segundo.

Ele viu Audrey e Rachel. Logo à frente, a algumas dezenas de metros, deitadas com o rosto na grama. Ele começou a correr, chutando os redemoinhos de grama pálida pelo resíduo do gás.

Antes de se aproximar, ele percebeu que algo estava errado. Algo estava faltando. Ele se deu conta do que era nos últimos cinco metros: nenhum calafrio em suas têmporas.

As mentes delas deveriam gerar aquela sensação mesmo se elas estivessem dormindo.

O que isso significava? Que elas estavam mais do que adormecidas?

Em coma?

Pior do que isso?

– *Puta que o pariu.* – Através da máscara, o som balbuciado pareceu quase animal.

O helicóptero estava mais alto agora. Ele olhou para cima e o viu chegando por cima das luzes da cidade, a menos de quatro quilômetros dali.

Aproximou-se de Rachel e ajoelhou-se ao seu lado. Seu cabelo estava embaraçado ao redor do pescoço. Dryden os afastou, chegando à mandíbula dela, e pressionou o dedo no ponto de pulso da artéria carótida.

O pulso dela estava forte.

Ainda sem calafrios. Nem mesmo uma ameaça.

O entendimento chegou em um segundo depois que ele a rolou no chão. Ele pensou nos movimentos das silhuetas no campo, antes que o ataque começasse. Alguma coisa estranha sobre a forma como elas estavam andando. De uma só vez percebeu o que era.

Ambas estavam se movimentando uma de cada vez.

Ele parou de checar o pulso dela, pegou seu ombro e o empurrou com força. O corpo inconsciente rolou e ficou de barriga para cima, o cabelo escorregou para longe do rosto.

Não era Rachel.

Ele estava de pé meio segundo depois, arrancando a máscara e tirando o telefone do bolso enquanto ele corria com o vento – para onde havia menos gás. Ele olhou a lista de chamadas recentes, apertando com força o número de Gaul mesmo enquanto o som dos rotores aumentava.

Um toque. Dois. A chamada completou.

– *Mande o helicóptero voltar!* – gritou ele, mesmo sem escutar a resposta. – *Mande o voltar! Ela descobriu a armadilha! Mande a merda do helicóptero voltar!*

Ele viu isso acontecer mesmo enquanto gritava, a aeronave passando por um ponto talvez a um quilômetro e meio da casa da fazenda – bem dentro do alcance de Rachel, onde quer que ela estivesse. A velocidade e a altitude do helicóptero mudaram abruptamente, e enquanto isso, Dryden ouviu através do telefone homens gritando. Ele imaginou o piloto ou o copiloto – realmente não importava qual – tirando suas mãos dos controles e atacando o homem ao lado. De qualquer forma, de repente não havia ninguém pilotando a aeronave. Ela se desequilibrou bastante para um lado girando a cauda com força como um redemoinho, e um segundo depois o helicóptero simplesmente desabou. Caiu trinta metros e explodiu na cidade como uma bomba. Chamas laranja e uma fumaça densa e preta subiram e se espalharam.

Dryden olhou fixamente. Ele ainda tinha o telefone em seu ouvido, mas a chamada havia caído. Ele assistiu às flamas fervilharem e se ondularem.

Cinco segundos se passaram.

Ele não tinha ideia do que fazer.

O que *podia* ser feito nessas circunstâncias?

Ele pensou nisso por mais alguns segundos e percebeu que tinha uma resposta. Desligou o telefone, colocou-o de volta no bolso e deixou a máscara de gás cair aos seus pés. Ele olhou para o lugar do acidente uma última vez, então se virou e olhou para o leste além do campo. Ao redor dele, a neblina de gás havia ficado mais escassa, quase desaparecendo, mas a quarenta e cinco metros ao leste ela estava mais densa do que nunca. Densa o suficiente para fazê-lo dormir, se ele simplesmente andasse até ela.

Ele não sabia dizer porque fazia sentido fazer aquilo – ele simplesmente queria. Era *tudo* que ele queria.

Começou a se mover, cada passo levando-o mais fundo na nuvem, puxando o ar, uma vez atrás da outra, conforme o ar ficava mais denso ao redor dele.

42

Ele acordou com seu coração batendo forte, tendo espasmos abaixo de uma onda de água gelada. Um balde fez barulho no chão. Ele abriu os olhos e se encontrou algemado a uma cadeira na sala de jantar da casa da fazenda. A mesa havia sido jogada de lado. O cômodo estava limpo, e ele estava sentado no meio.

Rachel estava de pé na frente dele, observando-o.

Por um segundo, Dryden não pôde entender como ela havia chegado aqui. Ele se lembrou de ver o helicóptero cair, com Gaul a bordo, e se lembrou de andar até o meio da nuvem de gás depois daquilo porque...

Por quê? Por que raios ele fez aquilo?

A resposta veio até ele. Ele fechou os olhos por um longo momento, processando a informação. Quando ele os abriu novamente Rachel ainda o estava observando, com os olhos esbugalhados, talvez curiosos.

Ela estava lá em algum lugar? A garota que havia pego no sono nos ombros dele? A esperança pareceu uma espada sendo virada em seu peito.

Rachel piscou, e a curiosidade foi embora. No lugar dela, Dryden viu somente julgamento.

– Tive que deixar Holly ir embora – disse ela. Sua voz era suave, mas não havia emoção nenhuma nela. – Se eu a tivesse impedido, você teria tido tempo para avisar o helicóptero.

Ela foi até uma cadeira próxima da porta e pegou um telefone celular; Dryden percebeu que era o dele. Ela o ligou, abriu a lista de chamadas e a mostrou para ele.

– Um desses números é o de Holly – disse ela. – Quero que você ligue, diga que está tudo bem e ela pode voltar.

– Não vou fazer isso. Me force se você quiser. Não vou fazer isso por minha conta.

Ela o encarou, impassível. Por um segundo, ele esperou que ela simplesmente o bloqueasse de novo. Ele esperou mudar de ideia – o desejo de fazer a ligação, vindo do nada.

Segundos se passaram. Nada aconteceu.

Rachel se virou de lado. Ela olhou para o espaço vazio como se estivesse considerando opções.

– Soa melhor se eu não tiver que te fazer dizer isso – disse ela.

– O quê?

– A Holly te mostrou os bilhetes? Aposto que sim.

Dryden balançou a cabeça.

– A mão dela – disse Rachel. – A minha letra.

Dryden começou a se perguntar qual era o objetivo, mas se interrompeu. Ele achou tê-lo encontrado.

– É a mesma coisa com a voz – disse Rachel. – Posso te forçar se chegarmos nesse ponto, mas ... – Ela parou e se virou para ele. – Não será tão convincente quanto eu gostaria. Eu preferiria que você fizesse isso por si mesmo.

– Não vou fazer isso. Você está perdendo seu tempo pedindo isso.

– Acho que você vai – disse ela. Havia algo quase como uma tristeza em sua voz.

Ela colocou o telefone na cadeira. Enquanto o fazia, Dryden olhou para o bisturi cirúrgico ao lado dele.

– Você já torturou pessoas antes – disse Rachel. – Você já esteve lá, pelo menos. Você ficou de pé e assistiu acontecer.

Dryden não disse nada.

– Você também foi treinado para resistir à tortura – continuou Rachel –, mas tenho que pensar que essa é uma das áreas em que treinamentos são diferentes da vida real.

– Não vou ligar para ela – disse Dryden. – Nada que você fizer comigo vai mudar isso.

– Não é o que vou fazer com você. É o que você vai fazer comigo.

Ela chegou mais perto e montou nos joelhos dele, encarando-o com seus braços ao redor do pescoço dele. Seu rosto estava a doze centímetros do dele.

– Você foi muito bom para mim – disse ela. – Até eu posso reconhecer isso. Não quero te machucar de verdade. Acho que você deveria ligar para ela, antes que isso fique ruim.

Ela esperou por uma resposta.

Ele não ofereceu nenhuma.

– Certo – afirmou ela.

Seus braços desceram pelas costas dele, até as algemas que o prendiam ao encosto da cadeira. Ele ouviu a trava abrir e libertar seus braços.

Rachel ficou de pé e deu um passo para longe dele. Ela alcançou atrás de si mesma e pegou o bisturi, observando sua lâmina na luz.

Dryden considerou a distância entre os dois. Cinco ou seis passos. Ele poderia cruzá-la em bem menos que um segundo e deixá-la inconsciente com um golpe na cabeça. Audrey, onde quer que ela estivesse, estaria armada, mas ele lidaria com esse problema sozinho...

A vontade de fazer qualquer uma dessas coisas simplesmente o deixou. Foi levada para longe como um pedaço de algodão no vento.

– Nem vale a pena pensar nisso – disse Rachel. – Qualquer plano no qual você pensar, posso te impedir até de querer tentá-lo.

Ele olhou para ela. O que ele havia escutado na voz dela antes – aquele toque de tristeza – estava agora nos olhos dela. Bem sutil, mas lá.

– Em alguns segundos você vai pegar esse bisturi da minha mão e me atacar com ele – falou ela. – Você não conseguirá se impedir.

Dryden a encarou.

– Tudo que você tem que fazer é ligar para ela – disse Rachel.

– Você pode ouvir o que eu estou pensando. Não consegue perceber que não vou fazer isso?

– Sei no que você está pensando agora mesmo. Não tenho ideia sobre o que pensará daqui a trinta segundos. Nem você.

– Não vou ligar para ela.

– Nós veremos.

Tudo aconteceu antes que ele pudesse dizer qualquer outra coisa. A mudança caiu sobre ele tão rapidamente que alterou a cor de sua visão, como se as veias de sangue dos olhos tivessem estourado. Então a contemplação se foi e havia apenas a garota, de pé na frente dele, recuando quando ele se impulsionou da cadeira e agarrou o bisturi de sua mão. Os olhos dela estavam esbugalhados e horrorizados, sua respiração acelerada. Ele a agarrou e a jogou para o outro lado da mesa, sentindo a mesa deformar e romper abaixo dos dois. As mãos dela se levantaram, lutando contra ele, ambas as mãos dela se atracando em uma mão dele – a que segurava o bisturi. Ele soltou-se e cortou a parte mais alta de um dos antebraços dela: tecido da camisa e pele se abriram; sangue jorrava rápido. Porém, ele mal podia pensar naquilo como sangue. Parecia mais com um néctar, todo o corpo como um recipiente cheio dele, pulsando, intenso como o desespero dela para viver. Ele encheu a mão no cabelo dela e torceu a cabeça dela para trás, expondo sua garganta, e os dentes dele haviam acabado de tocar a pele dela quando...

Tão rapidamente quanto aquela ideia apareceu, ela sumiu. Como se um botão tivesse sido apertado fazendo-o soltar a garota. Dryden se jogou para longe dela e caiu de costas, impulsionando seu corpo para o outro lado do piso até que suas costas batessem na parede, empurrando-se para longe até que ele chegasse ao canto, o mais longe fisicamente possível que ele conseguiu ficar dela.

Ele podia se lembrar de tudo: da intensidade da compulsão, da quase erótica ânsia de colocar seus dentes na pele dela, de sentir o sangue dela jorrar dentro de sua boca.

Lágrimas pungentes saltaram de seus olhos, as primeiras lágrimas que ele havia chorado desde o dia em que enterrara sua família. Dentro de segundos, ele não podia ver nada além das cores do ambiente nadando em seus olhos.

Rachel se sentou. Ela se virou firmemente em direção ao som das pegadas cruzando a casa, parando fora do campo de visão.

– Estou bem – disse Rachel. – Volte para a sua vigia. Agora.

Os passos recuaram. A porta de entrada se abriu e bateu com força.

Rachel estava de pé. Puxou a manga de sua camisa e observou a ferida do corte. Ela estava sangrando sem parar, mas parecia imperturbável. Então foi até a cadeira no meio da sala, e se sentou, debruçando-se para frente e olhando para ele.

– Ligue para Holly – ordenou ela.

– Não posso.

– É claro que você pode.

Dryden balançou a cabeça e olhou para baixo, ainda tentando controlar suas lágrimas.

Por um longo momento, Rachel não falou. Quando ela finalmente o fez, sua voz estava mais suave do que antes.

– Você já ouviu falar de um lugar chamado Lucero, em Colorado?

Dryden balançou a cabeça novamente.

– Minha mãe me contou sobre ele, no Edifício 16, na nossa cela. Ela falava sobre isso o tempo todo. A mãe e o pai dela a levavam para acampar lá quando ela era uma menininha. Fica nas montanhas e há cavalos que você pode montar e trilhas que você pode fazer. Mas o que minha mãe realmente gostava era que você podia alugar canoas no lago no alto da cidade. Você podia alugá-las mesmo durante a noite, e essa era a melhor coisa, porque de noite todo o ar frio baixa no topo da montanha e a água do lago ainda permanece quente, então essa pequena camada de névoa se levanta da superfície, tão alta quanto a canoa. Ela cobre todo o lago, e sob a luz do luar parece que você está navegando em uma nuvem. A última coisa que minha mãe me disse, antes que enviasse à Holly aquelas mensagens, foi que nós iríamos para Lucero. No momento em que saíssemos, nós iríamos para lá, alugaríamos uma canoa e ficaríamos no lago bem na primeira noite.

A voz dela mudou sutilmente de tom. Sua garganta estava se apertando.

– Isso era tudo que ela queria – disse Rachel. – Uma vida normal com a filhinha dela, onde ela a pudesse levar para ver um lugar como aquele quando quisesse.

– Holly não sabia o que aconteceria com sua mãe, Rachel. Como ela poderia ter...

– Tudo que ela tinha que fazer era o que implorei para que ela fizesse. Apenas falar com alguém, qualquer repórter no mundo. Aquele e-mail, as coisas que eles teriam visto nele…

– Ela estava morta de medo. Qualquer outra pessoa também estaria.

– Não pedi para qualquer outra pessoa. Eu pedi para ela.

– Ela se arrepende do que fez. Ela faria tudo diferente se…

– Eu finalmente fui lá, sabe. Até Lucero. Há mais ou menos um ano. Eles ainda alugam canoas. Mesmo de noite.

– Holly Ferrel não matou sua mãe. As pessoas que fizeram tudo isso acontecer estão mortas. Você os tem. Acabou.

Rachel engoliu em seco e forçou a determinação de volta à sua voz. Seus olhos ficaram sérios novamente.

– Ligue para ela – disse ela.

– Você sabe que não vou ligar.

– Você poderá mudar sua decisão. Há outras coisas que eu posso obrigá-lo a fazer comigo. Algumas delas, você preferiria morrer a fazê-las.

Dryden entendeu. Só de pensar, seu estômago se revirou. Como trapos sujos sendo torcidos.

– É melhor você ligar para ela – disse Rachel.

– Por favor não faça isso…

– A escolha é sua…

– *Eu não vou traí-la, porra!*

Rachel respirou fundo e se recompôs.

– Não – disse Dryden.

– Me desculpe.

Dryden fixou em sua mente a imagem de Rachel no primeiro momento em que ele a encontrou, suplicando para que ele confiasse nela, para que ele a protegesse. Talvez se ele pudesse se prender àquela imagem, talvez…

– Faróis!

Era a voz de Audrey, do lado de fora da porta.

Dryden sentiu a mudança de pensamento passar voando por ele. Estava ali e depois não mais. Rachel já a havia deixado passar. Ela se levantou da cadeira.

– Chevy Malibu – disse Audrey. – Subindo a ladeira.

Rachel cruzou em direção à porta para a sala de estar.

– Essa não é você – disse Dryden.

Ela parou. Olhou para ele.

– Isso é apenas o que aquelas duas te treinaram para ser – disse ele. – Você não seria essa pessoa se sua mãe tivesse te criado.

Se isso a tocou, ela não demonstrou. Manteve seu olhar no dele e falou equilibradamente:

– Porém, ela não me criou.

Os faróis inundaram a casa conforme o carro parou em frente. Rachel se virou novamente para a porta e, um segundo depois, ela já não estava mais lá.

43

Dryden se levantou e a seguiu. Entrou na sala de estar a tempo de ver Rachel chegar na porta de entrada. Audrey a estava segurando aberta com o ombro; em suas mãos ela tinha uma espingarda calibre .12. Olhando além de Rachel, ela viu Dryden cruzar sala.

– Nós já terminamos com ele, certo? – disse Audrey. Ela já estava se virando, levantando a arma para ele.

– Deixe-o em paz – disse Rachel.

Audrey olhou para ela.

– Por quê?

– Porque estou te falando.

Rachel disse isso como se estivesse acostumada a dar ordens. Audrey recuou como se estivesse acostumada a receber ordens. Depois que Rachel passou pela porta, Audrey se virou para encarar Dryden de novo, mas dessa vez com a arma abaixada.

– Mantenha distância – disse ela, e então seguiu Rachel, batendo a porta atrás de si.

Dryden foi até a porta, abriu-a e saiu para a escuridão e o ar fresco da varanda. Um quilômetro e seiscentos metros ao sul, diversos quarteirões da cidade haviam virado um mar de polícia e bombeiros. Nuvens de fumaça ainda subiam do local da queda. Mais próximo, o campo já não tinha mais gás. Não havia sinal das duas distrações no lugar em que elas estavam deitadas. Mais do que tempo suficiente já havia passado para que elas se levantassem e fossem embora, sem dúvida confusas demais.

O Malibu estava estacionado na frente da casa; as luzes dos faróis atravessando a poeira que ele havia levantado.

Rachel estava no degrau mais alto da varanda. Audrey havia descido todos e estava de pé a um metro e meio de distância da base da escada, apontando a espingarda para o carro.

Os faróis se apagaram.

O motor foi desligado.

Holly Ferrel abriu a porta do motorista de maneira abrupta e saiu do veículo. Ela ignorou Audrey e encarou Rachel.

Alguns segundos se passaram.

Holly ficou ali, sem dizer nada. Seus braços estavam abaixados, demonstrando com sua postura a falta de defesa.

Dryden não podia ler os pensamentos de Holly, mas suspeitava o que ela estava pensando. Ele imaginou que estava assistindo ao pedido de desculpas mais honesto que uma pessoa podia oferecer. Palavras podiam mentir. Pensamentos e sentimentos não. Holly estava apenas de pé ali, deixando Rachel processar tudo. *Aqui está o que há na minha cabeça. Receba meus pensamentos pelo que eles são.*

Na frente dos degraus, o olhar de Audrey se revezava entre Rachel e Holly. Ela parecia enervada, e Dryden pensou que sabia o porquê: ainda que Audrey pudesse ouvir tudo vindo da mente de Holly, ela só podia chutar o que Rachel poderia estar pensando em resposta.

Audrey disse para Rachel:

– O que você está esperando?

A menina não respondeu.

Dryden se moveu até o parapeito da varanda, próximo ao velho balanço, colocando-se a três metros do lado direito de Rachel. Ele podia vê-la de perfil. Podia ver os olhos dela refletindo a luz da cidade distante.

Eles estavam cobertos de lágrimas.

Audrey andou até os degraus e olhou para a garota.

– Isso é o que você queria. Não importa se ela se sente mal. Nem mesmo importa se é sincero, isso não desfaz o que ela fez.

Rachel não respondeu. Ela nem mesmo olhou para Audrey. Estava olhando fixamente para Holly, e Holly fazia o mesmo para ela.

– *Ei* – disse Audrey.

Rachel estremeceu. Ela piscou para se livrar da umidade e olhou para Audrey.

– Isso tem que acontecer – disse Audrey. – Você sabe disso. Não há razão para seguir ouvindo tudo isso.

Por um momento Rachel não respondeu. Então respirou fundo e balançou a cabeça.

Audrey pareceu aliviada.

– Como você quer fazer isso?

Rachel apontou para a espingarda.

– Coloque-a nas mãos dela.

Audrey sorriu com a ideia, foi até o outro lado e empurrou a espingarda para a mão de Holly.

Holly não se mexeu para pegá-la. Ela continuou olhando fixamente para Rachel, enquanto seus olhos procuravam algo. Implorando.

Então, eles simplesmente perderam a força

Ela se virou e pegou a espingarda de Audrey.

Dryden duvidou que Holly alguma vez tivesse tocado em uma arma de fogo na vida, mas ela segurou-a com uma facilidade casual. Virou-se para a luz que vinha da casa e destravou a arma, pressionou a abertura de ejeção e abriu a culatra o suficiente para ver que havia uma bala. E a fechou com autoridade.

Então, apoiou a arma no ombro, moveu-a para o lado e explodiu a metade superior da cabeça de Audrey.

Ela já havia colocado outra bala no cano quando o corpo caiu. Então se virou em direção aos degraus e levantou a arma, diretamente para Rachel.

– Não! – gritou Dryden.

Rachel falou um pouco mais alto que um sussurro.

– Isso precisa acabar.

A garota tinha seus olhos fechados. Ela caiu sentada no degrau mais alto. Colocou os joelhos perto de seu tronco. Abaixou a cabeça.

Holly avançou com a espingarda no ombro e mirou nela.

Dryden foi até Rachel em dois passos largos. Holly subiu os largos degraus seguindo o parapeito oposto, mantendo a arma fora do alcance de Dryden. Permaneceu mirando na cabeça de Rachel conforme ela subia.

Era impossível manter Rachel protegida por todos os lados. Dryden decidiu por simplesmente puxá-la contra ele, a cabeça dela em seu peito, de forma que qualquer direção de tiro que pegasse nela também pegasse nele.

– Isso precisa acabar – Rachel sussurrou novamente. A voz soou alta e falha, e Dryden sentiu o corpo dela começar a tremer com soluços silenciosos. – Eu quero que isso acabe. Estou cansada de tudo.

A espingarda tremeu nas mãos de Holly, mas se manteve na mira.

– Deixe a Holly ir, Rachel – disse Dryden suavemente. – Você vai ficar bem agora. Audrey e Sandra já não estão mais aqui.

Holly estava na superfície de madeira da varanda, apontando a espingarda para baixo, para o rosto de Rachel, a um metro de distância. Dryden viu Holly ajeitando a espingarda no ombro e segurando com mais firmeza.

– Deixe-a ir – sussurrou para Rachel. E beijou o topo da cabeça dela. – Já acabou. Deixe-a ir.

Ele sentiu as lágrimas dela encharcarem sua camiseta. Ela estava tremendo mais. Perdendo o controle.

– Acabou – disse ele.

Holly ajeitou a espingarda novamente – e então vacilou.

Rachel soltou os joelhos, virou-se e abraçou Dryden. Ela o segurou toda sua força.

Um segundo depois, Holly exalou ar com intensidade e abaixou a arma. Seu corpo cedeu como se ela tivesse sido libertada de amarras. Ela foi para o parapeito e largou a arma na grama; então, virou-se e olhou fixamente para Rachel. Por um minuto hesitou, incerta sobre o que fazer – talvez incerta sobre o que sentir. Então, foi até o ponto mais alto da escada e sentou de frente para eles dois. Sentindo sua presença, Rachel se virou e colocou seu braço em torno dela. Holly puxou a garota para mais perto e a abraçou enquanto ela chorava.

■

Pelo minuto seguinte nenhum deles se mexeu ou falou. Dryden escutou a respiração de Rachel ficar rítmica, regular, como se ela tivesse adormecido. Porém, ele chutou que era algo além disso. Pensou no vídeo de segurança do lado externo do Edifício 16: Rachel sendo carregada até o carro, nos primeiros momentos após o pesadelo da vida dela começar. Com o *cérebro bloqueado*, havia dito Gaul. Talvez esse momento fosse o fim do túnel no qual ela havia entrado naquela noite. Talvez ela fosse dormir por um dia e meio. Ela tinha todo o direito.

Em algum lugar dentro da casa, um celular tocou. O celular de Dryden, na sala de jantar onde Rachel o havia deixado.

Tocou uma segunda vez; o som atravessando a noite.

– Eu fico com ela – sussurrou Holly.

Dryden balançou a cabeça, separando-se das duas e ficando de pé. Cruzou a varanda e entrou na casa, pegou o telefone no quinto toque.

– Aqui é Dryden.

A voz de Cole Harris veio pela linha.

– Sam.

– Cole. Onde você está...

– Por favor, apenas escute – disse Harris. – Falei com Dennis Marsh e eu preciso te dizer algo. Não importa o que aconteça, você tem que ficar na casa da fazenda. Não saia daí. Certo?

Dryden havia cruzado a casa e chegado até a porta da frente. Ele a empurrou, abrindo-a e pisou do lado de fora, na varanda de madeira. Holly estava olhando fixo para ele. Rachel ainda estava inconsciente nos braços dela.

– Sam? – disse Harris – Você me escutou?

– Não saia da casa da fazenda – disse Dryden. – Essa é a mensagem completa?

– Essa é a mensagem completa.

– Eu entendo – disse Dryden.

Ele desligou, colocou o telefone no bolso e foi até o parapeito da varanda. Olhou para a estrada ao sul. Virou para a esquerda e para a direita para observar todas as direções.

O brilho de lanternas apareceu além da linha do horizonte, a um quilômetro e meio ao oeste. Para o leste estava uma luz mais difusa, mais longe, mas definitivamente lá – outro veículo ou mais se aproximavam.

– Temos que sair daqui – disse Dryden. – Agora mesmo.

Ele já estava se movendo, cruzando até onde Holly estava sentada com Rachel.

– O que foi? – perguntou Holly.

Dryden abaixou-se e pegou Rachel em seus braços, levantando-a e embalando-a conforme Holly se levantava. A garota não se mexeu.

– Pegue a espingarda – disse Dryden. – E entre no carro.

Ele desceu os degraus, correndo em direção ao Malibu. Holly vindo exatamente atrás dele, pegou a calibre .12 enquanto o seguia.

– Lado do passageiro – disse Dryden.

Holly passou por ele, dando a volta pela frente do carro. Ela abriu a porta, entrou e descansou a espingarda no assento traseiro. Dryden se debruçou e colocou Rachel nos braços dela.

– Me conte o que está acontecendo – disse Holly.

– Era Harris no telefone.

– E?

– Ele não falou *goldenrod*.

44

Eles estavam na metade do caminho de pedregulho quando as luzes de faróis finalmente chegaram ao cume no oeste. Em uma só olhada ficou claro que o veículo se aproximava com velocidade, a uma distância de talvez quatrocentos metros. Um segundo depois outra dupla de faróis apareceu atrás dele.

Dryden olhou para o leste a tempo de ver as luzes naquela direção ficarem à vista. A mais ou menos quatrocentos metros.

Em ambas as direções, os veículos que se aproximavam estavam mais próximos que qualquer cruzamento de vias disponível.

Dryden lembrou da estrada, quando ele e Holly chegaram ali. Era como um milhão de outras no interior de outras fazendas: duas faixas de asfalto com valas de escoamento de um metro em ambos os lados. Se ele fosse para aquela estrada, ficariam presos como se estivessem em um elevador mecânico.

– Segure-a – ordenou Dryden.

Ele enfiou o pé no freio. O Malibu derrapou até parar em uma nuvem de pó, rodando e ficando cinza à luz do luar. Dryden manteve os faróis apagados.

Ele engatou a ré e pisou no acelerador. O veículo deu um tranco para trás. Quando estava a trinta quilômetros por hora, tirou o pé do acelerador, girou o volante em sentido anti-horário e colocou a marcha em neutro. A frente do carro foi para o lado, e os campos da noite giraram cento e oitenta graus ao redor deles. Quando o mundo estabilizou, o carro estava apontado de volta para a casa da fazenda. Dryden engatou a marcha e acelerou novamente, o mais rápido que o veículo podia. Virou para a direita no alto do caminho, passando a garagem no lado leste e indo em direção ao norte, adentrando o campo gramado atrás da casa.

Ele considerou as visões dos motoristas que se aproximavam; na distância em que estavam, não podiam ter visto o Malibu – uma forma escura contra um terreno escuro –, mas veriam a poeira acima do caminho quando virassem e as marcas de pneu ficassem na grama. Eles as seguiriam. Sem dúvida nenhuma.

– Quem são eles? – perguntou Holly.

Em seus braços, Rachel ainda tinha os olhos fechados.

Dryden olhou no retrovisor; o veículo mais próximo freou e diminuiu a velocidade antes do começo do caminho.

Ele tinha apenas uma sensação sobre quem eles eram e esperava estar errado.

■

Hager estava em seu lugar favorito novamente. A grande janela de seu escritório, com vista para o andar de trabalho com as estações de divisórias de vidro.

O lugar estava a todo vapor naquela noite. Todas as doze estações estavam ocupadas. Dentro de cada uma delas, na forte luz avermelhada, estava um controlador, de olhos fechados e focado no trabalho. Cada um estava conectado a uma cobaia humana – um peão, no termo popular – na área rural do Kansas.

Há mais de uma semana, depois que Martin Gaul entrou em contato para apresentar sua proposta, cada controlador escolheu um peão de cada uma das três áreas de teste – as cidadezinhas infelizes que as hospedavam. Os controladores haviam dado instruções especiais aos seus peões, enviando-os em viagens pela estrada até a região campestre do norte de Topeka, para que se escondessem em motéis baratos ou em barracas de camping e esperassem por mais instruções.

Hager estava bem nervoso em relação à coisa toda. Uma vez que os peões realmente saíssem de suas cidades e do alcance de suas respectivas torres, não havia como entrar na cabeça deles novamente até que Gaul desse um sinal verde.

Até que o transporte aéreo ficasse em posição.

Em algumas noites, Hager ficava acordado imaginando se os peões realmente estariam lá quando os controladores tentassem alcançá-los novamente. Talvez todos iriam fugir para o além, depois de uma semana ou mais de liberdade das vozes em suas cabeças. De tempos em tempos, ele percebia sua cabeça cheia do falcão de Yeats[10] em seu giro que se alarga.

Observando os controladores agora, Hager sentiu o mais profundo alívio – e uma pequena diversão. Cada um dos peões havia aparecido exatamente onde deveriam estar. Qualquer treinador de cachorros estaria orgulhoso.

■

Dryden acendeu os faróis a noventa metros da casa da fazenda. Não havia mais vantagem em deixá-los apagados por mais tempo – os perseguidores não tinham como não ver a trilha do Malibu na grama – e era arriscado seguir com eles apagados.

---

10 William Butler Yeats, poeta irlandês do século XX. (N.T.)

No momento em que os feixes acenderam, uma linha distante de árvores apareceu, quatrocentos metros à frente.

Adiante estava o norte. Dirigiam em direção ao fundo da propriedade na qual a casa da fazenda estava. Presumivelmente, havia a propriedade de mais alguém grudada nas costas dela – alguma outra área de fazenda que seguia até mais ao norte, até que chegasse à próxima via dupla de asfalto.

No momento em que cobriram metade da distância até as árvores, ficou claro que nunca chegariam até a próxima estrada ao norte. A linha densa de árvores passava ininterrupta pelas terras adiante. Uma barricada perfeita marcando o final da propriedade. Dryden virou para a esquerda e para a direita, fazendo uma varredura com os faróis. Não havia espaço visível em nenhum lugar da mata.

Logo atrás, o primeiro par de faróis rodeava a casa da fazenda e vinha diretamente na direção deles. Um segundo par o seguia.

Dryden virou o Malibu para a direita, em direção ao limite oeste da propriedade. Outra fazenda se ligava a ela daquele lado, e além dela deveria existir uma estrada indo do norte ao sul. Haveria uma vala antes da estrada, mas, com alguma sorte, haveria uma interrupção em algum lugar – um local designado para tratores e outros veículos irem e virem. O truque seria encontrar um desses pontos antes que os perseguidores chegassem perto.

Dryden olhou no retrovisor. Quatro pares de luzes atrás dele agora, alinhados, subindo os campos como uma cobra.

Ele olhou para a frente novamente...

Algo estava errado.

Ele não podia dizer o quê, mas a grama adiante estava diferente de uma forma que fez a cabeça dele formigar. A maneira como ela reagia aos faróis.

– O que foi? – perguntou Holly.

Dryden soube a resposta meio segundo depois, mas já era tarde demais.

A frente do Malibu caiu desgraçadamente e água subiu no capô até o para-brisa. Holly gritou conforme ela e Rachel foram jogadas para frente no instante da desaceleração. Dryden esticou o braço para alcançar as duas; ele amorteceu a batida delas com o braço enquanto seu próprio corpo batia contra o volante.

Então tudo ficou parado – ou quase parado. O carro estava afundando, devagar, balançando em todos os sentidos.

Tudo em volta era vegetação, que calçava a lagoa rasa, numa altura suficiente para parecer grama até o tornozelo no campo ao redor. Não havia sequer um espaço de águas expostas. Na luz dos faróis, a lagoa era tudo, menos visível.

O carro desceu mais quinze centímetros e tocou o fundo; o nível de água estava no meio das janelas laterais. O motor engasgou e então morreu; suas aberturas estavam abaixo d'água. Os feixes dos faróis brilhavam através da escuridão abaixo da superfície.

Porém já havia outra luz aparecendo no alto da vegetação, iluminada a cada segundo conforme os carros perseguidores chegavam.

– O que nós fazemos? – perguntou Holly. Ela puxou a maçaneta e tentou empurrar para abrir a porta do seu lado. Ela não se movia. Havia milhares de litros de água fazendo pressão contra ela.

A respiração de Rachel permaneceu estável e lenta. Ela se agarrava à Holly inconscientemente, como uma criancinha no sono.

Dryden virou seu assento e pegou a espingarda. No espaço apertado do carro era quase impossível manobrá-la; ele escutou o primeiro dos veículos parar em algum lugar próximo. O motor foi desligado e uma porta abriu e fechou.

Tanto ele quanto Holly ficaram quietos. Eles se olharam, escutando.

O barulho de um rifle como uma banana de dinamite explodiu quase acima deles. A bala fez barulho, arranhou o teto do carro e caiu na água três metros à frente.

– Abaixe! – disse Dryden. – O máximo que você puder.

Holly já estava se movendo, empurrando Rachel ainda mais para baixo, no espaço para pés do passageiro. Ela deitou seu próprio corpo no assento em posição fetal.

O rifle atirou de novo. A bala perfurou a janela traseira, perto do teto, passou pelas costas do assento acima de Holly e amassou o porta-luvas. No mesmo momento Dryden ouviu outro veículo frear e escorregar até parar. Outra porta abriu e fechou, e o som seguinte foi inconfundível: uma espingarda sendo carregada. Um segundo depois a janela do passageiro explodiu e a água subiu no espaço em que Rachel estava deitada.

■

Rachel havia estado pairando em algum lugar confortável dentro de si mesma. Ela tinha uma vaga lembrança de um sentimento que ela associava a lareiras. Um sentimento que vinha rolando de alguém e se aconchegava confortavelmente ao redor dela, como um banho quente de banheira. Era Sam? Sim – Sam havia passado aquele sentimento desde o momento em que ela o conhecera. Agora havia mais alguém fazendo aquilo. Alguém que a segurava, que a protegia.

Holly. Era Holly.

Vindo dela, o sentimento tinha um sabor diferente. Ele levava Rachel de volta a um tempo em que alguém a havia segurado dessa forma. Era um sentimento maravilhoso e por alguns minutos ela apenas se segurou naquela sensação. Ela havia deixado o restante do mundo sumir até virar nada. Isso era tudo que Rachel queria, por agora. Isso era…

Congelante.

Rachel piscou. Seus olhos arderam.

O que estava acontecendo?

Ela estava embaixo da água, e mãos buscavam por ela, puxando-a enquanto vozes gritavam.

Alguma coisa explodiu, como uma batida forte de uma bateria, mesmo que ela soubesse que não era isso.

Ela piscou novamente e balançou a cabeça, e o mundo voltou totalmente, vivo, difícil e claro.

Ela estava com Sam e Holly no carro. O carro estava preso na água, que o estava inundando por conta de uma janela quebrada. Outro tiro soou – um rifle bem equipado, ela pensou. Ela se virou em direção ao som da arma e sentiu sua mente automaticamente rodar as fórmulas complexas para bloquear.

■

Marcus Till trabalhava na ação de sua Winchester 70. Ele ouviu o invólucro do projétil cair no chão de grama ao seu lado direito, não longe do homem com a Mossberg 500, que havia acabado de chegar.

A existência de outras pessoas a serviço do Fantasma nunca havia passado pela cabeça de Marcus até dez minutos antes, quando ele descobriu que não estava sozinho nas estradas interioranas que levavam a esse lugar. Ele não tinha certeza de como se sentir sobre essa revelação, apesar de, em alguma parte lá no fundo, ele se sentir aliviado por isso. Sentia que havia outras mãos para ajudá-lo a carregar o peso da culpa. Supôs que isso poderia até significar que ele se livraria completamente, ao olhar para uma noite como aquela da seguinte forma: ele nunca saberia com certeza se suas balas haviam matado as pessoas no carro, quem quer que elas fossem. Era possível que os tiros da Mossberg os matassem de fato. Seria algo que ele poderia contar a si mesmo, pelo menos.

Marcus colocou a Winchester no ombro. Ele só tinha que focar e fazer isso, e isso era tudo. Ele abaixou sua visão e respirou fundo – então levantou a cabeça.

Virou-se para o homem com a espingarda. O rapaz a tinha em sua coxa para recarregá-la. Ele não tinha nem sequer olhado de relance para a direção de Marcus, e ainda assim...

Havia algo irritante naquele homem.

Alguma coisa na forma em que ele carregava a arma, ou talvez na expressão em seu rosto. Ele parecia um canalha filhinho da puta, do tipo que ficava chamando a atenção e se gabando para Marcus em bares, antigamente, e deixando-o extremamente irritado. Marcus o encarou. Ele não podia dizer porque de repente se sentiu tão irritado, mas aconteceu, e ele tinha que fazer algo a respeito.

Percebendo os olhos que estavam nele, o rapaz se virou.

– O que foi?

Marcus deu um passo, colocou seu braço para trás e levou seu pulso até o rosto do outro homem como uma bigorna.

Ele sentiu o osso do nariz do homem quebrar como uma casca de noz. O homem gritou, porém apenas brevemente – depois desmaiou e caiu de costas na grama. Ainda bravo com ele, Marcus pegou sua espingarda e a arremessou na lagoa. Mesmo enquanto fazia isso, os outros dois faróis chegavam varrendo o solo ao redor dele. Ele se virou, ao passo que o brilho de seus faróis altos apenas aumentavam seu ódio.

Marcus colocou o rifle no ombro de novo e mirou no para-brisa do carro que estava mais próximo – não era preciso matar ninguém, apenas queria que dessem o fora dali.

Ele atirou e abriu uma cratera no alto do para-brisa, que se soltou de sua moldura. De dentro do carro, alguém gritou.

– Saia daqui! – gritou Marcus. Ele puxou o gatilho do rifle mais uma vez e, além da claridade dos faróis, viu o motorista buscar desajeitadamente pelo câmbio. Um segundo depois o veículo deu um solavanco para trás, virou e então saiu cruzando o campo. O segundo carro havia parado a vinte e sete metros de distância da lagoa. Marcus balançou o rifle em direção a ele e simplesmente esperou. Ele quase podia sentir o motorista lutando contra si mesmo lá dentro. Ou lutando contra o Fantasma, talvez. Era o que Marcus podia entender. Ele tinha a intenção de enviar o babaca para longe de qualquer forma, portanto, manteve o rifle levantado, observando e esperando por uma resposta.

■

Rachel tinha apenas uma pequena parte de sua atenção voltada para seu entorno dentro do carro. Ela sabia que sua cabeça estava acima do nível da água agora. Sam e Holly a haviam levantado. Eles se perguntavam se a menina estava bem, pois só balançava a cabeça, mas não estava totalmente consciente de estar fazendo isso. O restante de sua atenção estava do lado de fora do veículo, bloqueando o homem com o rifle. Pelos olhos dele, ela observava o último carro repentinamente dar ré, derrapando os pneus na grama antes de partir. O veículo foi para trás em um meio círculo e se moveu vagarosamente para longe em direção à casa da fazenda. Rachel o observou ir embora, então virou o grande homem em direção à lagoa novamente. Ela pegou no rifle de outra forma, segurando-o como uma lança, e o lançou para longe na lagoa cheia de vegetação. Ouviu o barulho com seus próprios ouvidos e também com os dele.

Não havia muito mais o que fazer. Esse homem e o que havia trazido a espingarda poderiam ser mandados para longe sem mais nenhum problema...

Rachel se interrompeu no meio do pensamento.

Havia algo estranho acontecendo na cabeça do homem grande. O efeito era difícil de notar; ela não percebera de primeira, mas estava lá. Parecia quase como se a mente dele tivesse uma segunda porta levando para longe dela, diferente da porta pela qual ela própria havia entrado. Essa segunda porta estava aberta. Ela não tinha uma ideia real do que estava do outro lado, mas...

Ela já havia encontrado algo como isso antes. Apenas não havia sido na cabeça de alguém. Sentira isso... na torre. Em Utah. Naquele dia no deserto, com Sam.

A coisa além da porta era uma espécie de túnel. O do deserto parecia mergulhar abaixo dela, profundamente. Esse subia. Ele se esticava como uma linha de pipa, em direção a alguma coisa na noite acima dos campos escuros da fazenda.

Rachel a seguiu, subindo sua mente como uma bala dentro do cano. Ela captou uma visão de relance mental de algum tipo de avião, e então estava entrando em outro túnel, que conectava o avião a algum lugar distante – esse segundo túnel era muito longo.

Ela havia feito isso no deserto também e encontrara a mente de um homem no fim do longo túnel, porém...

Porém, naquele dia, ela não tinha ideia do que aquelas coisas significavam. Dessa vez era diferente. Ela tinha recuperado a memória e sabia quem as pessoas do outro lado do túnel eram. Ela sabia o tipo de coisas que eles faziam – como tratavam as pessoas das quais assumiam controle.

Mais importante do que tudo, dessa vez ela tinha de volta seus velhos truques.

■

Hager havia acabado de dar as costas para a janela para pegar o telefone em sua mesa – Gaul deveria ter ligado de volta fazia tempo – quando ele escutou alguém gritando no piso de trabalho.

Ele se virou para olhar para a janela novamente.

Os gritos estavam vindo de uma das estações; ela pertencia a um controlador de nome Leonard Bell. Mas era uma assistente que estava fazendo barulho – uma jovem mulher de pé na porta.

Leonard Bell não estava mais deitado com eletrodos grudados na testa, mas sim de pé e o seu rosto estava coberto de sangue; ele parecia preto na luz vermelha da estação de trabalho. Hager imaginou por um momento de onde o sangue havia vindo – ficou óbvio um segundo depois. De maneira muito calma, até metódica, Bell estava enfiando as próprias unhas no rosto e o arranhando, fazendo marcas fundas na pele. Hager podia ver os músculos no antebraço dele tensionarem por conta da força que estava usando – como um homem aplicando uma constante, porém imensa pressão no cabo de uma chave inglesa, rasgando o próprio rosto como se fosse uma simples tarefa a ser cumprida.

De repente, Bell pareceu notar a assistente. Ele girou em um solavanco na direção dela, que saiu correndo, gritando.

Hager já estava se movendo. Ele abriu a porta de seu escritório com brutalidade, cruzou o patamar e desceu as escadas até o andar de baixo, três degraus por vez. Ele viu a assistente vir em sua direção, mas desviou dela e esbarrou de frente com Bell, dando um abraço de urso no rapaz e derrubando-o no chão de concreto. O rosto do homem era uma bagunça desfiada. Ele se esticou e fez força contra Hager, com pequenas gotículas de sangue voando conforme ele balançava a cabeça.

– O que raios há de errado com ele?

Hager olhou para cima. A pergunta veio de Seth Cobb, de pé na porta de sua própria estação, próxima deles.

Antes que Hager pudesse responder, Bell ficou molenga em seus braços. Quase no mesmo instante, o homem pareceu se dar conta do dano em seu rosto – se dar conta da dor. Ele respirou, quase assoviando, livrou uma de suas mãos e a levou a uma das bochechas rasgadas. Soltou um baixo gemido, cheio de medo e confusão.

Cobb entrou na estação. Ele parecia estar vindo ajudar, mas parou e só se virou e olhou em volta. Seus olhos pararam em uma coluna de suporte de aço que saía do chão e subia até o teto, doze metros acima. A coluna parecia um grande H, cada um de seus lados retos principais tinha cerca de trinta centímetros de largura. Cobb deu duas longas olhadas para a estrutura e agarrou as laterais do lado mais próximo, como um aluno de karatê segurando uma tábua de pinheiro que ele pretendia quebrar com sua cabeça.

Hager viu o que ele estava planejando fazer, o quão absurdo aquilo era.

– Não! – gritou Hager.

Cobb foi para trás e impulsionou todo o seu corpo acima da cintura para frente, como um pêndulo de ponta-cabeça. Ele não recebeu o impacto com sua testa; mas sim com seu rosto. Seu nariz, queixo e suas bochechas bateram no aço com uma pancada chocante. Para Hager soou como xícaras de café sendo esmagadas debaixo de um pneu.

Cobb nem sequer vacilou. Ele se inclinou para trás – havia sangue saindo de sua boca e de seu nariz como uma torneira gotejando – estabilizou-se e bateu seu rosto mais uma vez no aço, com mais força do que antes. Hager viu um dente cair no concreto aos pés de Cobb e um segundo depois o homem desmaiou e caiu amontoado onde estava.

Todos os controladores estavam assistindo agora, junto dos assistentes e de alguns poucos técnicos presentes. Todo estavam de pé, congelados, incapazes de processar o que estavam vendo.

Hager, ainda deitado sobre Bell, olhou em volta e viu todos os olhares apontando para ele buscando respostas. Nunca em sua vida ele se sentiu tão incapaz de oferecer qualquer resposta.

Exceto…

Bem, havia *algumas* coisas que ele podia fazer, ele supôs, agora que pensara sobre isso. Sim, ele tinha as respostas. Todas chegavam até ele, simples assim.

Ele deixou de segurar Bell, levantou-se e ficou de pé.

– Todo mundo para fora! – gritou ele. – Agora mesmo. Isso é uma ordem.

Trinta segundos depois, tinha o prédio todo para ele; os outros carregaram Cobb e Bell para fora de lá. Hager foi até a escadaria de metal que levava ao seu escritório e subiu até a metade dela – apenas alto o suficiente para que pudesse ver acima dos topos das divisórias de vidro das estações de trabalho. Ele varreu o espaço com o olhar e percebeu sua atenção sendo puxada para algo no canto mais distante, nas sombras próximas aos banheiros e ao almoxarifado.

Era o tanque de combustível da fornalha e do gerador. A coisa era gigantesca – de fato, simplesmente a carroceria de um caminhão-tanque de nove eixos, que havia subido até ali a bordo de um avião cargueiro C-5 e a colocado em posição. Várias mangueiras a conectavam ao aquecedor do edifício e aos sistemas de força. Hager desceu as escadas e correu pela sala gigante em direção à coisa.

As mangueiras estavam seguras nas válvulas de saída do tanque com braçadeiras pesadas, e ainda que Hager não fosse especializado em mexer com qualquer coisa desse equipamento, ele podia ver em uma só olhada o que seria necessário para abri-las. Parafusos prendiam as braçadeiras, portanto, seriam necessárias ferramentas para afrouxá-los – sem dúvida as mesmas ferramentas que haviam sido usadas para apertá-los e que estavam nas prateleiras de ferramentas a seis metros dali. Hager foi até as prateleiras, pegou as únicas três chaves inglesas que ele podia ver e as levou até o tanque. Ele tentou encaixar a primeira delas e virou o parafuso sem qualquer esforço.

Uma dúzia de voltas depois, a braçadeira se soltou. Combustível vazou pela saída como um gêiser virado de lado, com um jato que empurrou a mangueira e a braçadeira para longe, jorrando em direção ao espaço aberto do andar de trabalho. O fedor preencheu as narinas e os pulmões de Hager. Fez seus olhos se encherem de água. Algum tipo de alarme começou a soar na parte da frente do tanque. Era como o bipe de uma empilhadeira dando ré, apenas mais alto e talvez um pouco mais rápido. O alarme soava frenético.

Nada disso foi motivo para preocupação. Hager nunca antes havia se sentido tão confiante em suas razões.

Deixou as chaves caírem e foi para longe do tanque, caminhando de volta por onde ele havia vindo. O chuveiro de combustível encharcou suas costas enquanto ele andava, mas não deu a mínima para a sensação. Foi pisando nas poças que preenchiam cada espaço no chão de concreto. As primeiras estações com divisórias de vidro estavam à sua esquerda. Ele as ignorou e seguiu em direção a uma estação em particular, aquela onde ele tinha certeza de que encontraria o que precisava.

A estação de Cobb.

Hager chegou até ela e passou pela porta aberta. Mesmo a essa distância do tanque, uma película de combustível que se espalhava começou a se infiltrar por baixo das divisórias.

Hager foi para a mesa no lado contrário da estação. Abriu a primeira gaveta e imediatamente viu o que estava procurando.

Um isqueiro.

■

Dryden observava Rachel. Era claro que sua atenção estava em um lugar bem longe, ainda que ele não pudesse chutar em quem ou no que ela estava focando.

Os tiros haviam parado há mais de um minuto. Desde então, não havia mais som algum vindo do lado externo do carro submergido. Dryden e Holly haviam simplesmente esperado, mantendo Rachel fora da água e a deixando fazer seja lá o que ela estivesse fazendo.

De repente a garota piscou. Ela olhou em volta, encontrando os olhos de Holly e de Dryden.

– Esse é o fim desse problema – disse Rachel.

Antes que qualquer um deles pudesse perguntar o que ela quis dizer, ela mudou seu foco para longe de novo. Depois de um momento, Dryden escutou um movimento na beirada do lago. Pequenos gemidos de esforço e palavras de encorajamento. Um homem ajudando o outro a se levantar.

Em seguida, duas portas de carro se abriram e fecharam. Motores, já ligados, puseram os veículos em movimento. Menos de um minuto depois, já haviam ido embora e não havia nada a se escutar além do chilro dos insetos noturnos no campo.

45

O Ford Escape ainda estava na garagem da casa da fazenda. Eles se trocaram, vestindo roupas secas que estavam dentro da casa. As camisetas e calças de Holly, ainda que muito grandes para Rachel, serviam bem com as barras e mangas dobradas. Antes de sair, Dryden pegou o telefone dentro do bolso encharcado e o secou o máximo que conseguiu percebendo que o aparelho ainda funcionava. Ele abriu a lista de chamadas recentes e tocou no número de Harris.

– Você se lembra daquela policial que ia te prender por intoxicação alcoólica em público – disse Dryden –, e ela te deixou ir porque você cantou "Isn't she lovely", do Steve Wonder, para ela?

– Claro.

– Você se lembra do lugar exato onde isso aconteceu?

– Sim.

– Nos encontre lá na quarta-feira, às duas da tarde. E traga Marsh.

– Isso é a mensagem completa? – perguntou Harris.

– *Goldenrod* – disse Dryden.

Ele terminou a chamada e jogou o telefone no lixo. Holly também deixou o celular dela para trás; os telefones eram do tipo que tinham GPS instalado e poderiam ser rastreados pela companhia telefônica.

Era plausível o suficiente que o Escape também tivesse algum tipo de rastreador, portanto, deixaram-no em um estacionamento no centro de Topeka e pagaram em dinheiro por três bilhetes de ônibus.

■

O lugar de encontro era um café em frente ao mar em Galveston, Texas. O dia estava quente, e o Golfo do México estava azul abaixo de um céu limpo.

Os cinco pegaram uma mesa no pátio, longe de qualquer outro cliente. Rachel parecia envergonhada perto de Harris e Marsh; ela se sentou entre Dryden e Holly e se apoiou em um e outro, em turnos.

Havia uma ideia circulando pelas laterais dos pensamentos de Dryden. Um devaneio indesejável, coçando-se para ser deixado entrar. Ele havia estado lá desde o momento em que eles deixaram o Kansas e com certeza Rachel o havia notado também a essa altura do campeonato, ainda que ele tivesse dado seu melhor para mantê-lo nas margens. Mas não havia como se segurar para sempre. Nos minutos seguintes, a porta se abriria escancarada para isso.

– Algumas noites atrás – disse Marsh –, a Western Dynamics sofreu um grande contratempo com seu programa. Talvez vocês três saibam disso.

– Não é uma grande perda para o mundo – disse Dryden.

– As torres estão desligadas indefinidamente – disse Marsh. – Não sabemos o estado de qualquer um dos operativos da companhia, incluindo o grupo da nova geração: as crianças que receberam a droga enquanto estavam no útero. Presumidamente, elas estão isoladas em algum lugar. As pessoas responsáveis não querem ligar mais ninguém às torres enquanto Rachel ainda for uma ameaça existente. – Marsh olhou para a garota, e então continuou. – Vocês três precisam entender, esse é único contratempo para essas pessoas. Não é o fim do túnel. Mesmo se fosse o fim para essa companhia, outra pessoa pegaria esse fio solto. A tecnologia em jogo aqui é como um drone: nunca mais vai voltar para a caixa. Os tipos de interesses poderosos que querem ver isso desenvolvido, eles sempre existirão. Nesse caso, aquelas pessoas sempre vão querer Rachel fora de cena. O acordo que Gaul pretendia fazer com vocês, permitindo que as mudanças genéticas de Rachel fossem desfeitas, provavelmente seria impossível de implementar, mesmo se ele honrasse o acordo. Não que o tratamento não funcionasse, mas alguém a mataria antes que ele terminasse.

Harris disse:

– Ela precisa se esconder pelo resto de sua vida. Não tem lugar onde ela estará a salvo, em público. Países com políticas de não extradição, nada disso será bom o suficiente.

Dryden não se preocupou em balançar a cabeça. Todas aquelas coisas eram óbvias para ele e imaginou que eram óbvias para Rachel também.

– Para começar – disse Marsh –, meu chute é que eles vão relançar a caçada pelo homem com a bomba nuclear, que por coincidência se parece muito com você, senhor Dryden.

– Como eles podem fazer isso? – perguntou Holly. – Eles foram na televisão e disseram que o suspeito estava morto.

Marsh balançou os ombros.

– Eles vão dizer que erraram. O governo fazendo besteira, não é uma coisa difícil de convencer as pessoas. E esse é apenas um dos meios que usarão para caçá-los. Daqui a um tempo vão achar uma razão para colocar *seu rosto* nas notícias, senhorita Ferrel. Meu ponto é que vocês três precisam se esconder de verdade, se quiserem ficar vivos. Se você está pensando em uma pequena vila na Costa do Marfim onde pode ajudar a cavar poços ou ensinar inglês, você deve escolher um lugar onde os jornais da Western nunca apareçam. Algum lugar onde não há a presença do Exército da Paz. Sem turismo. Vocês três precisam fazer mais do que somente sumir: precisam desaparecer do planeta. Serei honesto: não tenho certeza de que isso seja possível.

Dryden podia ouvir as dobradiças dentro de sua cabeça rangerem. O arranhão de garras tentando entrar.

Rachel agarrou o braço dele e balançou a cabeça. Ela sabia. É claro que ela sabia.

– Você tem razão – disse Dryden a Marsh. – Mas não seremos três desaparecendo. Apenas dois.

Ele viu, no limite de sua visão periférica, Holly se virar para ele.

– O que você está dizendo?

Dryden manteve seus olhos em Marsh.

– Você conhece algumas dessas pessoas, não conhece? Pessoas nos cargos altos dessas companhias, e as pessoas no governo que as servem.

Marsh balançou a cabeça.

– Eu conheço algumas delas.

– Você conhece outras pessoas no governo também – disse Dryden. – Do tipo que não são totalmente corruptas. Que não estão tão confortáveis com esses interesses. Você não pode ser o único bom moço que resta.

– Não exatamente.

– Então, isso é o que vai acontecer – falou Dryden.

Ele passou dois minutos expondo sua ideia. Quando terminou, a expressão de Marsh havia amolecido. Por um longo período, o homem apenas permaneceu sentado ali, pensando.

Finalmente, Marsh disse:

– Se eu te ajudar a fazer isso, será o fim da minha carreira.

– Será – disse Dryden.

– Mesmo deixando isso de lado, essa ordem é exigente.

– Você é o secretário da Homeland Security – disse Dryden. – E responde para o presidente dos Estados Unidos. Não me diga que você não pode fazer as ligações para reunir essas pessoas em uma sala.

– Posso fazer isso, de um jeito ou de outro. O que não posso é garantir sua segurança, se você seguir adiante com isso.

– Não estou tentando garantir a minha segurança – disse Dryden. Ele balançou a cabeça para Rachel e Holly. – É a delas.

Marsh levantou as sobrancelhas.

– Isso ajudaria, elas. Você... poderia acabar morto. Ou preso em Guantánamo. Eles provavelmente me fariam assinar os papéis da transferência. Já enviei pessoas para lá.

– Eu também – concordou Dryden –, mas não acho que eu estarei lá quando isso acabar. Também não acho que estarei morto.

Ao lado dele, Rachel estava se mantendo sob controle, mesmo que fosse difícil. Então ele sentiu a mão dela se apertar em seu braço – uma reação por conta do que ele diria em seguida.

– O que você espera ser? – disse Marsh.

– Uma isca – disse Dryden. – O que mais? Talvez eles sejam duros comigo no começo. Talvez usem técnicas para melhorar os interrogatórios, talvez tenham um leitor de mentes da Western Dynamics presente, por segurança. Eles talvez tirarão muito de mim, mas não descobrirão onde Rachel e Holly estarão, porque eu não saberei. Quando descobrirem isso, não terei mais valor. Nesse momento provavelmente vão me matar, se eles forem estúpidos; mas eles não são. Então o que acredito que eles farão é me enviar para casa e me observar pelo resto da vida, na esperança de Rachel aparecer na minha porta algum dia. – Ele se calou. Agora que ele tinha que dizer essa última parte, descobriu que tinha que forçar as palavras. – Para o bem dela, ela nunca poderá fazer isso.

Rachel começou a balançar a cabeça, mas parou, e um momento depois ela estava simplesmente chorando, sem dizer nada. Dryden percebeu o porquê: ela não podia sequer ter um pouco de resistência na qual se reconfortar. Não com os pensamentos de cada adulto da mesa passando por ela. A horrível concordância deles com o que Dryden havia dito. Não havia nada que ela pudesse fazer além de aceitar. Dryden a puxou para perto de si e ela se segurou nele como se o pátio fosse desmoronar abaixo dela.

Por mais de um minuto, ninguém falou. Então, concordando em silêncio, Holly, Marsh e Harris ficaram de pé. Eles saíram de perto para deixar os dois sozinhos.

Dryden estava focado naquele momento: Rachel em seus braços, o rosto dela contra o ombro dele. Os detalhes dos quais ele se lembraria para o resto da vida – ele os havia experimentado tanto quanto podia, e dessa última vez seria para valer.

– Você sabe que há outro jeito de fazer isso – sussurrou Rachel. Havia mais na voz dela do que lágrimas. Havia uma pontinha, um pouquinho da outra Rachel.

– Sim, eu sei – disse Dryden.

– Eu poderia levar tudo isso a essas pessoas, em vez de esconder. Eu poderia me esconder em D.C., a uns dois quilômetros do Capitólio, e entrar na cabeça de todos que ajudam essas companhias. Eu não precisaria matar ninguém. Há muitas formas de acabar com a carreira deles. Fazê-los comprar drogas e serem pegos. Fazê-los arrancar suas roupas em uma esquina e gritar para o trânsito. Eu poderia deixar a vida deles em pedaços sem machucar um fio de cabelo de ninguém. Se seus substitutos não fossem melhores, eu poderia me livrar deles também. Eu poderia fazer isso para sempre.

– E também não seria errado – concordou Dryden. – É exatamente o que eles merecem. Mas não é essa vida que você merece. – Ele a afastou de seu ombro e levantou o rosto dela para se olharem. Essa pontinha também estava no olhar dela. O fantasma do que ela havia visto, todos aqueles anos perdidos. – Você merece uma infância – disse Dryden. – E quero que você tenha uma.

Rachel balançou a cabeça, piscando à medida que novas lágrimas se formavam. Elas pareceram limpar seus olhos de tudo que não deveria estar neles.

46

O plano aconteceu dois dias depois, no Hart Senate Office Building, em Washington, D.C. Marsh reservou um pequeno auditório no quinto andar, às 15h. Ele acompanhou Dryden até o edifício uma hora antes, fazendo-o passar pela segurança.

– Obrigado – agradeceu Dryden. – Você realmente vai perder seu trabalho por conta disso.

– Se eu vou perdê-lo por enfim fazer a coisa certa, acredito que isso deva me dar um momento de paz.

– Obrigado, de qualquer forma. Eu te devo uma. E isso não é só uma figura de linguagem, vindo de mim. Se tiver alguma coisa com a qual eu possa te ajudar, entre em contato.

– Eu vou me lembrar disso.

■

Às 14h58 Dryden ficou sozinho em um pequeno corredor atrás do palco do auditório. Ele ouviu os murmúrios das pessoas nos assentos; Marsh havia convidado mais de quarenta pessoas, as mais poderosas que conseguiu. Entre eles estavam seis senadores, nove representantes, quatro oficiais de gabinete e os empregados de todos eles. Eles foram avisados que o evento era uma apresentação relacionada a uma compilação de tecnologia de inteligência, o que era verdade de certa forma.

14h59.

Dryden passou pela porta que levava ao auditório, e o barulho das vozes acabou. Ele caminhou até a mesa no meio do palco e olhou para o público. Atrás e acima dele, uma tela de projetor mostrava uma clara imagem branca: o primeiro slide vazio de uma apresentação de PowerPoint.

Por um longo período Dryden não disse nada. Ele manteve sua expressão em branco e ficou ali, deixando o público olhar bem para seu rosto.

A reação prevista aconteceu em três segundos. Uma mulher próxima da frente apertou os olhos, então se virou e falou baixinho com o homem ao lado dela. O homem, ainda olhando fixo para Dryden, de repente estremeceu.

Dentro de dez segundos todo mundo já havia entendido, ou por conta própria ou porque alguém lhes dissera. Por todos os lados no público, cabeças giravam, buscando pela saída, ou talvez por uma autoridade de algum tipo.

– Vocês me reconhecem – disse Dryden.

As vozes se calaram novamente. Todos os olhos pararam nele.

– Eu sou o cara com a bomba nuclear – continuou Dryden. – Também estou morto. Duas boas razões pelas quais eu não deveria estar aqui.

O controle remoto do projetor estava em cima da mesa. Dryden o pegou e pressionou o botão AVANÇAR SLIDE. Seu próprio rosto preencheu a tela acima dele – a tão famosa e falsa foto montada pelo computador que havia sido mostrada ao público quando a caçada começou.

– Meu nome é Sam Dryden – disse ele. Ele pressionou a botão de AVANÇAR novamente e a montagem foi substituída pela versão original da foto. Cores vivas ao invés de uma escala de cinza. Um sorriso ao invés de uma cara sem expressão. Trish ao lado dele e a baía de Embarcadero e São Francisco atrás do casal, em vez do espaço aberto.

A confusão passou pelo público.

– Aqui estão algumas outras, já que estamos aqui – disse Dryden.

A próxima foto continha o rosto deles em close.

– Olhem bem – exclamou Dryden. – Em alguma parte do caminho, se a CNN disser que há uma mulher correndo por aí com o vírus da varíola, vocês podem ver um ou dois desses rostos na notícia.

No público, Dryden começou a ver a segunda reação que ele esperava. A divisão. Em quase todos os pares de olhos havia confusão, mas em alguns ele viu outras coisas: preocupação, tensão, cálculos. Os olhos dessas pessoas não estavam nem um pouco confusos. Enquanto Dryden observava, aquelas pessoas trocavam olhares umas com as outras. Duas ou três delas pegaram seus celulares.

Não havia mais muito tempo.

– Não espero que a maioria de vocês acredite na próxima coisa que eu vou dizer – disse Dryden. – Eu não acreditaria nela, se estivesse no lugar de vocês. Mas se essa mulher ou essa garota se tornarem objeto de uma caçada no próximo mês, ou no próximo ano, vocês terão que se perguntar, certo? Vocês talvez até se sentem com um amigo do *New York Times* e conversem longamente com ele sobre isso.

Ele viu as ligações começarem a acontecer. Homens colocavam suas mãos acima dos telefones e falavam com urgência.

Quanto tempo ele tinha? Dois minutos? Um?

Bem, isso seria suficiente. Ele ensaiou os tópicos com o timer do relógio. Ele tinha trinta segundos de lenga-lenga, tempo o suficiente para falar nomes, lugares e localizações e repeti-los para que ninguém esquecesse.

Ele fez tudo o que tinha que fazer duas vezes antes que a polícia do Capitólio entrasse na sala.

42

A casa de Sam Dryden em El Sedero estava vazia há mais de sete semanas. A grama estava fora de controle. O patamar de entrada abaixo da caixa de correio tinha pilhas e pilhas de panfletos, ofertas de cartão de crédito e contas. Vizinhos bateram nas portas e tentaram enxergar o lado de dentro pelas janelas, mas todas as sombras estavam embaçadas. Em sete semanas, nenhum parente apareceu para saber dele. Nenhum amigo.

■

Na noite em que ele voltou, havia neblina. Ele saiu do táxi sem nada nas mãos e subiu o caminho de concreto até a porta da frente. A chave estava atrás do cedro próximo às luminárias, onde ele a havia deixado.

No momento em que deu um passo para dentro, o cheiro o consumiu. Mosquitos zumbiam em uma nuvem acima do lixo da cozinha e todos os sifões estavam entupidos, deixando entrar ar vindo do esgoto.

Dryden tirou o lixo e o pôs do lado de fora, ligou as torneiras e então abriu cada janela do lugar. O ar úmido da noite circulou pela casa, que cheirava a sempre-viva e sal marinho.

No banheiro da suíte, ele se despiu e se observou no espelho. Havia perdido de cinco a sete quilos, e havia marcas vermelhas onde as chapas de choque haviam tocado sua pele. Ele olhou para a barba que havia crescido, irregular e despenteada abaixo das maçãs de seu rosto, então abriu a gaveta da pia onde guardava sua lâmina e o creme de barbear.

Uma hora depois, já de banho tomado e vestido com roupas limpas, andou pelos ambientes de sua casa. O cheiro de decadência havia ido embora, mas ele manteve as janelas abertas. Tentou se recordar da última vez que havia aberto qualquer uma delas, em todos os anos em que havia morado ali, mas não conseguiu se lembrar de uma única vez. Com que frequência ele havia se incomodado em abrir as cortinas?

Quando enfim fechou todas as janelas, o silêncio da casa o surpreendeu. Era sempre assim? Tão morta que cada tique de ar no metal dos dutos de ventilação era escutado?

Ele foi até seu quarto e se esticou nos lençóis. Exausto como estava, ainda assim demorou uma eternidade para encontrar o sono.

■

Dryden estava ficou de pé no limite da areia molhada da praia, assistindo ao pôr do sol. Havia garoado durante o dia e o sol estava bem vermelho quando tocou o horizonte.

Atrás dele estava a orla, e de ambos os lados da costa, fogueiras acesas. Havia um cachorro latindo a algumas centenas de metros na praia. Criancinhas estavam jogando um frisbee para que ele pegasse.

– Ei.

A voz de uma mulher. Dryden se virou. Ela estava a seis metros dele, próxima da fogueira que ele havia feito alguns minutos antes.

O nome dela era Riley. Ela trabalhava na galeria de arte da cidade. Dryden a havia conhecido três meses antes, alguns dias depois de ter voltado para casa e feito a barba.

Ele andou pela areia até ela e a abraçou; eles ficaram daquele jeito por um bom tempo, com os braços um ao redor do outro, ouvindo a madeira da fogueira estalar, as crianças rindo e o cachorro latindo. Ele não tinha certeza de como as coisas estavam entre os dois, mas gostava de estar com ela. Ela também parecia gostar de estar perto dele. Por agora, aquilo era suficiente.

Sentaram-se em um pano e assistiram ao crepúsculo ir embora. Conforme as primeiras estrelas apareceram, os vizinhos de Dryden desceram até a praia com o filho de 9 anos. Dryden acenou para eles e os cinco se sentaram conversando, conforme a noite escurecia e refrescava além do anel luminoso do fogo.

■

Era 3h45 da manhã. Dryden estava deitado, porém acordado, enquanto Riley respirava suavemente apoiada nele. Ele tirou o braço dela de seu peito, saiu com cuidado de debaixo dos cobertores e ficou de pé.

Na cozinha, achou um bloco de notas. Sentou-se na mesa com ele, abriu a gaveta e procurou uma caneta, mas tudo que ele pôde encontrar foi uma Sharpie. Ele tirou a tampa dela e começou a imprimir uma mensagem em uma letra rabiscada. As palavras escuras no papel.

Oi, Sam. Não diga nada. Há microfones de laser mirados nas suas janelas a maior parte do tempo, mas não há nada escondido dentro da casa. Nada de escutas. Nada de câmeras.

Quando ele terminou de escrever aquilo, seu pulso estava soando em seus ouvidos.

Você não deveria estar perto de mim, ele pensou. *Você deveria estar do outro lado do mundo.*

Ele colocou a caneta na página novamente.

Eu estive longe assim boa parte desses meses. Vou ficar longe de novo em breve. Porém, eu tinha que ver se estava tudo bem com você. Eu tinha que descobrir se as pessoas te observando tinham outros planos em mente. Eu tinha que saber se você estava em perigo. Mas acho que você estava certo – eles estão somente te observando para o caso de eu aparecer. Mais cedo ou mais tarde acho que eles vão até desistir disso. Eles parecem entediados.

Você nunca poderá arriscar me encontrar ao vivo, pensou Dryden. *Mesmo se você achar que é seguro. Eu daria qualquer coisa para te ver, mas você não pode arriscar.*

Eu sei, eu prometo.

Você e Holly estão seguras?

Sim. Essa é a outra razão pela qual eu estou aqui – para te dizer que estamos bem. Nós estamos mais que bem. É quente onde nós moramos. Holly trabalha como médica para as pessoas locais, e nós duas estamos aprendendo a língua. Há tantas crianças da minha idade. Minha vida nunca foi assim antes. Nunca assim tão feliz.

Dryden olhou fixamente para as palavras no bloco de notas. Elas o esquentaram tanto quanto a fogueira da praia. O significado delas penetrou fundo em sua pele.

Você também parece feliz, Sam. Eu não venho te observando há muito tempo, mas eu sei. Estou feliz por você ter encontrado alguém. Você vai seguir meu conselho? Você vai ser o pai de alguém de novo?

Ele riu por dentro. *Calma,* pensou ele. *Eu e ela temos escova de dentes um na casa do outro. Isso é o quão longe chegamos.*

Eu sei. Eu sei, não é problema meu.

Por um longo período, ele percebeu que não conseguia formar um pensamento como resposta. Sua mente estava simplesmente cheia de sentimentos, uma tempestade deles. De repente a ficha dele caiu sobre a realidade daquele momento: Rachel estava aqui. Ela estava bem aqui, a menos de dois quilômetros de onde ele estava sentado. Eles podiam correr um ao outro em questão de minutos...

Exceto que eles não podiam. Jamais.

Os olhos dele arderam. Ele piscou e empurrou aquele sentimento para longe; Rachel provavelmente poderia captá-lo.

Ele se viu escrevendo novamente.

Eu também tenho saudade de você, Sam. Eu sigo esperando para que isso não doa tanto, mas parte de mim não quer que a dor vá embora, porque ela é nossa. Ela é somente nossa, sua e minha, e eu não quero perdê-la. Se é que isso faz algum sentido.

Faz todo sentido, pensou Dryden.

A Sharpie ficou parada por alguns segundos. Então:

Tem algo que eu preciso te contar.

O quê?

Você já ouviu as pessoas falarem umas para as outras que não foi um acidente elas terem se encontrado?

Já.

Eu e você. Não foi um acidente.

Dryden esperou por mais.

Todas as coisas que eu posso fazer, que eu não sabia quando minha memória tinha ido sumido, lá no fundo, eu ainda podia fazê-las sem saber.

A saída de Fresno, pensou Dryden. *O policial que nos deixou ir.*

Sim. Mas aquela foi outra vez que eu fiz isso.

Segundos se passaram. Dryden imaginou Rachel, em algum lugar, ensaiando o que ela queria dizer.

Então ele começou a escrever.

Nos dois meses que eles me mantiveram naquela salinha, aqui em El Sedero, eu tinha um jogo que eu jogava na minha cabeça. Eu fazia isso sempre que me assustava ou me sentia sozinha demais. O jogo era que eu imaginava que eu podia sentir outras pessoas, distantes lá do lado de fora do prédio. Uma cidade inteira cheia delas. Eu dizia para mim mesma que podia sentir suas emoções – criancinhas eram como bichinhos de estimação, pessoas mais velhas eram como águas profundas sem nenhum movimento. Mas havia uma pessoa na cidade em quem eu gostava de focar mais do que no restante das pessoas. Alguém que parecia forte. Alguém durão, como um soldado que me observava naquele lugar, mas não frio como eles. Tudo daquela pessoa parecia bom, e nos piores momentos, essa era a pessoa que eu mantinha na minha cabeça para me sentir com menos medo. Eu nunca soube se eu estava inventando isso ou não.

Outra pausa.

Tantas vezes pensei sobre fugir daquele lugar. Eu até sabia para onde eu correria se fizesse aquilo. Eu tinha visto a orla nos pensamentos do soldado, várias vezes. Mas a ideia dela era assustadora, estar sozinha do lado de fora no escuro, sendo perseguida. Então tive essa fantasia quase todas as noites. Eu me imaginei correndo para longe, e visualizei aquele lugar na orla onde dois caminhos se encontram. Na minha fantasia, aquela pessoa da cidade, a que fazia eu me sentir segura, estaria lá esperando por mim quando eu chegasse.

Dryden sorriu, mesmo com a dor.

As caminhadas noturnas.

Pulsões que vinham do nada.

Levando-o até a orla em todas as horas da noite. Até a bifurcação, ficando por minutos nela, por razões que ele nunca pôde exatamente entender.

De repente, ele teve certeza de que Rachel estava sorrindo também. Até mesmo rindo. Junto das lágrimas.

Eu sinto muito por tudo isso.

– Eu não sinto muito – sussurrou Dryden no silêncio.

Eu sei.

TIPOGRAFIA	ADOBE CASLON PRO
PAPEL DE CAPA	CARTÃO 250g/m²
IMPRESSÃO	IMPRENSA DA FÉ